VERGESSENES SYLT

Hannah Lambert ermittelt 13

Friesenkrimi-Reihe

Thomas Herzberg

Verlag:
Zeilenfluss
Werinherstr. 3
81541 München
Deutschland

ISBN: 978-3-96714-628-8

Cover: MT-Design
Korrektorat: Dr. Andreas Fischer
Satz: Zeilenfluss

Fassung: 1.0

Vergessenes

SYLT

Hannah Lambert ermittelt 13
Friesenkrimi-Reihe

Thomas Herzberg

ZEILENFLUSS

HANNAH LAMBERT ERMITTELT

"Vergessenes Sylt" ist Teil 13 der Reihe "Hannah Lambert ermittelt". Jeder Fall ist in sich abgeschlossen. Es kann allerdings nicht schaden, auch die vorangegangenen Fälle zu kennen ;)

Bisher erschienen:

1. "Ausgerechnet Sylt"
2. "Eiskaltes Sylt"
3. "Mörderisches Sylt"
4. "Stürmisches Sylt"
5. "Schneeweißes Sylt"
6. "Gieriges Sylt"
7. "Turbulentes Sylt"
8. "Düsteres Sylt"
9. "Funkelndes Sylt"
10. "Brennendes Sylt"
11. "Vergangenes Sylt"
12. "Trügerisches Sylt"
13. "Vergessenes Sylt"

"Hannah Lambert ermittelt" ist mit **über 1 Mio. verkauften Exemplaren** eine der erfolgreichsten Krimi-Serien der letzten Jahre. Alle Teile sind als eBook, Taschenbuch und Hörbuch verfügbar (der neueste Teil als Hörbuch folgt in Kürze).

INHALT

Sylt, im Herbst: Der vorangegangene Fall steckt Hannah Lambert immer noch tief in den Knochen. Schließlich wurde sie entführt und hätte ihre Hilfsbereitschaft beinahe mit dem Leben bezahlt. Ausgerechnet in ihrem schwächsten Moment wird sie mit einem neuen Mordfall konfrontiert, der sofort alte Erinnerungen weckt. Um dem Täter das Handwerk zu legen, muss Hannah weit in ihre eigene Vergangenheit reisen und sich mit abscheulichen Bluttaten auseinandersetzen, die seinerzeit auf Sylt für Angst und Schrecken sorgten …

VORWORT

»Rüm hart, klaar kiming« (weites Herz – klarer Horizont): Ein Zitat, das den inselfriesischen Kapitänen zugeordnet wird. Damit beschreiben sie – neben der Mentalität der Menschen, die dort zu Hause sind – auch eine in Deutschland einzigartige Landschaft. Sylt ist vermutlich der bekannteste Teil davon. Aber wer glaubt, auf der beliebten Ferieninsel nur Schickimicki vorzufinden, irrt gewaltig. Denn wer genauer hinsieht und einen kleinen Fußmarsch nicht scheut, stößt hier auf einmalige Orte, die man nie wieder vergisst. Es heißt nicht umsonst: **»Wer sich in Sylt verliebt, den lässt die Leidenschaft nie wieder los.«** Vom Millionär und Gentleman-Playboy Gunter Sachs stammt folgendes Zitat zum anderen Gesicht der Insel: **»Ich fühle mich in Kampen auf Sylt ein bisschen wie ein Affe im Zoo ... aber mit lieben Besuchern.«**

Klar, wer den Sound neuester Sportwagen, Champagner und teure Boutiquen zum Glücklichsein braucht, wird auf Sylt ebenfalls fündig. Jeder wie er mag ... und ich glaube, das beschreibt die Mentalität der Menschen hier am besten.

Sylt in Zahlen:

Länge von Nord nach Süd: 38 Kilometer

Breite von West nach Ost: 12,6 Kilometer (an der schmalsten Stelle sind es weniger als 500 Meter)

Und weil eben keine Straße nach Sylt führt, erfolgt die Anreise nur per Autozug, Fähre oder Flugzeug. Wer sich auf den Weg macht, dem wünsche ich viel Spaß auf der Insel. Vielleicht laufen wir uns ja zufällig bei Gosch über den Weg und essen zusammen ein Fischbrötchen. Aber Vorsicht: Nicht nur ich, sondern auch die Möwen dort sind verdammt hungrig ;)

Wir danken dem Hartung-Verlag/Neumünster für die Zurverfügungstellung des Motivs (Design: Stephanie Wilm).

1

»Darf ich dir nachschenken?«, fragte Rechtsanwalt Doktor Burdinski. Er wartete keine Antwort ab, sondern langte nach der edlen Karaffe und ließ einen großzügigen Schluck von deren goldbraunem Inhalt in einen erlesenen Cognacschwenker fließen. »Immerhin gibt es was zu feiern. Oder siehst du das anders?«

Alexander Stoll – seines Zeichens ebenfalls Doktor, allerdings der Humanmedizin – schaute eine Weile in sein Glas und inhalierte genüsslich, bevor er reagierte. Zunächst mit einem Nicken, zu dem er immer breiter lächelte. »Wie hast du das eigentlich angestellt?«

Burdinski hob abwehrend die Hände, sein Gesicht hätte es mit der fleischgewordenen Unschuld aufnehmen können. »*Angestellt* ... wo denkst du hin, mein Lieber?«

»Die Frau ist durch mein Verschulden gestorben«, räumte Alexander Stoll flüsternd ein. Gleichzeitig richtete er sich vor dem Schreibtisch kerzengerade auf und stellte sein Glas ab. Offenbar hatte er soeben die Lust am kostspieligen Cognac verloren. »Ich weiß zufällig, dass einige Kollegen ihre Zulassung schon für weniger abgeben mussten. Also … wie hast du das Wunder fertiggebracht?«

»Sekunde! Du hattest vielleicht nicht deinen besten Tag im OP und hättest merken müssen, dass du bei dem Routineeingriff die Bauchaorta angekratzt hast. Aber ich muss dir doch hoffentlich nicht erklären, wie oft das im Klinikalltag passiert?«

Stoll zuckte mit den Schultern.

Was den Anwalt umso energischer auf den Plan rief: »Erfreulicherweise ist dein Missgeschick einem vom Nachtdienst aufgefallen, und man hat …« Ein Blick in die Unterlagen war erforderlich. »… Jasmin Eckert ein weiteres Mal operiert. Bei dem Eingriff konnte die Bauchaorta verschlossen und die Patientin vorerst gerettet werden.«

»*Vorerst*!«, betonte Stoll mit erhobenem Finger. Er wollte zum Cognacschwenker greifen, besann sich jedoch eines Besseren. »Diese Frau Eckert ist dem Tod im wahrsten Sinne des Wortes von der Schippe gesprungen.«

»Und später einer Infektion zum Opfer gefallen. Richterin, Staatsanwaltschaft und ich waren uns sofort einig, dass man dich nicht für alle multiresistenten Keime dieser Welt verantwortlich machen kann. Jasmin Eckert ist tot – ja! Aber sie ist nicht allein durch deinen Fehler, sondern durch die allgemeinen Umstände in unseren Krankenhäusern gestorben. Punkt!«

Jetzt langte Alexander Stoll doch zu seinem Glas und leerte es mit einem großen Schluck.

»Noch einen?«, fragte Burdinski.

»Ich muss noch fahren! Also nein … lieber nicht.«

»Was ist mit der Zeitung, die dich als *Dr. Tod* verunglimpft und durch den Kakao gezogen hat? Soll ich die Schmierfinken auf Schadenersatz verklagen oder zumindest eine Gegendarstellung einfordern?«

Während Stoll überlegte, starrte er in sein leeres Glas, als wäre dort eine Antwort zu finden. Dann hob er den Blick und stöhnte leise. »Kann ich mir die Geschichte ein paar Tage durch den Kopf gehen lassen. Ehrlich gesagt habe ich die Nase voll von …«

»Es geht um deine Reputation, Alex! Um deinen guten Ruf als Arzt und um …«

»Ich bin freigestellt, und mein Ruf ist ohnehin erst mal ruiniert. Glaubst du, daran ändert sich was, wenn deine Schmierfinken auf der letzten Seite eine Gegendarstellung veröffentlichen?«

»Es ist allein deine Entscheidung.« Burdinski umrahmte seinen Schreibtisch mit weit ausholender Geste. »Ich kann mich über Arbeitsmangel nicht beklagen, und wenn ich die Sache für dich übernehme, dann nur aus langjähriger Verbundenheit. Immerhin habe ich schon deinen Vater in sämtlichen juristischen Angelegenheiten betreut.«

»Das ist nett«, nuschelte Alexander Stoll und erhob sich im selben Atemzug. Unter ihm knirschte das edle Leder des Besucherstuhls.

»Was macht denn dein neues Auto?«, fragte Burdinski, nachdem Hände geschüttelt und die üblichen Floskeln ausgetauscht worden waren. »Bist du zufrieden? Vollelektrisch wäre ja nicht so mein Ding. Wahrscheinlich bin ich zu alt für diesen neumodischen Schnickschnack.«

Stoll verharrte in der Bewegung. Sein Blick fiel durch ein Panoramafenster, das in diesem Büro beinahe eine komplette Wand einnahm. Dahinter war es Anfang November und gegen sieben Uhr abends längst dunkel.

Burdinski hatte dieser nicht vorhandenen Aussicht etwas hinzuzufügen: »Wenn man sich im Sommer auf Zehenspitzen stellt, kann man ganz links und mit viel

Fantasie ein Stück vom Weststrand sehen. So viel, dass es dem Makler eine Erwähnung im Exposé wert war.«

»Ich bin ja nur auf Sylt unterwegs«, murmelte Stoll gedankenversunken.

Es dauerte einen Moment, bis Burdinski den Sinn dieser Aussage verinnerlicht hatte: »Ach so … du redest von deinem neuen Auto. Geht das mit dem Laden wirklich so schnell?«

Entweder hatte Alexander Stoll die Frage nicht gehört, oder er überging sie einfach. Jetzt hob er zum Abschied müde die Hand. »Wegen der Sache mit den Schmierfinken melde ich mich. Bis spätestens Ende der Woche.«

Vorbei am verwaisten Schreibtisch einer Sekretärin und mit angehaltenem Atem durch zwei Türen erreichte Stoll kurz darauf das Treppenhaus. Dort roch es nach Putzmitteln und der Spießigkeit eines Bürogebäudes, in dem ausschließlich Anwälte und Ärzte residierten. Für Westerländer Verhältnisse handelte es sich eher um die sogenannte *zweite Reihe*. Trotzdem durfte man für höchstens sechzig Quadratmeter locker einen siebenstelligen Betrag hinblättern.

Draußen auf der Straße inhalierte Stoll die kühle salzige Luft einige Male, bevor er sich wieder in Bewegung setzte. Seinen brandneuen Tesla hatte er in der nächsten Querstraße an einer Ladesäule geparkt. Eigentlich perfekt. Man erledigte die Dinge, die erledigt werden mussten, und nebenbei füllte das Schätzchen seine Akkus. Wenn man gerade nichts zu erledigen oder die Ladesäule einen schlechten Tag hatte, nervte dieser Vorgang jedoch kolossal.

Mit jedem Schritt ließ die Anspannung ein wenig nach.

Als Stoll keine fünf Minuten später zuerst das Ladekabel entfernte und dann auf den Fahrersitz plumpste, war das Gespräch mit Burdinski und dessen Anlass für einen Moment beinahe vergessen.

Doch das Thema holte ihn mit brutaler Gewalt wieder ein. Eine Frau war tot, und er hatte zweifellos seinen Teil dazu beigetragen.

Und genau deshalb mussten Patienten vor einer OP einen Berg von Formularen unterschreiben. In jenem Fall hatte die Mutter dreier Kinder brav ihre Unterschriften geleistet. Natürlich, ohne das kleingedruckte Fachchinesisch zu lesen. Wer tat das schon?

»Sechs, drei und anderthalb«, flüsterte Alexander Stoll, schließlich erinnerte er sich an das Alter der Kinder, denen er die Mutter genommen hatte. »Dr. Tod macht's möglich«, fügte er verbittert hinzu und stieß ein hysterisches Lachen aus. Eines, für das man ihm anderenorts ohne die leisesten Bedenken eine Zwangsjacke verpasst hätte.

Er schüttelte den Kopf und versuchte, auf diese Weise all die lästigen Gedanken zu vertreiben. Burdinski hatte recht: Wie viele ärztliche Kunstfehler wurden vertuscht oder passierten offiziell gar nicht, weil sie unentdeckt blieben? Auf den OP-Tischen dieser Nation starben jedes Jahr tausende Patienten, die nicht hätten sterben müssen – zumindest noch nicht! Jasmin Eckert war nur eine von vielen.

»Eine, die drei Kinder und einen Mann hinterlässt«, murmelte er an sich selbst gerichtet, bevor sein rechter Fuß endlich das Bremspedal fand. Und er wollte gerade den Fahrmodus aktivieren, als er hinter sich etwas hörte. Die Scheiben rundherum waren beschlagen, und das galt auch für den Innenspiegel.

Noch glaubte Stoll an jemanden, der neben seinem Wagen Position bezogen hatte. Wahrscheinlich wieder einer von diesen Weltverbesserern, die ausgerechnet ihm vorhalten wollten, dass er einen Tesla fuhr und wen er damit unterstützte. Solche Diskussionen hatte er zuhauf hinter sich und war sie leid.

Er horchte und atmete schon erleichtert aus, da vernahm er abermals ein Geräusch. Es klang, als würde jemand einen Draht spannen ...

dachte ich, er würde endlich Ruhe geben. Stattdessen hat er eins meiner Beine gepackt und mich ...«

»Was macht denn deine Schulter?«, fragte Hannah dazwischen. »Wolltest du nicht zum Arzt?«

Ole umfasste den lädierten Körperteil und schüttelte den Kopf. »Ich hab 'ne Salbe von deiner Mutter draufgeschmiert, und es ist nicht mehr halb so schlimm wie gestern Abend.«

Erneut machte sich Schweigen breit. Eines von der unangenehmen Sorte, das Martin Clausen brach und dabei Hannah ansah. »Wie geht's dir?«

»Besser.«

»Das sagst du seit Monaten und trotzdem ...«

»So was braucht eben seine Zeit!«, giftete Hannah. Sie warf einen Blick in die Runde und schaute ihre Kollegen nacheinander an. »Hat hier einer den Eindruck, dass ich meine Arbeit nicht ordnungsgemäß erledige? Oder fühlt sich einer von euch durch mich bedroht und meint, ich sollte lieber nicht mehr ...?«

»Du bist in erster Linie eine Gefahr für dich selbst«, stellte Ole klar. Er setzte einen Schritt nach vorne, wollte Hannah in den Arm nehmen, doch sie stieß ihn von sich und wirbelte in Richtung Tür herum. Einen Atemzug später war sie verschwunden.

»So geht das nicht weiter«, rekapitulierte Ole mit leiser Stimme. »Wenn sie nicht langsam wieder in die Spur kommt, geht sie über kurz oder lang vor die Hunde.«

»Die Chefin hat ein Extremerlebnis hinter sich«, gab Ralf zu bedenken. »Das volle Programm: Entführung, Nahtoderfahrung ... das verkraftet niemand so schnell.«

Ole nickte, hatte allerdings etwas hinzuzufügen: »Sie muss sich dienstunfähig schreiben lassen und in die Hände eines Experten begeben! Wenn sie weiter jeden Tag in ihrem eigenen Morast herumstapft und sich nicht helfen lässt, dann ...«

Abermals flog die Tür auf. Und wieder war es Hannah, die dieses Mal wie ausgewechselt wirkte. Ihre Stimme strotzte vor Tatendrang. »Habt ihr es schon mitbekommen?«

»Was mitbekommen?«, fragte Ole, der der Tür am nächsten stand.

»Boysenstraße ... dort steht ein Tesla mit 'ner Leiche drin.«

»Da ist wahrscheinlich einer sein Schmuckstück nicht losgeworden und hat deshalb keinen anderen Ausweg mehr gesehen, als es auf die Weise zu beenden.«

»Hör mit deinen blöden Witzen auf und lass uns los, sonst ...« Hannah zögerte einen Moment. »Ich kann das notfalls auch allein erledigen. Vielleicht lasst ihr mich hinterher in Ruhe und haltet mich nicht mehr für 'ne völlig kaputte Allgemeingefahr.«

»Hast du dir mal Gedanken über meinen Vorschlag von letzter Woche gemacht«, erkundigte sich Ole kurz darauf im Auto vorsichtig.

Hannah saß neben ihm auf dem Beifahrersitz, die Hände gefaltet und zwischen den Knien eingeklemmt. »Welchen meinst du? Dass ich Urlaub machen soll, einen auf dienst-unfähig oder ...?«

»Ich rede von dem Arzt, den ich dir empfohlen habe. Und von der Klinik, in der man bereits einigen Kollegen geholfen hat.«

Hannah befreite ihre Hände aus der Umklammerung und nutzte ihre Rechte, um Ole einen Vogel zu zeigen. »Bad Lauterberg im Harz, du hast sie doch nicht mehr alle!«

»Die Klinik dort ist auf psychologische Extremfälle spezialisiert. Und wenn du erst mal nur ein paar Tage ...?«

»Nicht einen einzigen! Nicht mal 'ne Stunde!«

Ole stieß seine nächste Frage hektisch hervor, schließlich würden sie demnächst in der Boysenstraße ankommen. »Verrätst du mir dann bitte mal, wie es weitergehen soll? Mit dir, uns ... der Arbeit?«

Hannah schaute ihn ehrlich entrüstet an. »Keine Ahnung, wovon du da redest. Ja, verdammt – ich hab 'ne schwere Zeit hinter mir und bin bestimmt nicht zu hundert Prozent da. Aber das, was von mir übrig ist, reicht locker, um ...«

»Während ich mich gestern Abend um einen tollwütigen Familienvater gekümmert habe, hast du dich im Hauseingang versteckt, und ich wusste nicht mal, wo du abgeblieben warst.«

Hannah zuckte mit den Schultern. »Ich hab immerhin Verstärkung gerufen, die dir schlussendlich den Arsch gerettet hat. Sonst hätte dich der tollwütige ...«

»Darum geht's doch gar nicht, Hannah! Früher wärst du selbst eingeschritten oder hättest mir wenigstens geholfen.« Ole schnaubte wie ein Walross. »Und heute? Verdünnisierst du dich und lässt mich die Kohlen allein aus dem Feuer holen.«

»Du hattest die Sache einigermaßen im Griff. Gut, als der Typ später auf dir gekniet hat und ...« Hannah hielt inne und zeigte durch die Windschutzscheibe nach vorne. »Wir sind da. Am besten stoppst du da links hinterm Streifenwagen und lässt mich vorher raus.«

»Dann kommt hier niemand mehr durch.«

»Und genau so will ich es haben! Oder ist dir lieber, dass die Leute stehen bleiben, ein paar hübsche Selfies mit 'ner Leiche machen und die sofort viral gehen?«

»Natürlich nicht, aber ...«

»Nichts, aber! Du parkst hinter dem Streifenwagen und blockierst so die komplette Straße!«

Ole trat auf die Bremse und blieb ein gutes Stück vor dem erklärten Ziel stehen. »Ist das alles? Willst du mich wieder so abfertigen?«

»Was soll ich denn deiner Meinung nach sonst tun? Hier neben dir einen spontanen Seelenstriptease hinlegen und tränenüberströmt aussteigen? Gerne! Wenn du mir verrätst, wem damit geholfen ist. Na los, lass hören!«

»Du sollst dir endlich helfen lassen, egal, von wem«, flüsterte Ole resigniert.

Hannah deutete erneut nach vorne, brachte sogar ein schwaches Lächeln zustande. »Wird erledigt, Herr Friedrichsen. Aber erst mal kümmern wir uns um einen Toten ...«

3

»Wenigstens ist nicht viel los«, murmelte Hannah nach dem Aussteigen. »Zu der Jahreszeit und bei dem Wetter hocken die meisten Touris in ihren Unterkünften und fragen sich, warum sie nicht zu Hause geblieben sind.«

»Ich mag deine positive Lebenseinstellung«, lobte Ole vor Sarkasmus triefend. »Ist das die Frau, die früher von stundenlangen Strandspaziergängen bei Nieselregen und steifer Brise geschwärmt hat?«

»Das ist die Frau, die dich nächstes Mal im Büro lässt«, konterte Hannah, wobei sie sich ein Grinsen nicht verkneifen konnte. »Außerdem ist es was anderes, ob man spazieren geht oder ...«

»Ich hab's kapiert!« Ole begrüßte einen der Streifenkollegen – einen robust gebauten Hünen mit Knollnase – per Handschlag. Ein zweiter, wesentlich jüngerer Beamter hatte sich neben der Fahrertür des Tesla aufgebaut und empfing seine Kripokollegen mit aufgeregter Stimme: »Wir haben nichts angefasst und brav auf euch gewartet.«

»Habt ihr schon gecheckt, auf wen der Wagen zugelassen ist?«

»Das Teil ist erst zwei Monate alt und auf einen Dr. Alexander Stoll registriert. Wir haben uns mal sein Foto im Melderegister näher angesehen und ...« Eine kurze Pause entstand, garniert mit einem Fingerzeig. »... das sieht dem Typen da hinterm Lenkrad verdammt ähnlich.«

Hannah nickte und beugte sich nach vorne, um einen Blick durch das Seitenfenster zu werfen.

»Der ist so was von tot«, meldete sich Streifenkollege Knollnase hinter ihr zu Wort.

Hannah reagierte nicht, sondern streckte Ole ihre offene Linke hin. »Handschuhe!«

»Wenn du so nett drum bittest.«

Hannah zog sich einen der Handschuhe über und langte mit spitzen Fingern zur äußersten Kante des Türgriffs.

»An der breiteren Stelle drücken«, ermahnte sie der jüngere Uniformierte. »Dann kommt der Griff automatisch raus.«

»Na dann ... hoffentlich ruiniere ich damit keine Fingerabdrücke.«

Inzwischen stand Ole direkt hinter Hannah, um nichts zu verpassen. Während die Fahrertür Stück für Stück aufschwang, schlug ihm der typische Gestank entgegen. Die Tatsache, dass der menschliche Körper im Augenblick des Todes für gewöhnlich sämtliche Schleusen öffnet, wird nicht nur in Hollywood gern ignoriert. Hier in Westerland, Auge in Auge mit der Realität, drehte sich Ole fast der Magen um.

Sein Fazit lieferte er würgend: »Der hängt aber auch nicht erst seit 'ner Stunde tot hinterm Lenkrad.«

Hannah, die sich trotz des Gestanks weiter nach vorne und in den Wagen hineinbeugte, fuhr zurück und wäre im Rückwärtsgang beinahe gestolpert.

»Keine Ahnung, wie ihr das aushaltet«, murmelte einer der Uniformierten.

»Alles okay?«, fragte Ole, der einen beherzten Schritt gemacht und seine Chefin durch entschlossenes Zupacken vor dem Schlimmsten bewahrt hatte.

Hannah brauchte einen Moment, bevor sie zu Worten imstande war.

»Nichts ist okay«, schniefte sie.

Weil eine Erklärung ausblieb, machte sich Ole auf den Weg, inhalierte noch einmal die weitgehend frische Luft und beugte sich nun ebenfalls in den Tesla hinein. Zuerst gab er grunzende Laute von sich, dann war es ein Knurren. Nachdem er sich wieder gestreckt und ein Stück auf Abstand gegangen war, schnappte er gierig nach Atem und wandte sich an seine uniformierten Kollegen.

»Wir haben es definitiv mit einem Tötungsdelikt zu tun.« Er deutete in die Runde. »Ihr sperrt hier alles ab und ordert 'nen Abschlepper. Das Schätzchen geht samt Leiche nach Kiel. Hab ich was vergessen?«, fragte er an Hannah gewandt.

Kopfschütteln. Trotzdem winkte sie ihn herbei.

»Was ist denn? Doch noch was?«

Hannahs Miene war eine Mischung aus Verzweiflung und blanker Panik. Sie zeigte zum Tesla, dessen offene Fahrertür ein Bild des Schreckens bot. »Das ist niemals Zufall.«

»Was meinst du? Kennst du den Typen, hab ich schon wieder was versäumt oder …?«

Hannah schüttelte den Kopf, wirbelte herum und stapfte bereits davon. Kurz darauf krachte sie auf den Beifahrersitz ihres Dienstwagens und schlug die Tür zu.

»Alles in Ordnung?«, fragte die Knollnase mit Uniform, die plötzlich neben Ole stand.

Der zweite Kollege gesellte sich hinzu und wies hinüber zu Hannah, die den Eindruck machte, als wäre sie innerhalb von Sekunden eingeschlafen. »Deine Chefin wirkt schon länger reichlich angeschlagen. Vielleicht solltest du mal mit ihr reden und ...«

Oles Rechte schoss empor und sorgte für Ruhe. Ihm lag so einiges auf der Zunge, aber er schaffte es, alles zu verschlucken, und wandte sich zum Tesla. »Macht bitte die Tür zu, damit das hier kein Horrorfilm wird. Hat einer von euch den Abschlepper alarmiert?«

»Ist auf dem Weg. Am besten kümmerst du dich um deine Chefin, und wir sorgen dafür, dass sich eure Leiche auf die Reise nach Kiel macht.«

Ole überlegte und nickte dann. Eine halbe Minute später ließ er sich vorsichtig auf dem Fahrersitz neben Hannah nieder. Er schaute sie bewusst nicht an und hatte auch nicht vor, sie mit einer Frage zu nerven. Entweder fing sie von allein an oder sie würden sich eben schweigend auf den Rückweg zum Revier machen.

Zu seiner Überraschung begann Hannah jetzt leise: »Ich hab das schon mal gesehen.« Sie lachte kurz auf, ein klares Anzeichen von wachsender Verzweiflung. »Ein oder zwei Straßen weiter – auf jeden Fall nicht weit von hier.«

»Redest du von jemandem, der auf ähnliche Weise gestorben ist?«

»Auf haargenau dieselbe! Wenn ich mich nicht irre, sah die Garotte, mit deren Hilfe man damals einen gewissen Dr. Hildebrand umgebracht hat, ganz genauso aus.«

»Wie lange ist das her?«

»Keine Ahnung. Ich war neu bei der Kripo – also mindestens dreißig Jahre.«

»Erinnerst dich aber trotzdem noch an den Namen von

diesem Doktor und daran, wie die Garotte ausgesehen hat? Du wirst mir langsam unheimlich, Hannah. Wenn du nicht irgendwann loszulassen lernst, dann ...«

»Seinerzeit hat es nicht nur diesen Hildebrand erwischt! Und falls es dich beruhigt: Ich bin mir nicht mal sicher, ob wir es mit drei oder vier Todesopfern zu tun hatten. Ansonsten blieben sämtliche Fälle ungelöst.«

»Heißt das, ihr habt den Mörder nicht gefunden?«

»Was sollte *ungelöst* denn sonst heißen?«, stieß Hannah genervt hervor. Sie entschuldigte sich schwach lächelnd für ihr rüdes Auftreten und fuhr ein wenig sanfter fort: »Das war einer meiner ersten Fälle. Mein damaliger Chef wäre beinahe verrückt geworden, weil hier auf der Insel ein Arzt nach dem anderen dran glauben musste und ständig Druck von oben gemacht wurde.«

»Weil ein Doktortitel immer weit mehr bewegt, als wenn es Lieschen Müller erwischt«, setzte Ole fort. »Als wäre ein Menschenleben mehr wert, wenn ...«

Hannah packte Ole am Arm und sorgte damit für abruptes Schweigen. »Der Täter von damals ist zurück.«

»Nach über dreißig Jahren? Hat der inzwischen Winterschlaf gehalten oder wieso ...?«

Hannah unterbrach Ole abermals, dieses Mal jedoch mit einer hektischen Handbewegung. Sie zeigte hinüber zum Tesla, den die beiden Uniformierten nur gelegentlich vor neugierigen Passanten abschirmen mussten. »Ich will das volle Programm! Am besten wickelt unsere SpuSi das Teil in Folie und packt es erst in Kiel wieder aus. Ich will jeden Fingerabdruck und jedes Staubkorn aus dem Inneren.«

»Dann sollten wir den Abschlepper schnellstens canceln und uns was anderes einfallen lassen.«

Hannah schwieg, irgendwann nickte sie ansatzweise.

»Alles wie immer«, fasste Ole in seiner Not zusammen.

»Nicht *alles wie immer* ... wir legen uns richtig in die Riemen, und ich schwöre dir: Wenn das derselbe Täter ist, bringe ich ihn dieses Mal zur Strecke. Ein zweites Mal kommt der mir nicht ungeschoren davon ...«

4

»Alexander Stoll«, las Ralf von seinem Bildschirm ab. »Mitte dreißig, ledig …«

»… und neuerdings tot«, vervollständigte Martin Clausen, der mit seiner Ablage beschäftigt war. »Woher hast du überhaupt jetzt schon den Namen?«

»Hab mit einem der Streifenkollegen vor Ort telefoniert. Dieser Stoll hängt wohl seit gestern Abend tot hinterm Lenkrad seines Tesla. Die SpuSi ist unterwegs und soll das Umfeld näher unter die Lupe nehmen. Der Wagen geht – so, wie er ist – nach Kiel.«

»Was ist mit Hannah und Ole?«

Ralfs Gesicht verzog sich zu einem gequälten Lächeln. »Die hocken ein Stück weiter im Auto. Sieht so aus, als würden sie sich streiten.«

Clausen ließ einen Stapel Formulare auf seinen Schreibtisch klatschen und starrte kopfschüttelnd zur Decke. »Ich kenne Hannah seit Ewigkeiten, aber so hab ich sie nie erlebt. Diese Entführung und das ganze Drumherum stecken ihr immer noch in den Knochen.«

»Und es wird jeden Tag schlimmer, statt besser.«

»Weil sie sich nicht helfen lässt. Wenn das so weitergeht, müssen wir uns irgendwann zusammentun, sie überwältigen, in einen Sack stecken und in eine Klinik fahren.«

Ralf wollte etwas erwidern, doch sein Handy hielt ihn davon ab. Er schaute aufs Display und grinste, bevor er das Gespräch annahm.

»Wenn man vom Teufel spricht. Was gibt's, Chefin?«, meldete sich Ralf.

»Auf jeden Fall 'ne Menge Arbeit.«

»Darf ich den Lautsprecher anmachen, damit Martin ...?«

»Von mir aus.«

»Stift und Zettel liegen bereit, kann losgehen.«

»Sie müssen alles über einen alten Fall in Erfahrung bringen«, begann Hannah. »Die Geschichte liegt gute dreißig Jahre zurück.«

»Dann muss wohl jemand ins Archiv und suchen.«

Hannah zögerte einen Moment. Jetzt klang sie in erster Linie nach künstlichem Frohsinn. »Ich wüsste jemanden, dem ich das zutraue und der ...«

»Verstanden, Chefin! Noch was?«

»Es ging seinerzeit um eine Mordserie, hier auf Sylt, mit mindestens drei Opfern. Die SOKO, die damals mit der Aufklärung betraut war, trug den Namen *Schneeweißchen*.«

»Ist das ein Scherz?«

»Klinge ich, als wäre mir nach Scherzen zumute.«

»Schneeweißchen«, wiederholte Ralf, während er den absonderlichen Namen notierte. »Noch was?«

»Ich will alles: jede Akte, jede Mitschrift von Verhören, jedes Foto, jede ...«

»Ist angekommen!«, unterbrach Ralf. Er fasste sich ein Herz. »Geben Sie mir wenigstens einen kleinen Tipp, wieso ein uralter Fall heute noch von Interesse ist?«

Hannah beschränkte sich auf eine denkbar kurze Antwort: »Der Mörder ist zurück.«

Ralf schaute hinüber zu Clausen, auf dessen Stirn man hätte Waschbrett spielen können. »Sind Sie sich sicher?«

»Sagen Sie mir Bescheid, wenn Sie alles zusammenhaben?«

»Selbstverständlich und falls …« Den Rest verschluckte Ralf, schließlich hatte seine Chefin das Gespräch beendet.

»Sie ist momentan ein echter Kotzbrocken«, urteilte Clausen mit dazu unpassendem Grinsen.

Ralf starrte auf seine Notizen. »Sagt dir die *SOKO Schneeweißchen* was?«

»Da war ich noch nicht hier auf Sylt. Ich hoffe mal, dass die Akten nach so vielen Jahren nicht längst im Schredder gelandet sind.«

»Hör bloß auf!«, reagierte Ralf beinahe panisch. »Wenn das der Fall ist, bringt mich die Chefin um und …«

»Weil ein anderer irgendwelche verstaubten Akten schreddern lässt?« Clausen überlegte. Jetzt verhieß auch seine Miene aufkeimende Sorgen. »Hast recht: Immerhin reden wir von Hannah, da ist der Irrsinn Programm.«

———

»Darf ich oder muss ich weiter hier draußen im Regen stehen?«, fragte Ole, der in der offenen Fahrertür stand und sich in den Wagen hineinbeugte.

»Klar darfst du«, erwiderte Hannah abwesend, während sie auf ihrem Smartphone wischte.

Ole fuhr mit seiner Beschwerde erst fort, nachdem er auf dem Fahrersitz gelandet war. »Das hörte sich vorhin aber ganz anders an. Da hast du mich aus dem Wagen geworfen und meintest, du müsstest unbedingt telefonieren. Allein!«

»Bin fertig. Was macht der Abtransport?«

»Hier kommt jede Minute ein Lkw mit Koffer an, der den Tesla mit nach Kiel nimmt. Außerdem warten wir auf einen Gabelstapler, der …«

»Sorgt der nicht für Schäden am Fahrzeug?«

Vor seiner Antwort stieß Ole hörbar sämtlichen Atem aus und holte ebenso heftig neue Luft. »Die Räder kommen in Stahlschienen, und der Stapler ist wohl so 'n Monster, das auch locker zehn Tonnen trägt und üblicherweise für Notfälle bei der Bahnverladung gedacht ist. Keine Ahnung, wie genau es funktioniert, aber angeblich …«

»Ist gut«, unterbrach Hannah und winkte ab.

»Erzählst du mir, mit wem du unter vier Ohren telefonieren musstest?«

»Zuerst mit Ralf.«

»Ich weiß, er hat mich eben kurz angerufen.«

Hannah drehte sich zur Seite, zog die Brauen hoch. »Was wollte er? Herausfinden, ob ich jetzt völlig verrückt geworden bin?«

»Ich soll ihm und Martin nachher was von der neuen Dönerbude mitbringen. Davon abgesehen bin ich mir sicher, dass du nicht nur mit Ralf telefoniert hast. Da darf ich nämlich normalerweise zuhören. Weil sich richtige Kollegen, die etwas füreinander übrig haben, regelmäßig austauschen.«

Hannah nickte, reagierte ansonsten aber nicht.

Neben ihr hob Ole schon von Neuem an, besann sich jedoch eines Besseren und erklärte das Thema mit einer Handbewegung für beendet. »Wie sieht es bei dir aus? Auch Hunger auf 'nen Döner?«

»Die verlangen mittlerweile zwölf Euro«, raunte Hannah, als ginge es um ein Gewaltverbrechen. »Zwölf Euro für einen Döner! Das sind fast vierundzwanzig Mark.«

»Wolltest du nicht damit aufhören, ständig alles in Mark umzurechnen?«

»Bei den Preisen fällt es mir immer schwerer. Ich war neulich im Blumenladen und ...« Hannahs Smartphone meldete sich. Auf dem Display blinkte ein Name, den sie abzuschirmen versuchte.

»Muss ich wieder aussteigen?«, fragte Ole neben ihr.

Doch sie schüttelte den Kopf und nahm das Gespräch einfach an. »Ja?« Von nun an war eine ganze Weile Zuhören angesagt. »Ist das sicher? Wirklich absolut nichts?«, vergewisserte sich Hannah. Erneut eine Pause. Ole hörte zwar eine Stimme, hätte aber nicht mal sagen können, ob es sich am anderen Ende der Leitung um einen Mann oder eine Frau handelte. Hannah beschäftigte sich inzwischen mit dem Finale dieses Telefonats. »Ist okay, danke. Und falls du doch was findest, dann ... ja, klar ... bis zum nächsten Mal.«

Nach dem Auflegen machte sich im Auto Stille breit. Ole wollte nicht drängeln und wartete geduldig. Notfalls würde er bis zum Abend oder sogar bis zum nächsten Morgen dort ausharren und keinen Laut von sich geben. Zwischendurch könnte er bedenkenlos ein Nickerchen machen.

»Jetzt bin ich mir hundertprozentig sicher«, flüsterte Hannah unheilvoll.

Weil das zunächst alles war, riskierte Ole nun doch eine Frage, eine überaus knappe: »Worüber?«

»Dass das Monster zurück ist.« Hannahs Miene spiegelte schlimmste Sorgen wider. »Und weißt du, was das bedeutet?«

Ole beließ es bei einem Kopfschütteln.

»Es geht alles wieder von vorne los ...«

5

»Nichts!«, stöhnte Ralf, nachdem er ein Telefonat beendet hatte. »Nichts in Niebüll, nichts in Kiel ... und das, obwohl in unserem Archiv haufenweise Fälle liegen, die weit älter sind.«

»Sollte das alles nicht längst digitalisiert sein?«, fragte Clausen, der wieder mit seiner Ablage beschäftigt war.

»Sollte, sollte ... es sollte auch keine Menschen geben, die andere umbringen.« Ralf schnappte nach dem Mobilteil, das vor ihm lag. Es sah so aus, als wollte er es am liebsten gegen die Wand schleudern. »In Kiel gibt es zwar einige Ordner, auf denen *SOKO Schneeweißchen* steht, aber die sind allesamt leer. Dort sind zwei Kolleginnen 'ne halbe Stunde kreuz und quer durchs Archiv gekrochen und nur auf ein paar leere Aktenordner gestoßen. Kannst du mir mal erklären, was das zu bedeuten hat?«

Clausen, der bis eben angestrengt auf irgendein Formular gestarrt hatte, faltete dies nun sauber in der Mitte, zerriss es mit wissenschaftlicher Präzision und ließ es in seinen Papierkorb segeln. Jetzt hob er den Kopf und schaute Ralf mitfühlend an. »Für mich klingt das, als hätte da jemand die Unterlagen absichtlich verschwinden lassen.«

»Aber wer? Und warum?«

»Woher soll ich das denn wissen?«

»Die Chefin bringt mich um, wenn ich erzähle, dass …« Ralf verstummte. Hauptsächlich, weil diese vermeintlich mordlüsterne Chefin just in diesem Moment direkt hinter Ole das Büro betrat. Dort breitete sich augenblicklich der Duft von Dönern aus.

»Mahlzeit!«, rief Ole. »Ich hoffe, ihr habt Hunger. Und bevor ihr mich mit eurem Kleingeld nervt: Hannah hat bezahlt und lädt uns ein.«

Als Teller verteilt waren, alle saßen und der Duft von Fleisch und Saucen wie ein Dunst in der Luft hing, meldete sich die edle Spenderin zu Wort: »Schon was Neues?«

Ralf, der gerade zum ersten Mal von seinem Döner abbeißen wollte, hielt inne und biss dann ein besonders großes Stück ab, das ihn einige Zeit vom Reden abhalten würde.

Weil Hannahs Blick inzwischen auf Clausen ruhte und der noch mit dem Auspacken der Beute beschäftigt war, blieb ihm nichts anderes, als zu antworten: »Scheint, als wären sämtliche Unterlagen von damals verschwunden. Und es sieht übrigens so aus, als hätte da jemand nachgeholfen.«

Abgesehen von einem schwachen Lächeln, das beinahe Zufriedenheit demonstrierte, reagierte Hannah nicht.

Dieses Gehabe übersetzte Ole: »Du wusstest längst Bescheid, richtig?«

»Wie kommst du denn auf das schmale Brett?«

»Weil ich dich kenne und endlich weiß, wieso du allein

telefonieren wolltest. Du hast alle verrückt gemacht, damit die irgendwo im Archiv auf die Suche gehen. Und du hattest Angst, dass ich Ralf womöglich stecke, dass er nur die zweite Wahl war.«

Hannah schaute hinüber zu Ralf, der mit dem Kauen aufhörte. »Sie waren nicht meine zweite, sondern meine erste, Herr Jansen. Und nun zu dir, du Schlauberger.« Hannah nahm Ole ins Visier. »Du solltest dir lieber Gedanken darüber machen, wieso ich solche Gespräche nicht in deinem Beisein führe.«

Darauf wusste Ole nichts zu erwidern. Stattdessen schwieg er und widmete sich seinem eigenen Döner.

Eine Weile wurde schweigend gemampft, dann machte Clausen eine Pause und wandte sich an Hannah: »Schon 'ne Idee, wer im Archiv rumkriecht und Akten verschwinden lässt?«

»Ich konnte bis jetzt nicht mal herausfinden, wer damals die SOKO geleitet hat«, fügte Ralf hinzu.

Hannah ließ sich die Worte ihrer beiden Kollegen länger durch den Kopf gehen. Dann begann sie mit einem Hauch von Euphorie in der Stimme. Zweifellos war ihr Ehrgeiz geweckt. »Erst mal zu deiner Frage, Martin: Für mich sieht es so aus, als hätte unser Täter Freunde in Polizeikreisen oder stammt selbst aus unserem Verein. Und was Ihre Frage betrifft, Herr Jansen: Die SOKO hat anfangs mein damaliger Chef Rainer Schönborn geleitet, und später wurde er von Rudolf Spengler abgelöst.«

»Lebt einer von denen noch?«, fragte Ole schmatzend. »Ich meine ... wenn die Geschichte dreißig Jahre her ist, dann ...«

»Spengler lebt auf jeden Fall noch und ist dieses Jahr achtzig geworden«, erklärte Hannah bereits. »Ich weiß es so genau, weil er einen Tag vor meinem Vater Geburtstag hat.«

Da sich das Gesicht seiner Chefin – wie immer bei diesem Thema – gequält verzog, versuchte es Ralf mit einer Fortsetzung in anderer Sache: »Über die *SOKO Schneeweißchen* weiß von den Kollegen, die heute noch im Dienst sind, niemand Bescheid.«

Hannah tat empört. »Bin ich etwa niemand?«

»Verzeihung ... abgesehen von Ihnen. Darf ich fragen, wie Sie darauf kommen, dass die Leiche von heute mit dem alten Fall zu tun hat?«

Hannah nickte und platzierte den angebissenen Döner vor sich auf dem Teller. Sie holte tief Luft und begann mit einer Art Entschuldigung: »Ich bekomme sicherlich nicht mehr alles zusammen, aber vielleicht so viel: Das erste Opfer war ein gewisser Dr. Hildebrand. Wenn ich mich recht entsinne, war es auch November, und ich saß an jenem Morgen beim Frühstück, als das Telefon klingelte. Mein Chef und ich wurden nach Westerland gerufen, wo wir einen Alfa Romeo vorfanden, hinter dessen Lenkrad eine Leiche hockte.«

»Alfa Romeo!«, pickte sich Ole eins der Details heraus.

Was Hannah leicht ärgerlich werden ließ. »Die Autos waren seinerzeit der letzte Schrei, aber das spielt doch überhaupt keine Rolle. Hildebrand hing da im Gurt und saß wie in einer Wanne in seinem eigenen Blut.«

»Wurde er auch mit einer Garotte umgebracht?«, erkundigte sich Ralf. Was ihm zunächst nur einen fragenden Blick einbrachte. »Sorry, Chefin ... ich musste heute häufiger mit den Streifenkollegen vor Ort telefonieren.«

Ein Umstand, der Hannah eher zu belustigen schien. »Mit einer Garotte, die haargenau so aussah wie eine, die ich heute am Hals von Alexander Stoll bewundern durfte.«

»Und das kann kein Zufall sein?«, traute sich Clausen zu fragen.

Hannah schaute ihn nachdenklich an. »Wieder ein toter Arzt, nur ein paar Straßen weiter? Und wieder erwischt es den in einem Auto und das ausgerechnet mit 'ner Garotte?«

»Ist als Mordwaffe zwar ein bisschen oldschool, aber durchaus immer noch geläufig«, warf Ole ein. »Ich weiß nicht, ob die beiden Übereinstimmungen reichen, um ...«

»Da ist noch was«, unterbrach Hannah leise. Die Augen aller Männer ruhten auf ihr. Also holte sie geräuschvoll Atem und lieferte hörbar widerwillig ein weiteres Detail: »Der Leiche fehlt die Zunge.«

»Mahlzeit!«, kam es von Clausen, der den Rest seines Döners auf dem Teller vor sich ablegte.

Für den Protest fühlte sich jedoch Ole verantwortlich: »Und das hast du so schnell gesehen, Hannah? Hast du mal darüber nachgedacht, dass sich dieser Alexander Stoll die Zunge auch selbst abgebissen haben könnte? Wenn dir einer 'nen dünnen Draht um den Hals legt und kräftig zuzieht, dann hängt dir die Zunge nach ein paar Sekunden auch meterweit aus dem Hals.«

Ein Hinweis, den Hannah mit müdem Lächeln abtat. »Wenn er sie sich selbst abgebissen hätte, müsste sie doch in seinem Schoß liegen. Oder etwa nicht?«

»Dann war das also nicht der Fall?«, rekapitulierte Ole. In seiner Stimme schwang ein Anflug von schlechtem Gewissen mit. »Ich bin ehrlich, hab nicht genau hingesehen.«

»Und diesem Dr. Hildebrand fehlte seinerzeit auch die Zunge?«, fragte Ralf nach ausgedehntem Schweigen.

Hannah nickte. »Wir brauchen mehr Informationen über den damaligen Fall.«

»Aber du hast schon mitgekriegt, dass sämtliche Akten verschwunden sind?«, kam es von Ole.

»Dann müssen wir wohl zur Abwechslung mal was für

unser Geld tun«, reagierte Hannah schnippisch. »Herr Jansen: Sie zerpflücken die *SOKO Schneeweißchen* und versuchen, alle seinerzeit Beteiligten zu ermitteln.«

Ole hatte grinsend etwas hinzuzufügen: »Wenn möglich auch den Mörder, dann haben wir es schnell hinter uns.«

Hannah fuhr einfach fort: »Kontaktieren Sie alle, die noch leben, und sammeln Sie Telefonnummern! Ich will mit jedem persönlich reden. Und Martin ...« Hannahs Blick wanderte einen Schreibtisch weiter. »Könntest du dich bitte mal in Kiel umhören, ob die vielleicht doch Teile der Akten digitalisiert haben und wir nur nichts davon wissen?«

»Wird erledigt.«

Ole, der gerade erst wieder zu seinem Döner gegriffen hatte, ließ sich mit dem Abbeißen Zeit. »Und was haben wir zwei Hübschen vor?«

»Du hast doch noch zu tun«, erwiderte Hannah und zeigte auf Oles Mittagessen. »Wenn du fertig bist, wäre es nett, wenn du deinen Kollegen hilfreich zur Seite stehst.«

»Und was ist mit dir?«, fragte Clausen, schließlich wirkte Ole völlig konsterniert.

»Ich muss jemanden besuchen, unten in Hörnum«, sprach Hannah und war im nächsten Moment entschwunden.

6

»Nimm es dir bloß nicht so zu Herzen«, forderte Clausen Ole auf. Inzwischen waren alle mit Essen fertig, der Müll war in eine Plastiktüte verfrachtet, die Ralf eilends in der Teeküche entsorgte.

»Ich soll euch hilfreich zur Seite stehen«, wiederholte Ole Hannahs Anweisung. »Sagt schon! Was kann ich tun? Möchte jemand ein Verdauungskäffchen oder soll ich euch die Füße massieren, während ihr …?«

»Die Chefin macht momentan 'ne ziemlich schwere Zeit durch«, unterbrach Ralf das Gejammer. »Und du gehst zumindest mir tierisch auf den Sack.«

Oles Miene sprach dafür, dass er bereits an einem Konter arbeitete, stattdessen sackten seine Schultern in den Keller. »Hast recht. Ich bin selbst schuld und sollte Hannah einfach behandeln, wie ihr es tut.«

»Wie behandeln wir sie denn?«, fragte Clausen. In seiner Stimme schwang Misstrauen mit.

Ole winkte ab. »Ich häng mich mal an die Strippe und ruf 'nen alten Bekannten in Kiel an. Der kümmert sich seit

Jahren um das Digitalisieren der Akten und sollte im Prinzip am besten Bescheid wissen.«

Im Hintergrund klimperte Ralf eine ganze Weile auf seiner Tastatur. Nun hielt er inne, hob den Kopf und lächelte wissend. »Rudolf Spengler – Hauptkommissar im Ruhestand – wohnt in Hörnum. Jetzt wissen wir, wo es die Chefin hinzieht.«

»Schreib die Adresse auf und gib rüber!«, forderte Ole. Als er einen kleinen Zettel mit der gewünschten Information in der Hand hielt, fuhr er fort: »Wahrscheinlich will Hannah diesen Spengler reaktivieren, und am Ende ist es ein rüstiger Achtzigjähriger, der unseren Fall löst.«

»Du hast sie echt nicht mehr alle«, kam es von Clausen, der im selben Moment zum Hörer langte. »Ich frag mal bei den Damen in Niebüll nach, ob sich im dortigen Archiv nicht vielleicht doch irgendwas findest.«

»Dann viel Spaß«, grummelte Ole und verließ das Büro ohne ein weiteres Wort.

Auf dem Flur begegnete ihm ein langjähriger Kollege, der gleich etwas zu sagen hatte: »Ihr solltet mal über 'nen Maulkorb für Hannah nachdenken. Es wird von Tag zu Tag schlimmer mit ihr.«

Ole ließ den Mann einfach stehen und peilte den Kaffeeautomaten neben dem Wachtresen an, doch der Schichtleiter, der dahinter stand, hatte ebenfalls etwas über Hannah zu sagen: »Wenn deine Chefin so weitermacht, tun wir uns hier alle zusammen und reichen 'ne Beschwerde ein.«

Ole, der bereits Kleingeld in der Hand hatte, ließ die Münzen zurück in seine Tasche rieseln und bezog Stellung vor dem Wachtresen. »Was war denn dieses Mal los?«

Die erste Antwort war ein Fingerzeig, gemeint waren zwei junge Uniformierte, die sich im Hintergrund flüsternd austauschten. »Unser Mike hat 'ner älteren Frau erklärt, dass wir hier nicht Himmel und Hölle in Bewegung setzen können, um nach ihrem entlaufenen Shih Tzu zu suchen.«

Oles Stirn lag in Falten. »Ist das ein Hund?«

Nicken.

»Und der ist der Frau weggelaufen?«

Wieder Nicken, aber dieses Mal folgte auch eine Erklärung: »Heute Morgen, wahrscheinlich noch vor dem Frühstück. Mike hat der Frau nur begreiflich machen wollen, dass wir wichtigere Dinge zu tun haben, als nach ihrem Hund zu suchen.«

»Und Hannah?«

»Hat einen Teil der Unterhaltung mitbekommen und Mike ausführlich zur Sau gemacht, als die Oma weg war.«

Ole schaute hinüber zu diesem Mike, der seinem Kollegen gerade etwas auf einem Smartphone zeigte. Die Geräuschkulisse aus dem Lautsprecher bewies, dass es sich dabei keinesfalls um dienstliche Belange handelte. Jetzt lachten die Männer schallend und kümmerten sich gleich um das nächste Video.

»Ja, das sieht nach ziemlich üblem Stress aus«, rekapitulierte Ole. »Hoffentlich übersteht unser Mike das Drama einigermaßen unbeschadet.« Der Schichtleiter hob bereits an, doch Ole kam ihm rigoros zuvor. »Ihr habt ein Problem mit Hannah? Dann redet mit ihr! Und ich weiß zufällig, dass sie euch allen letzten Monat den Arsch gerettet hat, als euer Vorturner aus Kiel ein Fass aufmachen wollte. Weil in dem Laden hier nichts nach Vorschrift läuft!«, schickte Ole so laut hinterher, dass die Jungspunde im Hintergrund spontan das Interesse an ihren Videos verloren und in seine Richtung blickten. »Hannah kennt den Typen seit Ewigkeiten, hat ihn mit nach hinten in die Teeküche genommen und ihm erklärt, dass das Leben nicht nur aus Vorschriften besteht. Also hat der Kieler Sensenmann sein Arbeitsgerät wieder eingepackt und sich vom Acker gemacht. Erinnert ihr euch noch oder habt ihr in der Zwischenzeit zu viele verzweifelte Rentner davongejagt?« Mit dieser Frage ließ Ole seine Kollegen einfach stehen, vergaß sogar, sich einen Kaffee zu ziehen, und stürmte mit rekordverdächtigem Blutdruck und im Laufschritt aus dem Revier.

Auf dem Bürgersteig davor holte er zunächst tief Luft. Nach und nach löste sich die Wut in ihm auf, und er bereute schon seinen emotionalen Amoklauf. Einen Moment lang spielte er mit dem Gedanken, ins Revier zurückzukehren und dort alle auf einen Kaffee einzuladen. Keine Entschuldigung, denn die hielt er für unangebracht, sondern vielmehr ein koffeinhaltiger Schulterschluss. Doch er besann sich eines Besseren und saß kurze Zeit später in seinem Dienstwagen. Hannah brauchte dringend Hilfe, sie wusste es selbst nur nicht …

7

»Hannah … Hannah Lambert!«, brüllte sie in die Gegensprechanlage neben einer Haustür in Hörnum. »Ich hatte gehofft, Sie erinnern sich an mich, Herr Spengler.«

Offensichtlich nicht, denn der hatte eine weitere Frage: »Wie war der Name?«

Hannahs Gemütszustand war mit ›kurz vorm Platzen‹ vermutlich am besten beschrieben. Und sie wollte bereits aufgeben, einfach umdrehen, ins Auto steigen und davonfahren, doch sie unternahm noch einen letzten Versuch. »Hannah Lambert«, buchstabierte sie ihren Namen beinahe. »Sie waren mal einer meiner Chefs bei der Kripo Niebüll. Mein Vater war bei der Landespolizei und …«

»Horst«, krächzte es aus dem Lautsprecher.

Auf einmal witterte Hannah Morgenluft. »Richtig! Mein Vater und Sie haben …«

Der Summer erklang und machte weitere Erklärungen überflüssig. Hannah stapfte Treppenstufen im Sechzigerjahre-Style empor, die ihr nur allzu bekannt vorkamen. Im ersten Stock blieb sie vor einer Tür stehen, die sich langsam öffnete.

Als Rudolf Spengler im Halbdunkel sichtbar wurde, erschrak sie. Sie hatte den Mann seit Ewigkeiten nicht gesehen, jeden Besuch ganz bewusst vermieden. Schließlich hatte sie ihrem ehemaligen Chef einige Probleme zu verdanken und hätte seinetwegen fast den Dienst in Niebüll quittiert. Doch dann hatte Spengler selbst den Hut genommen und sich nach Itzehoe versetzen lassen. Damals als stattlicher Mann, die Haare schwarz und mit Gel nach hinten gekämmt, dazu Jeans, Stiefel und Lederjacke. Von diesem Aushilfs-Cowboy war nichts mehr übrig. Vor Hannah stand ein Mann mit schütterem grauen Haar, der offenbar um mindestens zehn Zentimeter geschrumpft und nur noch ein Schatten seiner selbst war.

»Darf ich reinkommen?«, fragte sie. Eine Reaktion blieb aus, deshalb versuchte sie es auf andere Weise: »Ich würde gerne mit Ihnen über einen alten Fall reden.«

Rudolf Spengler sagte zwar nichts, zog aber seine Wohnungstür ein Stück weiter auf. Jetzt machte er schwerfällig kehrt und schlurfte vorweg.

Auf dem Weg durch den Flur schaute Hannah nach links und rechts. Sie hätte es nicht beschwören können, war sich jedoch sicher, dass es sich immer noch um dieselben Tapeten wie vor dreißig Jahren handelte.

Die kurze Reise endete in einem Wohnzimmer, das ebenfalls den Charme der späten Achtziger versprühte. Spengler ließ sich keuchend in einem Sessel nieder und deutete auf einen zweiten, was wohl eine Art Einladung darstellte. »Hannah Lambert, sagst du. Ist lange her.«

Sie lachte. »Ich erinnere mich, wie Sie die Wohnung hier gekauft haben. Wir haben alle beim Umzug geholfen, und ich hab die meisten Kartons die Treppen hochgetragen.«

»Damals konnte man sich Sylt noch leisten«, erwiderte

Spengler anstelle eines verspäteten Dankeschöns. »Bist du immer noch bei unserem Verein?«

Hannah nickte. Derweil sah sie sich Rudolf Spengler etwas genauer an. Drei Jahrzehnte zuvor hatte sie den Mann insgeheim bewundert und sogar ein wenig auf ihn gestanden. Als blutjunge Polizistin war sie auf der Suche nach einem Vorbild gewesen, und schon allein weil ihr Vater Spengler nicht mochte, hatte sie sich erst recht zu ihm hingezogen gefühlt. Diese kurze Phase der Aufsässigkeit hatte Hannah schnell überwunden. Spätestens, als sie feststellen musste, dass der attraktive Hauptkommissar auch nur mit Wasser kochte und in erster Linie Dienst nach Vorschrift machte. Vorschriften, die Hannah schon damals vorzugsweise ignoriert und jeden Weg abseits davon zu ihrem erkoren hatte. Was Spengler – wenn er Kenntnis davon erlangte – regelmäßig auf die Barrikaden gebracht hatte. Und beinahe wäre es dem Mann gelungen, ihr einen reinzuwürgen. Aber da war ja noch Horst Lambert gewesen, Hannahs Vater, der in der Landespolizei bereits ziemlich weit oben in der Nahrungskette saß und seine Tochter bestens zu schützen wusste.

»Was willst du eigentlich von mir?«, drängte sich Spengler in Hannahs Gedankenwelt. »Das ist ja wohl kaum ein Besuch um der alten Zeiten willen.«

Hannah wollte nicht lange um den heißen Brei herumreden. »Erinnern Sie sich an die *SOKO Schneeweißchen*?«

Spenglers Miene verzog sich nachdenklich. Für Hannahs Geschmack ließ sich der Mann – der geistig noch voll auf der Höhe zu sein schien – ein bisschen zu viel Zeit mit seiner Reaktion. Die nebenbei unerfreulich banal ausfiel: »Kann schon sein. Was ist denn damit?«

Auf dem Weg runter nach Hörnum waren Hannah zahlreiche Details eingefallen, von denen sie nun einige zum

Besten gab: »Seinerzeit handelte es sich um eine Mordserie, hier auf Sylt. Als Ersten hat es einen Dr. Hildebrand erwischt, einen Frauenarzt, der hier auf der Insel eine Praxis hatte. Zwei oder drei Wochen später war ein Anästhesist an der Reihe, an dessen Namen ich mich nicht mehr erinnere, und noch ein paar Wochen später ...«

»Und wieso gräbst du in so 'nem alten Fall herum?«, unterbrach Spengler. »Hast du nichts Besseres zu tun?«

Hannah reagierte nicht auf diese offene Anfeindung, sondern fuhr einfach mit ihrer Geschichte fort: »Drei tote Ärzte und wir sind monatelang im Dunkeln getappt. Da hat es nicht mal geholfen, dass man uns Sie als Verstärkung aus Kiel geschickt und die *SOKO Schneeweißchen* mehrfach personell aufgestockt hat.«

»Wieso eigentlich *Schneeweißchen*?«, fragte Spengler nach viel zu langer Pause.

Hannah entließ geräuschvoll den Atem. »Ich hatte gehofft, das könnten Sie mir sagen. Lag es vielleicht an den schneeweißen Arztkitteln?«

»Hast recht, könnte sein«, erwiderte Spengler lapidar.

Inzwischen kochte Hannah. Von diesem Gespräch hatte sie sich weit mehr erhofft als nur Halbsätze und beiläufige Bemerkungen. »Nehmen Sie es mir bitte nicht übel, Herr Spengler: Müssten Sie, als damaliger Leiter der SOKO, nicht ein bisschen mehr über den Fall wissen? Mich haben Sie übrigens in erster Linie als Laufburschen missbraucht, und ich durfte für das körperliche Wohl der ermittelnden Beamten sorgen.«

»Jeder fängt mal klein an. Oder glaubst du etwa, ich durfte gleich an meinem ersten Tag ...?«

»*SOKO Schneeweißchen*«, brachte Hannah rüde in Erinnerung. »Was können Sie mir über den Fall heute noch sagen?«

»Einer der wenigen, den wir nicht aufklären konnten«, schickte Spengler vorweg. Seine Stimme klang ruhig, und zum ersten Mal machte der alte Mann den Eindruck, als würde er sich zumindest teilweise an sein altes Dasein als Mordermittler und Hauptkommissar erinnern. »Nach dem zweiten toten Doktor waren wir uns ziemlich sicher, dass es sich um 'ne Serie handelt. Wir haben alle Krankenhäuser und Arztpraxen gründlich durchleuchtet. Dachten an einen Täter, der sich für einen Kunstfehler rächen wollte oder ...« Spengler verstummte für einen Moment. »Am Ende waren wir uns alle einig, dass es sich wahrscheinlich nur um einen Zufall handelte.«

»Drei tote Ärzte, alle hier auf Sylt ... und das soll Zufall gewesen sein?«

»So was gibt es.« Spengler beugte sich in seinem Sessel nach vorne, was ihm Schmerzen zu bereiten schien. Er musste sich mit den Ellenbogen auf die abgewetzten Lehnen stützen, um aufrecht sitzen zu bleiben. »Und jetzt pass mal auf, Mädchen: Entweder du sagst mir, was du wirklich willst, oder du verschwindest. Am besten sofort!«

Hannah schrak innerlich zurück. Von nun an war ihr klar, dass der pensionierte Hauptkommissar Rudolf Spengler im Laufe der Jahre weder an Verstand noch an Bissigkeit eingebüßt hatte. Sie zwang sich zu einem Lächeln. »Sämtliche Akten von damals haben sich in Luft aufgelöst. Beweismittel, Fotos ... sogar die Abschriften der Verhöre. Es ist fast so, als hätte es die Morde und die *SOKO Schneeweißchen* nie gegeben.«

»Werden solche Akten heutzutage nicht ... wie heißt das noch?«

»Digitalisiert!«

»Und?«

»Ich hab auf dem Weg hierher mit einem Kieler Kollegen

telefoniert. Die meisten Fälle – selbst ältere – wurden inzwischen entsprechend behandelt.«

»Und was ist dann dein Problem?«

»Dass die Akten der *SOKO Schneeweißchen* lange davor verschwunden sein müssen. Irgendwann innerhalb der letzten dreißig Jahre.«

»Dann hast du aber was zu tun«, kommentierte Spengler staubtrocken.

Für diesen Kommentar hätte Hannah ihrem früheren Chef am liebsten eine schallende Ohrfeige verpasst. Aber zunächst unternahm ihr Verstand eine Reise in die Vergangenheit. Rudolf Spengler – von seinen Freunden Rudi und seinen Fußballkumpels Bolle genannt – war schon immer ein Arschloch gewesen. Hatte Untergebene mit Vorliebe getriezt und war nebenbei über Vorgesetzte hergezogen. Vorzugsweise über Hannahs Vater, wie sie manches Mal beim Lauschen mitbekam. Und heute? Der Scheißkerl hatte sich keinen Deut verändert, war noch derselbe wie drei Jahrzehnte zuvor.

Hannah erhob sich aus dem Sessel, streckte Spengler ihre Rechte entgegen und freute sich diebisch, als sich sein Gesicht schmerzerfüllt verzog, weil sie etwas fester als sonst zudrückte.

»Dann nichts für ungut und danke für Ihre ... Hilfe«, schickte sie nach einer bewussten Pause hinterher.

»Hast du mit Olschewski geredet?«, fragte Spengler. Jetzt sah es so aus, als würde der alte Mann seine eigene Frage bereuen. Vermutlich legte er deshalb gleich nach: »Er war immerhin Teil der SOKO und hat sich nicht gerade mit Ruhm bekleckert.«

»Ich weiß, dass Sie ihm und Schönborn vor die Nase gesetzt wurden, und das mitten in den Ermittlungen. Wieso eigentlich?«

Spengler lächelte überheblich. »Ich dachte, du wärst Polizistin.«

»Was soll das heißen?«, fragte Hannah und ärgerte sich über ihren unsicheren Ton.

»Wir waren schon damals zum Erfolg verdammt. Und wenn es mal nicht so lief, wie es sich die hohen Herren in Kiel vorstellten, dann ...«

»Aber Sie kommen mir jetzt hoffentlich nicht wieder mit meinem Vater, oder?«

Spengler war anzusehen, dass ihm so einige Kommentare auf der Zunge lagen, doch er beließ es bei einer allgemeinen Aussage, die so gut wie alles bedeuten konnte: »Dein Vater war einer von den hohen Herren.«

Innerlich kochte Hannah vor Wut. Schließlich genoss es Spengler sichtlich, ihren wunden Punkt gefunden zu haben. Sie wollte etwas erwidern, wusste aber nicht, was. Deshalb drehte sie sich wortlos um und machte sich eilig auf den Weg zur Tür. Bereits im Hausflur dahinter beschloss sie, diese Wohnung zeitlebens nie wieder zu betreten. Dass ihr das Schicksal diesbezüglich schon sehr bald einen Strich durch die Rechnung machen würde, konnte sie ja nicht ahnen ...

8

Ole kurvte eine Weile kreuz und quer durch Westerland, bevor es zu dämmern anfing und er sich auf den Weg nach Hörnum machte. Scheißegal, wie Hannah darüber dachte, er würde ihr schon irgendwie verklickern, dass sie da draußen aktuell lieber nicht allein herumfahren und Polizistin spielen sollte. Sie war angeschlagen und eine echte Gefahr – nicht nur für sich selbst.

Auf der Süderstraße hielt Ole an einer Fußgängerampel. Während er wartete, fiel sein Blick nach rechts.

»Wen haben wir denn da?«, raunte er. Als die Ampel auf Grün umsprang, machte er keinerlei Anstalten loszufahren. Hinter ihm hupte es, erst kurz, dann dauerhaft. Ole stieg aus und näherte sich einem dunklen Premium-SUV mit Düsseldorfer Kennzeichen. Hinter dessen Steuer klemmte ein Rentner, der mit dem Hupen aufgehört hatte und stattdessen wild gestikulierte.

Ole blieb auf der Fahrerseite stehen und klatschte seinen Dienstausweis gegen die Seitenscheibe. Die öffnete sich jetzt wenigstens zur Hälfte.

»Was ist denn los?«, fragte der Rentner. Eine Frau, etwa im selben Alter, saß auf dem Beifahrersitz und bekam einen langen Hals. »Sind Sie im Einsatz?«

»Fahren Sie einfach weiter! Und wenn Sie das nächste Mal übers Hupen nachdenken, schalten Sie vorher besser den Kopf ein.«

Der alte Mann legte den Rückwärtsgang ein und musste umständlich rangieren, bevor er endlich im Schritttempo davonrollte.

Oles Interesse galt vielmehr einer immergrünen Hecke aus Koniferen, unter der ein zitterndes Etwas lag, das im Dämmerlicht kaum zu erkennen war. »Du hast Glück, dass die Hälfte von deinem Fell weiß ist«, flüsterte Ole. »Sonst hätte ich dich gar nicht gesehen.« Er machte sich in tiefgebücktem Gang und im Stil einer Ente auf den Weg und gab dabei schnalzende Laute von sich. Außerdem versuchte er es mit einer Frage: »Bist du ein Shih Tzu?«

Auch wenn das wohl der Fall war, so blieb eine Antwort dennoch aus. Mittlerweile hatte das Zittern nachgelassen, und die winzige Nase schnupperte an Oles ausgestreckten Fingern. Bestimmt, weil er sich nach dem Vertilgen eines Döners die Hände nicht gewaschen hatte.

Sicherheitshalber fischte Ole sein Smartphone aus der Tasche, und obwohl er den Namen zweimal falsch tippte, sah er kurz darauf eine ganze Reihe von Shih Tzus auf dem Display. Er nickte und verkündete das Ergebnis seiner Recherche zum Mithören: »Ja, du bist zweifellos einer.« Ole hielt noch immer sein Telefon in der Hand und wählte das Revier an. Ausgerechnet der Schichtleiter, mit dem er eine gute Stunde zuvor ein Hühnchen gerupft hatte, meldete sich. »Polizei Westerland, Klose. Was kann ich für Sie tun?«

»Ole hier … habt ihr die Adresse von der alten Frau, die ihren Hund vermisst?«

Es dauerte einen Moment, bis der Kollege schaltete. »Warte mal 'ne Sekunde … Mike?«, ging es gebrüllt weiter. Ole hörte Gemurmel, jetzt wurde eine der Stimmen wieder klarer: »Hat die Oma nicht hinterlassen. Wieso fragst du? Sag nicht, du hast den Köter gefunden?«

Ole lagen einige Kommentare auf der Zunge, doch die hätten womöglich zum Eklat geführt. Also beschränkte er sich auf eine halbwegs verdaubare Variante: »Erklärst du dem lieben Mike bitte mal, dass man sich eine Adresse auch aufschreiben kann. Schließlich wäre es möglich, dass jemand den Hund findet, und dann weiß man sofort, wo er hingehört.«

Ohne eine Reaktion abzuwarten, beendete Ole das Gespräch und widmete sich wieder dem Hund. Der hatte sich inzwischen zur Hälfte unter den Koniferen herausgewagt und schleckte unverändert Oles Finger ab.

»In der Sauce war Knoblauch. Du solltest an deinen Atem denken.« Kurzentschlossen packte Ole den Hund, was der protestlos, jedoch mit neuem Zittern quittierte, und platzierte ihn nach dem Einsteigen auf dem Beifahrersitz. Dort schien er sich pudelwohl zu fühlen, denn er legte sich hin und schloss bereits die Augen.

»Anschnallen ist wohl nicht.« Ole untersuchte das schmale Halsband und fand auf Anhieb die Hundesteuer-Plakette. Zwei Anrufe später kannte er den Namen und die Anschrift der Halterin. Und er hatte gerade erst beschlossen, umzudrehen und jemanden glücklich zu machen, als sein Smartphone klingelte. Auf dem Display war Hannahs Gesicht zu sehen. Eine relativ aktuelle Aufnahme, bei der Ole sie ausnahmsweise unbeschwert erwischt hatte.

»Was gibt's?«, meldete er sich.

»Bist du unterwegs?«

Ole entschied sich für die Wahrheit. »Eigentlich wollte

ich dir nach Hörnum hinterherfahren, aber auf dem Weg gab's ein winziges Problem.« Da Hannah schwieg, lieferte er gleich die Auflösung: »Du hast doch vorhin mitbekommen, dass 'ne alte Frau aus Westerland ihren Shih Tzu vermisst.«

»Sag nicht, du hast ihn gefunden?«

»Süderstraße, ziemlich weit außerhalb. Schätze, der kleine Kerl hat auf seinen kurzen Beinen ordentlich Gas gegeben.«

»Wie hast du denn die Adresse so schnell herausbekommen?«

»Ich bin Polizist, Hannah! Schon vergessen?«

Sie ignorierte diese Provokation und fuhr in anderer Sache fort: »Wir müssen uns treffen, ich hätte 'nen Auftrag für dich – mehr oder weniger inoffiziell.«

»Was ist denn los?«

Hannah erzählte Ole von ihrem Gespräch mit Rudolf Spengler und schloss mit einem vernichtenden Fazit: »Er ist dasselbe Arschloch wie früher und hat mich eiskalt abserviert.«

»Womöglich Altersstarrsinn? Immerhin ist der Mann achtzig und ...«

»... macht uns allen noch was vor«, vollendete Hannah. »Ich hab seine Augen gesehen. Die sind hellwach und genauso hinterhältig wie damals.«

»Kann es sein, dass ihr Probleme miteinander hattet?«

Hannah reagierte nicht auf die Frage, sondern kehrte zu ihrem Anliegen zurück. »Es geht um einen gewissen Olschewski, einer, der seinerzeit auch für unseren Verein gespielt hat und Teil der *SOKO Schneeweißchen* war. Spengler meinte, der Typ könnte uns vielleicht weiterhelfen.«

»Hast du auch einen Vornamen?«

Hannah stöhnte. »Hast du nicht eben geprahlt, du wärst

Polizist? Wenn es jemanden gibt, der vor dreißig Jahren bei der Kripo war und ...«

»Ist ja gut! Bei dir sonst alles in Ordnung?«

»Nichts ist in Ordnung! Ich brauche schnell Leute, die auch Teil der SOKO waren, so viele wie möglich.« Hannah fluchte, doch ausnahmsweise war Ole nicht der Grund dafür. »Ob du's glaubst oder nicht: Ich hab so gut wie alles vergessen, kann mich nicht mal mehr daran erinnern, wer ...«

»Ist das nach so langer Zeit nicht völlig normal?« Ole lachte kurz auf. »Ich weiß nicht mal mehr, was es letztes Weihnachten bei meinen Eltern zu essen gab.«

»Könnte uns die Information dabei helfen, einen Mordfall zu lösen? Falls ja, rufe ich deine Mutter gerne an und frag nach.«

»Olschewski ... und kein Vorname«, wiederholte Ole, der die Spielchen seiner Chefin inzwischen ebenfalls in Perfektion beherrschte. »Was hast du noch vor?«

»Am liebsten würde ich mir den Hund anschauen und ihn selbst zurückbringen. Zur Abwechslung mal was Angenehmes.«

Ole zögerte keine Sekunde. »Wenn ich dir damit 'ne Freude machen kann – sag mir einfach, wo ich dir den Prachtkerl in die Arme drücken kann.«

»Woher weißt du überhaupt, dass es ein Rüde ist?«

»Hat mir die Frau vom Amt erzählt, die für Hundesteuer zuständig ist. Und er heißt übrigens Carlos.«

»Und du hast wirklich kein Problem damit? Immerhin bist du der große Held. Da wär's nur gerecht, wenn du auch die Lorbeeren einheimst.«

»Wann und wo?«, fragte Ole. Durch die Freisprecheinrichtung hörte er einen Motor aufheulen.

Nun auch wieder Hannahs Stimme: »Hast du eben Süderstraße gesagt?«

»Hab ich! Machst du dich auf den Weg?«

»Bleib, wo du bist, bin gleich bei dir.«

Hannahs Gesicht verschwand von Oles Handydisplay und machte Platz für diverse Apps, die Uhrzeit und das Wetter.

Er dachte zurück an die letzten Jahre und all das, was Hannah und er zusammen durchgemacht hatten. Er rief sich die kleinen Streitereien in Erinnerung. In der Regel waren es nicht mehr als Neckereien gewesen, die zur allgemeinen Erheiterung dienten.

In seinem Fall war aus einer anfänglichen Schwärmerei für seine Chefin tiefe Freundschaft geworden. Mit zahlreichen Hürden, schließlich war Hannah alles andere als einfach.

»Einfach sind wir alle nicht«, flüsterte er an sich selbst, aber auch an seinen pelzigen Sitznachbarn gewandt. Dessen Fell kraulte er schon länger und nahm zufrieden zur Kenntnis, dass sich da jemand richtig wohlfühlte.

»Kannst du mir verraten, was ich mit Hannah anstellen soll?«

Der Hund öffnete eins seiner Augen, allerdings nur zur Hälfte. Nach einem tiefen Atemzug schloss es sich wieder.

»Du bist mir ja ʼne schöne Hilfe. Wahrscheinlich ist es besser, dass Hannah dich nach Hause bringt, sonst würde ich deinem Frauchen mal erzählen, wie ihr kleiner Carlos …« Ole verstummte mitten im Satz. Hektisch schnappte er nach seinem Smartphone, dessen Display längst verloschen war, und wischte eine Weile darauf herum.

Keine zwei Minuten später stopfte er es zurück in die Halterung und lächelte geheimnisvoll. Mit seinem Fazit wandte er sich abermals an den Hund: »Beim Namen Olschewski hat bei mir gleich was geklingelt. Und ich will dir mal was sagen, Carlos: Da ist entweder einer senil oder dieser Spengler führt Hannah ganz bewusst an der Nase herum ...«

9

Etwa eine Viertelstunde später suchten sich Hannah und Ole einen Parkstreifen am Rande der Süderstraße, um Carlos unbeschadet und ohne einen eventuellen Fluchtversuch von einem Wagen in den anderen zu verfrachten. In Hannahs Auto angekommen fiel der Shih Tzu wie ein Toter auf die Rückbank und reckte alle vier Pfoten nach oben.

»Ist tatsächlich ein Rüde«, konstatierte Hannah, als sie sich nach hinten umdrehte. »Ein ganz kleiner«, fügte sie grinsend hinzu.

Ole saß neben ihr auf dem Beifahrersitz und wedelte mit seinem Smartphone. Er wartete, bis Hannah ihn ansah. »Du hast mir doch vorhin gesagt, ich soll alles über diesen Olschewski rausfinden ...«

»Heißt das, du hast schon was?«

Ole nickte. »Wird dir allerdings nicht gefallen.«

»Was ist los?«, fragte Hannah, die plötzlich kerzengerade auf dem Fahrersitz saß.

»Bei dem Namen hat bei mir gleich irgendwas geklingelt. Ist zwar ein paar Jahre her, aber du kennst ja mein sensationelles Gedächtnis.«

»Ich hoffe, du kommst irgendwann zu Potte! Vielleicht sagst du mir endlich mal, was mit Olschewski ist.«

»Er ist tot! Vor vier Jahren war er der erste pensionierte Polizeibeamte, der an Corona gestorben ist. Das ging auf dem Revier wie 'n Lauffeuer rum. Außerdem haben sich etliche Kollegen beschwert, dass sie nicht auf die Beerdigung durften, weil die Teilnehmerzahl streng limitiert war.«

»Als wenn da unter normalen Umständen besonders viele von unserem Verein auftauchen«, erwiderte Hannah kopfschüttelnd. »Du kannst mir auch sagen, was du willst – Corona hat bei manch einem für seltsame Nebenwirkungen gesorgt.«

Ole wartete einen Moment ab, doch Hannah schien fertig zu sein. »Ist dir klar, was das bedeutet?«

»Dass du immer noch unter den Nebenwirkungen leidest?«

»Nein!«

»Dass Spengler mich verarscht hat.«

»Oder er ist doch seniler, als du denkst.«

»Niemals!« Hannah klang verbittert und sah auch genauso aus. Sie drehte sich erneut zur Rückbank um, wo Carlos den Eindruck machte, als würde er dort mit größter Freude sein Nachtlager aufschlagen. Inzwischen war es fast dunkel, höchste Zeit also, den Hund an sein besorgtes Frauchen zu übergeben.

»Und was jetzt?«, fragte Ole. »Willst du bei deinem Plan mit dem Hund bleiben oder soll ich ...?«

»Hund!«, fuhr Hannah dazwischen. Sie wandte sich wieder Ole zu und grinste breit. »Ich finde, du solltest Spengler selbst mal kennenlernen. Vielleicht könnt ihr ja besser miteinander. So von ... alter Mann zu Traumenkel.«

»Du hast sie nicht mehr alle, Hannah.«

»Und du weißt, was du zu tun hast.«

»Dann mach ich mich mal auf den Weg«, stöhnte Ole. »Sehen wir uns später noch?«

»Wird sich wohl nicht vermeiden lassen.«

Ole langte bereits zum Türöffner, doch Hannah hielt ihn am Ärmel fest. »Von mir aus kannst du Spengler gerne durch den Fleischwolf drehen.«

»Hat er was gegen deinen Vater gesagt, oder wieso ...?«

»Fleischwolf!«

»Erst mal werde ich ihn fragen, wieso er einen Toten ins Spiel bringt. Und wenn mir seine Antwort nicht gefällt ...«

»... dann lässt du seine Leiche irgendwo verschwinden, wo niemand sie so schnell entdeckt.«

Ole ließ den Türöffner los und fand im Halbdunkel Hannahs wütendes Gesicht. »Das meinst du doch hoffentlich nicht ernst, oder?«

»Dann versuch es eben erst mal mit Samthandschuhen. Aber wenn die nicht helfen, dann ...«

»... nehm ich den Fleischwolf. Versprochen!«

———

»Das wird Hannah nicht gefallen«, rekapitulierte Martin Clausen.

Ralf war noch eine Weile in seinen Bildschirminhalt vertieft, löste nun seinen Blick davon und ließ ihn zu seinem Sylter Kollegen wandern. »Was meinst du?«

»In Niebüll existiert wirklich nichts mehr über die *SOKO Schneeweißchen*. Laut Verzeichnis haben die Akten ihren festen Platz im Archiv, aber dort herrscht gähnende Leere. Nicht mal geplünderte Ordner wie in Kiel.«

Ralf zeigte auf seinen Bildschirm. »Ich hab hier alles, was die Presse damals über eine Mordserie auf Sylt berichtet hat. Ich trag das gerade zusammen und will der Chefin später einen Bericht an die Hand geben.«

»Mit dem, was die Presse geschrieben hat?«, hakte Clausen lachend nach. »Pass bloß auf, dass du ihr keine Enten unterschiebst und sie dich hinterher dafür vierteilt.«

»In einem Artikel steht, die Sylter Ärzteschaft hätte nach dem Tod ihres dritten Kollegen regelrecht Panik geschoben. Ein paar haben sogar ihre Häuser verkauft und sind aufs Festland gezogen, um dort zu praktizieren. Unglaublich, findest du nicht?«

»Hast du schon Angehörige der *SOKO Schneeweißchen* gefunden?«

»Nur diesen Schönborn«, erwiderte Ralf frustriert. »Der ist neunundsiebzig und wohnt in 'nem Altenheim in Drage.«

»Das Drage bei Friedrichstadt?«

Ralf schaute zur Sicherheit auf seinen Monitor und nickte dann. »Wieso fragst du?«

»Mein Onkel hat seine letzten Jahre im dortigen Altenheim verbracht. Zum Schluss mussten sie ihn mit Tabletten ruhigstellen und am Bett fixieren, weil er ständig weggelaufen ist. Was allerdings nicht am Heim lag, das ist echt klasse.«

»Was hältst du von Hannahs Theorie, dass da jemand seine Mordserie von damals fortsetzt?«

Clausen ließ sich die Frage länger durch den Kopf gehen. »Nach dreißig Jahren? Wenn das der Fall ist, sollten wir schnellstens die *SOKO Rosenrot* ins Leben rufen.«

»Du bist ein Spinner«, kommentierte Ralf grinsend. »Aber mal ernsthaft: Was hältst du von ihrer ...«

»Ich halte es für Zufall oder es könnte sich ebenso gut um einen Nachahmer handeln! Ja, da hat es wieder einen

Arzt erwischt. Und Ja, dafür hat einer 'ne ähnliche Garotte benutzt. Steht darüber eigentlich was in der Presse?«

»Über die Garotte?«

Clausen nickte.

»In den späteren Artikeln ist fast nur noch davon die Rede. Schätze, da hat einer unserer Kollegen was an die Presse durchgesteckt, und die hat natürlich gierig nach dem Köder geschnappt.«

»Also alles wie immer. Wenn das so weitergeht, brauchen wir irgendwann nicht mehr ...« Clausen verstummte, weil sein Telefon klingelte. Das Gespräch dauerte nicht mal eine halbe Minute und hatte dem Sylter Kollegen trotzdem mindestens die Hälfte seiner Gesichtsfarbe geraubt.

»Was ist los?«, fragte Ralf.

»Eine Streife ist auf dem Weg runter nach Hörnum. Dort wurde angeblich in einem Wohnhaus geschossen.«

»Hast du die Adresse?«

Clausens Gesicht verzog sich. »Das ist die, die du Ole vorhin auf 'nen Zettel gekritzelt hast. Ich hab's mitbekommen.«

»Scheiße!«

»Und das kannst du laut sagen.«

10

Ole hatte Westerland gerade erst hinter sich gelassen, als sein Telefon klingelte. Er meldete sich lachend: »Was ist? Willst du dich in den Feierabend abmelden?«

»Schön wär's!«, erwiderte Ralf. »Im Moment ist ein Streifenwagen auf dem Weg nach Hörnum. Zu der Adresse, die ich dir vorhin aufgeschrieben habe. Ist die Chefin noch vor Ort?«

»Nope! Geht's etwa um Spengler?«

»Auf jeden Fall um das Haus, in dem er wohnt. Glaubst du an solche Zufälle?«

»Hast du mehr für mich?«

»Der Notruf stammt von 'ner alten Frau aus dem Erdgeschoss … hab ihn mir eben angehört. Sie sagt, zuerst wären zwei Schüsse gefallen, und dann hätte es Radau im Treppenhaus gegeben. Außerdem ist im Dunkeln jemand davongehumpelt.«

»Hat sie nachgeschaut, was passiert ist?«

»Ich hoffe nicht! Davon abgesehen geht sie nicht ans Telefon. Martin hat's eben wieder probiert, keine Ahnung, was da los ist.«

Oles rechter Fuß trat wie von allein das Gaspedal voll durch. »Ich brauche noch etwa fünf Minuten. Weiß Hannah Bescheid?«

»Die geht nicht ans Telefon, sonst hätte ich doch eben nicht nach ihr gefragt! Meldest du dich, wenn du vor Ort bist?«

»Bis gleich!«

Ole durchquerte Hörnum auf der Rantumer Straße in halsbrecherischer Fahrt und bog, ohne vorher wesentlich langsamer zu werden, in den Berliner Ring ein. Hier war ein Teil vom alten Sylt zu finden: Zweistöckige Wohnhäuser, die wie ein Ei dem anderen glichen und auf ein Reetdach oder sonstigen Luxus, wie er auf der Insel der Schönen und Reichen beinahe obligatorisch war, verzichten mussten.

Viereinhalb Minuten nach dem Telefonat mit Ralf sprang Ole aus seinem Wagen und steuerte auf zwei Streifenkollegen zu, die vor der Haustür standen.

»Wissen wir inzwischen mehr?«, fragte Ole im Laufen.

Einer der Uniformierten, ein hagerer Mittfünfziger mit tiefen Falten, schüttelte den Kopf. »Wir wollten gerade klingeln.«

Was überflüssig wurde, denn aus dem Lautsprecher der Gegensprechanlage krächzte die Stimme einer älteren Frau. »Ich mach Ihnen auf.«

Im selben Moment ertönte der Summer.

Ole zog seine Dienstwaffe aus dem Schulterholster und drängte sich zwischen seinen Mitstreitern hindurch. Im Treppenhaus fand er den Lichtschalter und erstarrte, als die Lampen dort ihren Betrieb aufnahmen.

»Ganz schön viel Blut«, fasste einer der Streifenkollegen

das Offensichtliche in Worte und deutete auf die Treppenstufen.

Rechts öffnete sich eine Tür. In einem Spalt tauchte ein schmales Gesicht auf, das wohl zu der Frau gehörte, die kurz zuvor geöffnet hatte. »Sie müssen nach oben, wahrscheinlich zu ...«

Ole beendete den Redefluss mit einer Anweisung: »Schließen Sie bitte Ihre Tür, bleiben Sie in Ihrer Wohnung und warten Sie, bis wir uns wieder melden.«

Inzwischen hielten auch seine uniformierten Kollegen ihre Dienstwaffen im Anschlag.

Ole schlängelte sich Stufe für Stufe am rauen Putz der Wände empor und blieb vor einer Wohnungstür im ersten Stockwerk stehen. Die hatte offenbar jemand mit einem Brecheisen ausgehebelt, und sie war nur angelehnt. Ole schob sie mit der Mündung seiner Dienstwaffe weiter auf und handelte streng nach Vorschrift: »Hier ist die Polizei! Können Sie mich hören?«

»Ich liege hier hinten ... im Wohnzimmer«, erklang es aus dem Inneren der Wohnung.

»Herr Spengler?«, fragte Ole daher.

»Der immer noch in seinem Wohnzimmer liegt und Hilfe braucht. Vielleicht setzt du dich langsam mal in Bewegung!«

Ole schaute über die Schulter und warf seinen Mitstreitern einen fragenden Blick zu, doch die wirkten ähnlich ratlos wie er selbst. Also durchquerte er einen Wohnungsflur mit vorsichtigen Schritten, checkte die Küche, ein winziges Badezimmer und ein Schlafzimmer, bevor er das Wohnzimmer betrat. Dort erwartete ihn eine beinahe absurde Szenerie, die – vorausgesetzt, er würde den Anblick fotografisch festhalten – auf der nächsten Weihnachtsfeier für einige Lacher sorgen würde ...

———

»Ich weiß inzwischen, wie der kleine Schlingel entkommen ist«, berichtete Helene Rosenberg, als sie zusammen mit Hannah in ihrem Wintergarten ankam. Ein paar Minuten zuvor glich die Begrüßung an der Haustür einem Freudenfest. Carlos – der bis dahin einigermaßen entspannt in Hannahs Armen hing – hätte wohl am liebsten einen todesmutigen Sprung gewagt, um in denen seines Frauchens zu landen. Es flossen Tränen, gefolgt von einem wahren Fragenschwall.

Hannah hatte alle brav beantwortet, wobei sie sich manches Mal ihrer lebhaften Fantasie bedienen musste.

»Er ist heute Morgen raus in den Garten und hat sich da hinten links unterm Zaun durchgegraben. Mein Gärtner Eduard meint, Carlos könnte es mit jeder Wühlmaus aufnehmen.«

Hannah spürte es in ihrer Tasche summen. Ein Anruf und der stammte garantiert erneut von Ralf. Schon auf der Fahrt durch Westerland hatte er es x-mal probiert und wollte anscheinend nicht aufgeben. Hannah hingegen hatte beschlossen, sich mindestens eine halbe Stunde Auszeit zu nehmen. Den Moment des Wiedersehens zwischen einer alten Frau und deren Hund ausgiebig zu genießen und erst danach wieder zur Verfügung zu stehen.

›Sie müssen auch mal abschalten, Frau Lambert! Sich eine Pause gönnen, und wenn es nur fünf Minuten sind‹, hatte ihr Hausarzt beim letzten Besuch gepredigt. Obendrein hatte er ihr Tabletten verschrieben – Psychopharmaka, deren Nebenwirkungen kaum auf den Beipackzettel passten –, von denen sie bis jetzt keine einzige genommen hatte.

»Darf ich Ihnen etwas zu trinken anbieten?«, fragte Helene Rosenberg. Carlos hatte längst einen der Sessel im

Wintergarten bezogen, sein Gehabe machte deutlich, dass er hier Herr aller Reußen war.

»Nur ein Glas Wasser, danke.« Hannah ließ sich auf einem Rattansessel neben dem Hund nieder und kraulte gedankenversunken dessen Fell, während die Dame des Hauses für einen Moment entschwand.

Als sie mit dem gewünschten Wasser zurückkehrte, funkelten immer noch Tränen in ihren Augen. »Ich hatte schon gedacht, jemand hätte ihn überfahren. Was für ein Zufall, dass er ausgerechnet einer Polizistin über den Weg läuft.«

»Meinem Kollegen Friedrichsen«, gab Hannah ehrlich zu. »Er hat zu tun, deshalb bin ich gekommen, um …«

»Geht es um den Mord an diesem Arzt?«

Hannahs Sensoren erwachten. »Ist die Geschichte schon rum?«

Helene Rosenberg stutzte, wirkte beinahe empört. »Wenn Sie mich fragen, hat es einer wie dieser Stoll nicht besser verdient.«

Nun kämpfte Hannah mit Erstaunen. »Verraten Sie mir auch, wieso?«

»Haben Sie nicht gelesen, was der feine Herr Doktor angerichtet hat? Die Sache ging doch wochenlang durch die Presse. Er hat bei einer OP gepfuscht, und dadurch ist eine Frau gestorben – eine Mutter von drei Kindern.«

Hannah stieß die Luft aus und schürzte die Lippen. »Und Sie denken, dass er deshalb …«

»Na, wieso denn sonst? Nehmen wir mal an, ich wäre der Witwer und würde von jetzt auf gleich allein mit drei kleinen Kindern dasitzen. Keine Ahnung, was ich da täte.«

In Hannahs Tasche summte es schon wieder. Sie zog ihr Smartphone heraus und blickte in Ralfs Gesicht. »Verzeihung, aber ich muss da mal eben ran«, entschuldigte sie sich und wischte über das grüne Telefonsymbol. »Fassen Sie sich bitte kurz, Herr Jansen, ich bin hier mitten im Gespräch.«

»Und sollten lieber schnellstmöglich nach Hörnum aufbrechen.«

Blitzartig breitete sich ein heißer Schock von Hannahs Eingeweiden bis unter ihre Schädeldecke aus. »Ist was mit Ole?«

»Der ist okay, bei Spengler gab es einen Vorfall. Ziemlich rätselhafte Geschichte.«

»Ich melde mich gleich, wenn ich auf dem Weg bin. Bleiben Sie auf jeden Fall erreichbar!« Hannah beendete das Telefonat und stand bereits.

»Müssen Sie los, Kindchen?«

»Leider ja, vielleicht schaue ich demnächst mal auf einen Kaffee vorbei.«

Helene Rosenberg erhob sich überraschend flink. Die Frau war mit Sicherheit weit über achtzig, aber ihre hellwachen Augen verhießen Neugier. »Geht es immer noch um den Stoll?«

Hannah schüttelte energisch den Kopf. »Verkehrsunfall ... irgendwo zwischen Westerland und Hörnum.«

»Sie sollten sich schämen, einer alten Frau solche Märchen aufzutischen«, protestierte die Dame des Hauses lächelnd. »Davon abgesehen, passen Sie gut auf sich auf. Ich weiß sonst nicht, wer meinen Carlos nächstes Mal zurückbringen soll ...«

11

Hannah saß kaum im Auto, da wählte sie Ralfs Nummer.

Er meldete sich mit einer Art Entschuldigung: »Ich warte auf Oles Rückruf und kann Ihnen im Prinzip nicht viel mehr als eben erzählen. Auf jeden Fall ist Spengler am Leben, wobei es offenbar einen anderen erwischt hat.«

»Tot?«

»Nein, aber im Treppenhaus sind Blutspuren, die auf wesentlich mehr als einen Kratzer hindeuten. Ich denke, wir sollten …«

»Lassen Sie mich erst mal«, unterbrach Hannah. »Mir hat gerade jemand erzählt, dass dieser Alexander Stoll Dreck am Stecken hat. Da ist es wohl bei einer OP …«

»… zu einem Zwischenfall gekommen«, hakte Ralf ein. »Nicht unmittelbar, aber die Hinterbliebenen der verstorbenen Frau haben Anzeige gegen Stoll erstattet und ihn bis vor Gericht gezerrt.«

»Wie ist die Sache ausgegangen?«

»Freispruch … erst letzte Woche! Ich bin mit den Akten noch nicht ganz durch. Auf den ersten Blick sieht es so aus, als hätte Stolls Anwalt das Unmögliche möglich gemacht.«

»Wie heißt der Kerl?«, wollte Hannah wissen.

»Dr. Elmar Burdinski, praktiziert hier in Westerland und ist auf Strafrecht spezialisiert.«

Hannah ließ sich mit ihren nächsten Worten Zeit. »Mal ehrlich, Herr Jansen: Sie verlieren Ihre Frau bei einer OP, sitzen plötzlich mit drei Kindern allein da, und irgendein Staranwalt boxt den Verantwortlichen vor Gericht mühelos raus. Wie würden Sie da reagieren?«

»Auf jeden Fall ziemlich sauer.«

Hannah nickte energisch. Da Ralf das nicht sehen konnte, präsentierte sie ihr eigenes Urteil jetzt zum Mithören: »Sie sagen es, Herr Jansen! Und deshalb würde ich vorschlagen, Sie nehmen die verstorbene Frau, deren Witwer und den Rest der Familie mal etwas genauer unter die Lupe.«

»Wird erledigt, Chefin! Sind Sie auf dem Weg nach ...?«

»Jeden Moment da. Wir sprechen später noch mal.«

Vor dem Wohnhaus in Hörnum begrüßte Hannah ihre uniformierten Kollegen per Handschlag und stapfte gleich ins erste Stockwerk empor. Das Blut auf den Treppenstufen nahm sie zwar zur Kenntnis, konnte sich jedoch keinen wirklichen Reim darauf machen.

An der Wohnungstür kam ihr Ole entgegen.

»Was ist los?«, fragte sie. »Und wo ist Spengler? Ralf meinte eben am Telefon, er wäre unverletzt.«

Ole antwortete mit leiser Stimme: »Er hockt inzwischen in seinem Sessel. Gefunden haben wir ihn zusammenge-krümmt auf seiner Auslegeware, in Unterwäsche – halbwegs weißer Feinripp.«

»Dann ist er also doch verletzt?«

»Er nicht ... es hat wohl seinen Angreifer erwischt.«

Hannah hatte genug von diesem Frage-Antwort-Spiel und schob Ole mehr oder weniger sanft beiseite. Im Wohnzimmer blieb sie stehen und warf zuerst einen Blick in die Runde. Zum Abschluss deutete sie auf einige Blutspritzer rechts von der Tür und schaute Rudolf Spengler fragend an. »Was hat es damit auf sich?«

»Ich habe mich gewehrt. Ist das neuerdings verboten?«

»Womit?«, fragte Hannah kurz angebunden.

Was den Hausherrn sichtbar in Bedrängnis brachte.

Die Erklärung lieferte ohnehin Ole: »Herr Spengler hat uns bereitwillig eine Schusswaffe ausgehändigt.« Ole fischte einen Plastikbeutel aus der Jackentasche und hielt ihn Hannah entgegen. »Entladen und gesichert.«

»Eine russische *Makarow*«, stellte Hannah anerkennend fest. »Das Schätzchen hat ja fast Sammlerwert. Verraten Sie uns, woher Sie es haben und wieso Sie damit auf Menschen schießen?«

Spengler schwieg.

»Und wo wir gerade beim Thema sind: Können Sie uns sagen, auf wen genau Sie da angelegt haben?«

»Offensichtlich auf einen Einbrecher«, antwortete Spengler.

»Der Sie niedergerungen hat, bevor Sie geschossen haben, oder wieso haben meine Kollegen Sie auf dem Teppichboden vorgefunden?«

Anfangs beschränkte sich Spengler erneut auf Schweigen. Hannah wollte gerade nachsetzen, da kam er ihr zuvor: »Was sind das eigentlich für Fragen? Jemand bricht bei mir ein, ich wehre mich, und du behandelst mich wie einen Verbrecher oder Idioten. Die Vorgehensweise hast du aber nicht von mir gelernt.«

Hannah störte es nicht mal, dass Spengler sie immer noch duzte, wie er es schon vor über dreißig Jahren getan hatte. Vielmehr spürte sie das Bedürfnis, laut loszulachen. »Wenn Sie uns nicht langsam mal erklären, was hier passiert ist, nehmen wir Sie vorläufig fest und setzen die Unterhaltung auf dem Revier fort. Falls Ihnen das lieber ist, sagen Sie es einfach.«

Spengler rang eine Weile mit sich, man hätte auch denken können, er bräuchte einen Moment, um sich die passende Geschichte zurechtzulegen. »Ich hab's an der Tür rumoren hören. Vorher muss jemand den Summer gedrückt haben – wahrscheinlich die alte Schachtel aus dem Erdgeschoss.«

»Wer das war, finden wir auch ohne Ihre Hilfe heraus«, meldete sich Ole zu Wort.

»Da war ein Knirschen, und dann steht plötzlich einer genau dort, wo du jetzt stehst«, ging es mit einem Fingerzeig auf Hannah weiter.

Sie stellte auch die nächste Frage: »Und Ihren Freund *Makarow* haben Sie immer schussbereit im Schoß oder wie darf ich mir das vorstellen?«

Spengler lehnte sich zur Seite und zupfte am oberen Rand einer Tasche, die an der Sessellehne hing und dort offenbar befestigt war. »Nur für den Fall der Fälle.«

»Für den unerlaubten Besitz und das Abfeuern einer Schusswaffe werden Sie sich juristisch rechtfertigen müssen. Jetzt sagen Sie schon: Woher haben Sie das Teil?«

Zum ersten Mal machte sich ein ehrliches Lächeln in Spenglers Gesicht breit. »Hab ich so 'nem Möchtegern-Zuhälter abgenommen ... paar Monate vor meiner Pensionierung, ist also schon länger her.«

»Und Sie dachten, es wäre 'ne gute Idee, auch im

Rentenalter nicht auf eine Waffe zu verzichten«, fuhr Hannah fort. Ein Kopfschütteln verriet, was sie davon hielt. »Ich stelle mir gerade vor, das würde jeder von uns so handhaben, dann wären 'ne Menge bewaffneter Ruheständler unterwegs.«

Spengler zuckte mit den Schultern.

»Die Geschichte ist noch nicht vom Tisch!«, blaffte Hannah. »Unabhängig davon haben Sie uns immer noch nicht verraten, wieso meine Kollegen Sie auf dem Teppichboden vorgefunden haben.«

»Nachdem der Kerl getürmt ist, wollte ich aufstehen, bin ausgerutscht und lang hingeschlagen«, gab der Hausherr nach einigem Zögern zu. »Mir ist in der Hektik wohl die Fernbedienung vom Schoß gerutscht, und ... so was kann passieren, ich bin schließlich keine zwanzig mehr! Nebenbei bin ich auf die Hüfte gekracht und konnte mich 'ne Weile nicht rühren.«

»Und den Einbrecher haben Sie tatsächlich nicht erkannt?«

»Ging alles viel zu schnell, außerdem hatte ich meine Brille nicht auf. Der Typ stand da, ich hab meine *Makarow* aus der Seitentasche gefischt und sofort zweimal abgedrückt ... ohne groß zu zielen. Wie auch, ohne Brille?«

Hannah drehte sich zur Tür, um ein weiteres Mal die blutigen Zeugen in Augenschein zu nehmen. »Sieht so aus, als hätten Sie trotzdem mit beiden Schüssen einen Treffer gelandet.« Sie machte einen Schritt und beugte sich vor. »Einmal ziemlich weit oben – wahrscheinlich die Schulter – und das zweite Mal ein gutes Stück tiefer. Wissen Sie zufällig, was für eine Munition in Ihrer *Makarow* steckt? Ich tippe auf Vollmantelgeschosse, sonst hätten wir mehr Blut, und der Angreifer würde vermutlich tot in Ihrem Flur liegen.«

»Scheinst ja doch was gelernt zu haben«, resümierte Spengler zufrieden. »Hätte ich meine Brille aufgehabt und mehr Zeit zum Zielen, dann ...«

»... hätten wir Sie längst festgenommen«, kam es dieses Mal von Ole. »Einbrecher hin oder her – in diesem Land liegt das Gewaltmonopol immer noch allein bei der Polizei. Das sollten Sie am besten wissen!«

Spengler reagierte nicht, denn seine volle Aufmerksamkeit gehörte unverändert Hannah.

Die drehte sich um und versuchte sich an einer Zusammenfassung: »Jemand bricht Ihre Tür auf, steht von jetzt auf gleich in Ihrem Wohnzimmer, Sie sind vorbereitet, und der Eindringling kann von Glück reden, weil Sie Ihre Brille nicht aufhatten. Und das Ganze ausgerechnet an dem Tag, an dem in Westerland ein Mord passiert, der unmittelbar mit der *SOKO Schneeweißchen* zusammenhängt, die Sie geleitet haben!« Hannah verstummte und musterte Rudolf Spengler halb fragend, halb spöttisch. »Wollen Sie uns verarschen und ernsthaft mit einer derartigen Räuberpistole abspeisen?« Sie wartete keine Reaktion ab, sondern fuhr aufgebracht fort: »Sie lügen wie gedruckt! Und bevor Sie uns mit weiteren Märchen kommen, setze ich der Sache hier erst mal ein Ende. Sie sind vorläufig festgenommen, Herr Spengler.«

Der wollte etwas erwidern, doch Hannah ergriff abermals das Wort, dieses Mal jedoch an Ole gerichtet. »Unsere SpuSi muss sich so schnell wie möglich die Wohnung hier vorknöpfen. Ruf Ralf an, er soll sämtliche Krankenhäuser und Ärzte in der Umgebung kontaktieren. Falls da einer mit 'ner Schusswunde auftaucht, darf der uns verraten, was hier wirklich passiert ist. Und ich will, dass in Westerland und Niebüll Kollegen stehen, die jeden Zug in Richtung Festland unter die Lupe nehmen.«

»Nicht schlecht, Mädchen ... du bist gut«, lobte Spengler.

Hannah wirbelte herum und funkelte den alten Mann wütend an. »Wie gut ich bin, werden Sie noch am eigenen Leibe erleben. Und jetzt halten Sie die Klappe, ich muss nachdenken ...«

12

Dr. Elmar Burdinski blickte auf einen entsetzlichen Tag zurück. Auf den schlimmsten seines Lebens, um es genauer zu sagen. Mittags – er hatte gerade ein anderthalbstündiges Telefonat mit einem Mandanten hinter sich – war seine Sekretärin hereingestürmt gekommen. Im Gepäck eine schier unglaubliche Hiobsbotschaft.

Zuerst hatte Burdinski ein paar Anrufe getätigt, um dem Sylter Buschfunk, der in der Vergangenheit auch manch eine Ente produziert hatte, näher auf den Zahn zu fühlen. Danach stand fest, dass jemand Alexander Stoll umgebracht hatte. Nicht weit entfernt und vermutlich unmittelbar nach dem Gespräch vom letzten Abend. Burdinski hatte seine Sekretärin angewiesen, alle Termine zu stornieren und auf jegliche Störung zu verzichten.

Gegen sechs verabschiedete sich Frau Kleinschmidt in den Feierabend. Zu diesem Zeitpunkt grübelte der Anwalt unverändert über der Stoll-Akte. In den Stunden davor hatte er jedes Detail eingehend geprüft und jeden Beteiligten – soweit möglich – durchleuchtet. Das Ergebnis dieser

Recherchen würde er gleich am nächsten Tag mit den ermittelnden Beamten teilen.

Um sieben – er wollte eigentlich zusammenpacken und nach Hause fahren – orderte er sich doch etwas vom nahegelegenen Italiener. Dazu trank er drei Gläser Rotwein und überlegte schon, ob er lieber im Büro übernachten sollte. Aber das Sofa zwischen den zwei riesigen Gummibäumen war unbequem und würde mit Vergnügen für Rückenschmerzen sorgen. Also fuhr er seinen PC herunter, platzierte die Akte, um die gerade all seine Gedanken kreisten, auf dem Schreibtisch seiner Sekretärin und schloss wenig später die Bürotür von außen ab. Sein Wagen, ein brandneuer BMW der 7er-Serie, stand in der Tiefgarage. Auf dem Weg durch das Treppenhaus beschlich ihn ein mulmiges Gefühl. Genauer gesagt waren es Sorgen, die er in den vergangenen Stunden immer wieder und in erster Linie durch Arbeit verdrängt hatte. Auf dem Treppenabsatz holten sie ihn mit brutaler Gewalt ein. *Was, wenn es sich um einen Racheakt handelte und Alex deshalb sterben musste? Und wer sagte denn, dass der oder die Täter fertig waren? Im Klartext: Wer – abgesehen von Dr. Tod – würde wohl den Zorn einer mordlüsternen Bestie auf sich ziehen?*

Er blieb mitten auf der Treppe stehen, blickte die Stufen empor und überlegte, ob er in sein Büro zurückkehren und sich dort bis zum kommenden Morgen verschanzen sollte. Ein früher Anruf bei der Polizei und ein Gespräch, das den Ermittlungen vielleicht schon im Anfangsstadium auf die Sprünge helfen könnte. Aber nicht ohne Gegenleistung! Er würde den Beamten nur dann mit Informationen auf die Sprünge helfen, wenn die für seine Sicherheit sorgten. Das Leben war schließlich keine Einbahnstraße.

Jetzt schaute er die Stufen nach unten, dachte an seine Badewanne, sein bequemes Bett und einen geradezu köstlichen Rotwein, den er am Vorabend nicht mal zur Hälfte geleert hatte. Der Weg in dieses vermeintliche Paradies war nicht weit. Nur noch ein paar Treppenstufen nach unten, rein in den BMW, Türen verriegeln, Abreise! Zu Hause öffnete sich das Garagentor elektrisch und per Knopfdruck.

Er setzte sich zögernd in Bewegung. Abwärts, wo er kurze Zeit später vor der Stahltür zur Tiefgarage ankam. Die schwang wie immer knarrend auf und krachte hinter ihm ins Schloss, als er bereits auf halbem Weg zu seinem Auto war. Eine Neonröhre an der Decke flimmerte seit Monaten, eine zweite hatte den Betrieb komplett eingestellt, sodass sein BMW nur im Halbdunkel schimmerte. Er beschleunigte seine Schritte, entriegelte die Türen im Laufen und plumpste auf den ledernen Fahrersitz. Sofort fand er den Knopf, um die Türen zu verschließen, und sank erleichtert gegen die Rückenlehne.

Als sein Atem wieder regelmäßig ging, rügte er sich seiner albernen Sorgen. Er hatte im Laufe seiner Karriere schon weit größere Kaliber als Alexander Stoll verteidigt und die schuldigsten der Schuldigen vor einer Gefängnisstrafe bewahrt. Wenn es danach ginge, dann hätte ihm einer der Hinterbliebenen doch schon lange auflauern und es zu Ende bringen müssen. Und vielleicht war Alex' Tod ja tatsächlich nur Zufall oder Selbstmord, denn die Gerüchteküche hatte auch einige Varianten in diese Richtung ausgespuckt.

Burdinski wollte gerade den Startknopf drücken, als er hinter sich etwas hörte. Dieses Geräusch erinnerte ihn an sein Elternhaus und den Flügel seiner Mutter. Um den zu stimmen, hatte sich jedes Jahr ein Experte eingefunden und sich akribisch um jede einzelne Saite gekümmert. Wenn die gespannt wurden oder gar rissen, sorgten sie damit für eine ähnliche Geräuschkulisse.

Für weitere Gedanken an seine Mutter, sein Elternhaus oder den dortigen schneeweißen Flügel blieb Burdinski keine Zeit mehr. Seine Augen meldeten einen Schatten, der sich von links und rechts gleichzeitig über ihn wölbte. Bevor es ihm von einer Sekunde zur nächsten die Luft abschnitt, war da eine tiefe Stimme, die aus einer anderen Welt zu kommen schien: »Hast du ernsthaft geglaubt, wir lassen ein Schwein wie dich davonkommen?«

Sein Schädel fühlte sich an, als würde er jeden Moment platzen. Die Frage hatte er gehört, aber sie schaffte es nicht, bis zum Zentrum seines Verstandes vorzudringen und dort gar für eine Antwort zu sorgen. Vielmehr dachte er an das Sofa in seinem Büro, an Rückenschmerzen, die ihm plötzlich furchtbar banal vorkamen, und an die halbe Flasche Rotwein, die in seiner Küche neben dem Kühlschrank stand. Hoffentlich wüsste jemand den edlen Tropfen zu schätzen …

13

In Hörnum schaffte es Ole, Hannah im Wohnungsflur aufzuhalten und bis in die Küche hinter sich herzuzerren. Dort schloss er die Tür, um Rudolf Spenglers neugierige Ohren auszusperren.

»Was ist denn?«, fragte Hannah erbost.

»Wenn wir den Typen tatsächlich festnehmen, sagt er kein Wort mehr, bis sein Anwalt neben ihm sitzt. Und was wird der seinem Mandanten empfehlen? Dass er zu sämtlichen Vorwürfen schweigen soll! Wir gewinnen nichts und verlieren nur wertvolle Zeit.«

»Der Kerl lügt doch wie gedruckt! Und was, wenn er hier ... Ich will seine Bude auf den Kopf stellen! Kapierst du das nicht?«

»Das können wir auch, wenn er dabei in seinem Sessel hockt und zusieht. Bei der Lage brauchen nicht mal 'nen Durchsuchungsbeschluss.«

Hannahs zuvor wütende Miene entspannte sich ein Stück weit. Sie hob den Kopf und schaute Ole direkt an. »Vielleicht hast du recht.«

»Zumindest sollten wir es auf einen Versuch ankommen

lassen.« Ole zeigte auf eine bunt tapezierte Wand, gemeint war das Wohnzimmer dahinter. »Geh da rein und nerv den alten Sack, bis er irgendwas ausspuckt. Wenn du es drauf anlegst, lockst du jeden aus der Reserve. Also ...« Ole mühte sich um ein Lächeln, das zur Aufmunterung dienen sollte.

Offenbar mit Erfolg, denn Hannah drehte sich wortlos um, zog die Küchentür auf und stand wenig später erneut mitten im Wohnzimmer.

Ole ließ sich Zeit und hörte sie bislang nur: »Reden wir über Ihren sensationellen Tipp, bei dem es um Hauptkommissar Olschewski ging. Meinem Kollegen kam der Name gleich bekannt vor. Bei der Suche ist er auf ein Foto gestoßen, das auf Olschewskis Beisetzung entstanden ist. Und bevor Sie sich wieder dumm stellen: Darauf stehen Sie in vorderster Reihe und sehen sogar ehrlich betroffen aus.«

Inzwischen war Ole an Hannahs Seite angekommen. Er zog sein Smartphone aus der Tasche und wedelte damit. »Wenn Sie Wert drauf legen, zeige ich Ihnen die Aufnahme.«

»Hab ich wohl vergessen!«, kam es grinsend und mit rauer Stimme zurück.

»Vergessen?«, wiederholte Hannah ebenso kaltschnäuzig. »In etwa so, wie Sie vergessen haben, was es mit der *SOKO Schneeweißchen* auf sich hatte oder wer ...?«

»Was willst du eigentlich von mir?«, fragte Spengler dazwischen. »Willst du einem alten Mann wie mir Probleme machen?« Er wartete keine Reaktion ab, sondern fuhr direkt fort: »Ich hab's vergessen, na und?«

»Dass ein alter Weggefährte tot ist und Sie bei dessen Beisetzung in der ersten Reihe gestanden haben?«, vergewisserte sich Hannah abermals. »Nehmen Sie es mir nicht übel, wenn Sie uns wie Idioten behandeln, dann ...«

»Jetzt halt mal für 'nen Moment die Klappe!«

Angesichts dieser rüden Unterbrechung musste Hannah schlucken. Der Tonfall schmeckte ihr nicht, aber sie schwieg artig, weil sie sich Hoffnungen auf erste wertvolle Informationen machte.

Vergeblich, wie Spenglers nächste Worte deutlich machten. »Ich frage dich noch mal: Was willst du wirklich?« Der alte Mann lachte bellend, was in Husten überging. Als er wieder Luft bekam, sprach er weiter: »Glaubst du, ich war gestern Abend in Westerland, um Alexander Stoll mit 'ner Garotte zu töten? Oder dass ich jemanden beauftragt habe, um es wie in früheren Zeiten aussehen zu lassen? Für wie blöd hältst du mich denn?«

In erster Linie ärgerte sich Hannah, dass der Sylter Buschfunk offenbar auch hier für umfangreiches Wissen gesorgt hatte. Davon abgesehen verfügte ein Rudolf Spengler garantiert immer noch über beste Kontakte in Polizeikreise, wo man bereitwillig mit Interna herhielt. Außerdem erinnerte sich Hannah mittlerweile nur zu gut an ihren damaligen Chef und dessen alltägliches Gehabe. Mit anderen Worten: Spengler war inzwischen zwar um einiges älter, aber deshalb nicht weniger Vollprofi.

»Niemand hat behauptet, Sie wären blöd«, kam es nun von Ole. »Aber Sie werden zugeben müssen, dass die Vorfälle hier in Ihrer Wohnung schon seltsam sind, oder etwa nicht?«

»*Seltsam*?«, wiederholte Spengler und ließ Ole routiniert ins offene Messer laufen.

Um das Schlimmste zu verhindern, schritt Hannah ein. »Ich gebe Ihnen noch eine Chance: Entweder, Sie verraten uns, was hier wirklich vorgefallen ist, oder es läuft doch auf die vorläufige Festnahme hinaus.«

»Ich hab dir gesagt, was passiert ist«, erwiderte

Spengler seelenruhig. »Und wenn du es unbedingt drauf ankommen lassen willst, dann …«

Hannah platzte dazwischen: »Erst mal hören Sie gefälligst damit auf, mich zu duzen! Oder muss ich Sie daran erinnern, dass es sich dabei um Beamtenbeleidigung handelt?«

Dieses Mal reagierte der alte Mann nicht nur gelassen, sondern stellte ein gehässiges Grinsen zur Schau. »Den Staatsanwalt möchte ich erleben, der Wert darauf legt, sich lächerlich zu machen. Ich hab dich schon vor dreißig Jahren geduzt, und du warst damals einverstanden.«

Hannah kochte innerlich und spürte, dass sie Gefahr lief, jeden Moment vor Wut zu platzen. Um Druck abzubauen, wandte sie sich zur Wohnzimmertür und betrachtete die Blutspritzer eine Weile nachdenklich. Als sie sich wieder umdrehte, brachte sie ein beinahe ehrliches Lächeln zustande. Ihre Stimme triefte vor aufgesetzter Freundlichkeit. »Wer sagt eigentlich, dass Sie auf einen Einbrecher geschossen haben?«

Spengler runzelte die Stirn, fand jedoch keine Gelegenheit für eine Rückfrage, denn Hannah fuhr nahtlos fort: »Sie hatten Besuch, und es gab Streit, auf den Sie bestens vorbereitet waren. Und weil Ihr Gast plötzlich unfreundlich wurde – Sie unter Druck gesetzt oder Ihnen gedroht hat –, ziehen Sie Ihren Argumenteverstärker namens *Makarow* aus dem Stoffbeutel und schießen kurzerhand. Gleich zweimal – ich wette, der Staatsanwalt, von dem Sie eben geredet haben, macht daraus mit Vergnügen eine Tötungsabsicht.«

»Du redest Blödsinn«, urteilte Spengler. Wobei sich in seinem faltigen Gesicht ein Hauch von Unsicherheit breitmachte. »Worauf willst du hinaus?«

»Darauf, dass Sie uns von Anfang an belogen haben. Aber

lassen Sie mich mit der Geschichte fortfahren: Sie feuern also zwei Kugeln auf Ihren Besucher ab, stellen mit Bedauern fest, dass Sie als Schütze schon bessere Tage erlebt haben, und … ja, was dann?« Hannah machte sich einen Moment Gedanken. »Ihr Opfer schafft es, aus der Wohnung zu fliehen, Sie schnappen sich Ihr altes Stemmeisen, damit es nach 'nem Einbruch aussieht, und laufen zurück ins Wohnzimmer, um es sich in Unterwäsche auf der Auslegeware bequem zu machen. Gar keine schlechte Idee: Erst den Revolverhelden spielen und hinterher einen auf senil machen. Für die Vorstellung gibt es anderswo 'nen *Oscar* oder mindestens …«

»Jetzt reicht's aber langsam«, platzte Spengler wütend dazwischen.

Bevor Hannah reagierte, warf sie einen Seitenblick auf Ole. Der wirkte in erster Linie amüsiert. Ansonsten wurde es Zeit, diesem albernen Schauspiel vorerst ein Ende zu setzen. »Sie haben recht, Herr Spengler, es reicht. Und Sie sind hiermit vorläufig festgenommen.«

»Wieso?«

»Das habe ich Ihnen eben doch lang und breit erklärt. Sie haben auf einen Menschen geschossen und es zugegeben. Ihre Erklärung kaufe ich Ihnen nicht ab, und da Sie nicht mit der Wahrheit herausrücken, bleibt mir gar nichts anderes übrig. Wer sagt denn, dass Sie nicht irgendwo noch eine Schusswaffe verstecken und auf den nächstbesten Paketboten schießen, der klingelt? Nach meiner ersten Einschätzung sind Sie eine Gefahr für die Allgemeinheit und müssen aus dem Verkehr gezogen werden.«

»Das wird dir noch leidtun, Mädchen.«

»Machen Sie sich um mich keine Sorgen. Das Mädchen ist inzwischen erwachsen und kann auf sich aufpassen …«

14

Eine Viertelstunde zuvor hatten die Streifenkollegen Rudolf Spengler Handschellen angelegt, um ihn mit aufs Revier zu nehmen. Gleich danach beschloss Hannah, nicht bis zum nächsten Tag zu warten, und wollte sich zumindest einen groben Überblick über die Wohnung ihres früheren Chefs verschaffen. Die Kollegen der Spurensicherung würden erst am kommenden Morgen eintreffen. Für ihren Geschmack viel zu spät.

»Der Typ kann uns große Probleme machen«, raunte Ole, während er ein Schubfach in Spenglers Wohnzimmer näher in Augenschein nahm. Das gehörte zu einem alten Sekretär, der ein Fall für den Sperrmüll war.

»Was denn für *Probleme*? Wir machen doch nur unsere Arbeit«, stellte Hannah klar.

»Und legen uns mit einem Hauptkommissar an, der erstens ganz genau weiß, wie es in unserem Laden läuft, und zweitens mit allen Wassern gewaschen ist. Ich hab ihn beobachtet, der Scheißkerl hat dich auf dem Kieker.«

»Trotzdem wird er mit seinen Lügen auf Dauer nicht durchkommen.«

Ole ließ von den verstaubten Aktenmappen ab und drehte sich zu Hannah um. »Wieso sollte er lügen? Ernsthaft – was hat er davon?«

Bevor sie antwortete, schob Hannah die Schublade eines Sideboards zu und öffnete bereits die nächste. »Weil er was zu verbergen hat.« Unvermittelt wandte sie sich zu Ole um. »Keine Angst, ich werde jetzt bestimmt nicht seine irrsinnige Geschichte wiederholen, aber für mich ergibt nichts einen Sinn. Ich bin mir sicher, dass Spengler den Einbrecher – oder was auch immer es war – kannte und deshalb auf ihn geschossen hat.«

»Und das hängt alles mit dem Mord an diesem Stoll zusammen?«

Hannah musterte Ole mit gerunzelter Stirn. »Glaubst du etwa an solche Zufälle? Wir reden von einem kaltblütigen Mord, der denen von vor dreißig Jahren zum Verwechseln ähnelt, und keine vierundzwanzig Stunden später bricht jemand beim Leiter der damaligen *SOKO Schneeweißchen* ein.«

Ole schüttelte den Kopf. »Das ist niemals Zufall, wobei der Name dieser SOKO immer noch völlig idiotisch klingt.«

»Und ich hab die Schnauze langsam voll«, knurrte Hannah. Sie schob die Schublade, die sie eben erst geöffnet hatte, ungeprüft und viel zu heftig zu. »Wir stoßen hier ohnehin auf keinen Hinweis. Spengler lacht sich ins Fäustchen, und spätestens morgen ist er wieder auf freiem Fuß.«

»Es sei denn, wir finden einen Richter, der einen Haftbefehl unterschreibt.« Ole deutete auf die Blutspuren neben der Tür. »Wenn wir es mit deiner Variante von vorhin probieren und Spengler als schießwütigen Opa darstellen, haben wir beste Chancen.«

Hannah überlegte eine Weile und nickte schlussendlich zaghaft. Wirkliche Überzeugung sah anders aus.

»Was ist eigentlich, wenn er es darauf angelegt hat?«, fragte Ole.

»Worauf?«

»Na, festgenommen zu werden.«

»Danach sah es mir aber nicht aus«, protestierte Hannah lachend.

Was Ole nicht von einer Fortsetzung abhielt: »Der Typ ist mit allen Wassern gewaschen. Wenn er tatsächlich gelogen und den Einbrecher erkannt hat, dann geht ihm womöglich der Stift. Okay … dieses Mal hat er ihn mit seiner *Makarow* verscheucht, aber was, wenn es sich nicht nur um einen Täter handelt und beim nächsten Mal gleich zwei oder drei …?«

»Du bist gut«, unterbrach Hannah mit einem Lob. Sie rieb sich das Kinn mit der einen und zog die vorherige Schublade mit der freien Hand wieder auf. »Lass uns schauen, ob wir vielleicht doch irgendwas finden. Noch ‘ne halbe Stunde, dann machen wir Feierabend und warten ab, was wir morgen zustande bringen.«

Ole nahm eine Aktenmappe nach der anderen aus dem Fach vor sich und verharrte, als er in einer davon auf etwas stieß.

»Das hier sieht interessant aus«, murmelte er und hielt mehrere Schriftstücke hoch.

»Was ist das?«, wollte Hannah wissen. Sie war bereits im Anmarsch und zupfte Ole die Blätter aus der Hand. Nachdem sie die überflogen hatte, machte sich in ihrem Gesicht ein teuflisches Lächeln breit. »Der Kerl hat uns eiskalt belogen.«

»Und ab sofort können wir es ihm sogar beweisen«, fügte Ole hinzu und deutete auf die Beute in Papierform.

»Morgen früh, zum zweiten Kaffee«, beschloss Hannah mit einem Hauch von Euphorie in der Stimme. »Anwalt hin oder her – wenn er da nicht mit 'nem Teil der Wahrheit rausrückt, darfst du dich um den Haftbefehl kümmern. Den verlogenen Opa lassen wir nicht wieder vom Haken.«

»Heißt das, wir machen für heute Schluss?«

Hannah nickte, wollte auch etwas sagen, doch ihr Handy hielt sie davon ab. »Das ist Ralf, der offenbar immer noch im Büro hockt.« Sie aktivierte den Lautsprecher und meldete sich überdreht. »Herr Jansen, bitte nur gute Nachrichten!«

»Damit kann ich leider nicht dienen. Sind Sie und Ole noch in Hörnum?«

»Wir wollten gerade abrücken und uns unserem Feierabend widmen. Und jetzt sagen Sie schon ... was gibt's?«

»Einen weiteren Toten, in Westerland.«

Hannah brauchte einen Moment, um die Nachricht zu verdauen. »Ist das Ihr Ernst?«

»Bedauerlicherweise! In einer Tiefgarage, hier in Westerland, steht ein BMW mit 'ner Leiche auf dem Fahrersitz.«

Da es Hannah die Sprache verschlagen hatte, machte Ole weiter. »Weißt du schon, um wen es sich bei dem Toten handelt?«

»Ein Dr. Burdinski, das ist der Rechtsanwalt, der Alexander Stoll vertreten und vor Gericht rausgeboxt hat.«

Hannah mischte sich ein. Sie klang müde und frustriert. »Wurde der Herr Anwalt zufälligerweise mit 'ner Garotte getötet?«

»Ich habe eben mit den Streifenkollegen vor Ort telefoniert und extra nachgefragt ...« Ralf zögerte. »Ich fürchte, ja.«

Hannah tauschte einen ausführlichen Blick mit Ole, dann hielt sie sich ihr Smartphone wieder dichter vors Gesicht. »Wir sind auf dem Weg. Schicken Sie uns die Adresse, und da wäre übrigens noch was ...«

»Ja?«

»Sie kriegen gleich Besuch. Wir haben Rudolf Spengler vorläufig festgenommen.«

»Mit welcher Begründung, wenn ich fragen darf?«

»Lange Geschichte. Aber ich weiß jetzt schon, dass er Probleme machen wird, also lassen Sie sich von dem scheinbar harmlosen Opa bloß nicht ins Bockshorn jagen.«

»Keine Angst, Chefin, ich bin auf alles vorbereitet.«

Als das Gespräch beendet war, wollte sich Hannah kommentarlos in Bewegung setzen, doch Ole hielt sie am Arm fest. »Du siehst nicht gut aus. Vielleicht machst du lieber Feierabend. Ralf und ich kümmern uns um alles und informieren dich morgen früh über …«

Hannah schnitt ihm das Wort mit einer wütenden Handbewegung ab. Sie verzichtete auf eine Widerrede, wirbelte herum und war einen Atemzug später aus dem Wohnzimmer verschwunden.

Ole setzte ihr nach und stellte sie im Flur. »Wartest du wenigstens 'ne Minute?« Er hielt die Papiere hoch, mit deren Hilfe man Rudolf Spengler zumindest einer Lüge überführen würde. Eine, die es in sich hatte. »Wie wär's, wenn du unsere Beute einsteckst, dann kann ich nach 'nem Schlüssel suchen. Oder wollen wir die Tür offen lassen und nicht versiegeln, damit sich die neugierige alte Dame aus dem Erdgeschoss noch vor unserer SpuSi selbst einen Überblick verschaffen kann?«

Hannah stand mitten im Wohnungsflur, ihre Schultern sackten herunter, und sie schüttelte träge den Kopf.

»Dann mach ich mich mal auf die Suche«, meinte Ole stöhnend. »Und du …«, er musterte Hannah sorgenvoll, »… wartest besser im Auto. Ich krieg das auch allein hin.«

15

In Westerland stand das Tor zu einer Tiefgarage offen. Mittendrin ein Streifenbeamter, der Hannah mit erhobener Hand stoppte. »Sie müssen leider umdrehen, hier ist … ach so … ihr seid das.« Das Gesicht des Uniformierten nahm einen gequälten Ausdruck an. »Nach links und bis ganz nach hinten durch. Kein schöner Anblick, das kann ich euch sagen.«

Hannah ließ den Wagen nur im Schritttempo nach vorne rollen. »Ich hab langsam echt die Schnauze voll«, flüsterte sie. »Nebenbei möchte ich mir gar nicht vorstellen, was uns erwartet.«

»Wenigstens kein toter Arzt«, erwiderte Ole. »Bei der Serie damals waren es doch nur Ärzte, oder?«

»Als wenn das einen Unterschied macht.« Hannah drosselte das Tempo noch weiter, blieb fast stehen. »Tust du mir einen Gefallen?«, fragte sie und drehte sich zur Seite.

»Natürlich! Was ist denn los?«

Hannah schluckte schwer. »Falls du zu irgendeinem Zeitpunkt das Gefühl bekommst, ich wäre der Sache nicht mehr gewachsen, dann …«

»Bis eben warst du in Höchstform!«, unterbrach Ole inbrünstig. »Ja, verdammt … ich mache mir Sorgen um dich, aber ich hab nicht den Eindruck, dass dein Allgemeinzustand etwas an deiner Arbeitsweise ändert. Oder doch: Du bist bissiger denn je. Zufrieden?«

Hannah schwieg und gab jetzt ein wenig Gas. Kurz darauf gerieten ein BMW und ein Streifenbeamter, der direkt davor stand, ins Sichtfeld der Ermittler. Weiter rechts warteten ein hochgewachsener Mann von etwa fünfzig und eine wesentlich jüngere Frau.

»Die beiden haben den Anwalt wahrscheinlich gefunden«, übersetzte Ole die Szenerie.

Hannah bremste ruckartig und stellte den Motor ab. Ole wollte schon zum Türöffner greifen, doch sie hielt ihn mit Worten auf: »Aber du sagst Bescheid, wenn sich was an deiner Meinung ändert, ja?«

Ole drehte sich um, lächelte. »Worauf du dich verlassen kannst, Chefin!«

Nach dem Aussteigen zögerte Hannah ungewohnt lange und machte keinerlei Anstalten, sich in Bewegung zu setzen.

»Alles in Ordnung?«, fragte Ole übers Dach hinweg. Da eine Reaktion ausblieb, setzte er vorsichtig nach. Leise, denn auf Mithörer wollte er verzichten: »Ich krieg das auch ohne dich hin. Hock dich wieder ins Auto, ich erzähl allen, dass es dir nicht gutgeht, und wenn ich fertig bin, dann …«

Hannah schüttelte energisch den Kopf und marschierte einfach drauflos. Kurz darauf stand sie in der offenen Tür eines BMW und betrachtete einen Leichnam hinter dessen Lederlenkrad mit versteinerter Miene.

»Geht's?«, fragte Ole flüsternd. Hannah schwieg, deshalb wagte er sich an ein erstes Fazit: »Bei der Tatwaffe handelt es sich tatsächlich wieder um 'ne Garotte. Wobei das Opfer noch seine Zunge hat ... Schließlich hängt sie ihm aus dem Hals«, schob er angewidert hinterher. Jetzt drehte Ole sich zu seinem uniformierten Kollegen um und zeigte dabei auf den Mann und die Frau, die ein Stück abseits standen, jedoch alles aufmerksam im Blick behielten. »Haben die zwei unsere Leiche gefunden?«

»Der Mann ist Arzt und ...«

»Ich kenne Dr. Wrede«, unterbrach Hannah.

»Dann weißt du ja wahrscheinlich auch, dass er seine Praxis hier im Gebäude hat«, fuhr der Uniformierte fort. »Er hat euren Toten nicht nur gefunden, sondern auch gleich festgestellt, dass es für Hilfe längst zu spät war.«

»Wollen wir erst mal mit den beiden reden?«, wandte sich Ole an Hannah.

Sie antwortete nicht und setzte sich wortlos in Bewegung.

Allerdings schleppend, was Ole Zeit für eine Rückfrage ließ: »Woher kennst du diesen Dr. Wrede?«

Hannah blieb kurz stehen, lächelte gequält. »Er ist mein Frauenarzt, schon seit Ewigkeiten.«

Und dieser Frauenarzt erkannte Hannah auf Anhieb. »Frau Lambert, das nenne ich mal einen Zufall.«

Hannah nickte und verzog dabei keine Miene.

Ferner kam sie nicht zu Wort, denn Dr. Wrede fing direkt mit einer Bitte in eigener Sache an: »Nichts für ungut – könnten wir das hier zumindest für heute Abend relativ schnell hinter uns bringen?« Es folgte ein Fingerzeig auf die junge Blondine, die neben dem Frauenarzt stand und bisher keinen Piep gesagt hatte. »Natascha muss morgen früh ab sieben wieder hinterm Empfang sitzen und sich um unsere Patientinnen kümmern.«

»Was haben Sie denn so spät noch in Ihrer Praxis

gemacht?«, fragte Ole. Er linste auf seine Armbanduhr. »Es ist fast halb elf.«

»Wir haben ...« Wrede geriet ins Stocken. »Wir haben Abrechnungen geprüft. Die Krankenkassen wollen es immer genauer wissen und lassen uns nicht den kleinsten Fehler durchgehen.«

Hannah mischte sich ein und deutete hinüber zum BMW. »Wie lange ist es etwa her, dass Sie auf die Leiche gestoßen sind?«

Zur Sicherheit wechselte Wrede einen flüchtigen Blick mit seiner Mitarbeiterin. »Etwa eine Stunde oder was meinst du?« Die Blondine nickte verhalten, was den Frauenarzt fortfahren ließ: »Eine Stunde, plus minus. Ich habe mich gewundert, weil die Tür offen stand und ... na ja ... Sie sehen ja selbst, was Herrn Burdinski widerfahren ist. Schrecklich!«

Weil Hannah keine Anstalten machte, probierte es Ole mit einer weiteren Frage: »Und Sie sind sich sicher, dass er zu dem Zeitpunkt bereits tot war?«

Wrede wich ein Stück zurück, schaute Ole empört an. »Ich bin Arzt! Und auch wenn ich es normalerweise nicht mit Toten zu tun bekomme, erinnere ich mich bestens an mein Studium. Also, ja ... für Herrn Burdinski wäre jede Hilfe zu spät gekommen.«

»Sonst irgendwas?«, setzte Ole nach. »Ist Ihnen eine Person aufgefallen, die hier nicht hergehört? Ein Auto, das Sie nicht kannten, oder ...?«

»Das hat uns Ihr Kollege in Uniform auch schon alles gefragt, und nein, weder Natascha noch mir ist etwas Verdächtiges aufgefallen.«

Hannah ergriff die Initiative. »Dann wünsche ich erst mal einen schönen Feierabend. Wäre nett, wenn wir uns morgen Vormittag etwas ausführlicher unterhalten könnten.«

»Selbstverständlich!« Wrede präsentierte ein Lächeln, das in jeden Werbespot gepasst hätte. »Und Sie, liebe Frau Lambert, sollten Ihre Vorsorgetermine nicht vergessen. Ich habe das Gefühl, wir hätten uns ewig nicht gesehen.«

»Sag nichts!«, zischte Hannah, nachdem der Herr Doktor und seine Natascha in einem Porsche davongefahren waren. »Kein Sterbenswörtchen, sonst bring ich dich um.«

»Aber hinterher kümmerst du dich selbst um deine Vorsorgetermine«, erwiderte Ole grinsend. »Wenn ich tot bin, kann ich dich schließlich nicht mehr daran erinnern. Aber mal was ganz anderes …« Er zeigte dorthin, wo eben der Porsche mit vier grollenden Auspuffrohren hinter einem Betonpfeiler verschwunden war. »Die Geschichte mit den Abrechnungen kann er seiner kranken Großmutter erzählen. Weißt du zufällig, ob der Typ verheiratet ist?«

»Mit ‘ner Zahnärztin, die ihre Praxis übrigens auch hier im Gebäude hat. Und bevor du fragst: Die hab ich neulich ziemlich spät abends mit ‘nem jungen Mann gesehen, der auf jeden Fall nicht ihr Sohn war.«

»Eine offene Ehe«, rekapitulierte Ole anerkennend. »Wäre zwar nichts für mich, aber …«

Hannah, der solche Themen zuwider waren, schnitt ihm das Wort ab: »Könnten wir uns jetzt bitte unserem Fall widmen?«

Ole nickte. »Hier sieht es nach dem vollen Programm aus. Ich würde sagen, unsere Kollegen sperren alles ab, und ich schau mal, ob ich bei der SpuSi jemanden ans Rohr kriege. Unter den Voraussetzungen sollten die sich lieber nicht bis morgen früh Zeit lassen. Oder siehst du das anders?«

Hannah stand eine Weile wie erstarrt auf dem staubigen Betonboden der Tiefgarage und fing nun an, den Kopf zu schütteln.

»Was ist los?«, fragte Ole. »Ist dir gerade was eingefallen?«

Das Kopfschütteln ging nahtlos in ein Nicken über.

Ole ließ Hannah noch ein wenig Zeit, aber weil auch das nicht half, setzte er nach: »Erzählst du mir dann vielleicht mal, was das ist?«

»Später!«

»Wie viel später?«

»Lass mich erst mal in Ruhe nachdenken! Ich sag Bescheid, wenn ich fertig bin ...«

16

Nach nicht mal zwei Stunden Schlaf hatte Ole ausgiebig geduscht und sich auf den Weg ins Westerländer Polizeirevier gemacht. Dort traf er gegen neun lediglich auf Ralf.

»Moin. Hannah noch nicht da?«

Ralf schaute sich suchend um. »Sieht so aus, oder?«

»Sie könnte ja auch unterwegs, bereits im Gespräch mit Spengler sein oder ...«

»Der berät sich gerade mit seinem Anwalt und hat schon zweimal nach der Chefin fragen lassen. Schätze, da holt ein streitsüchtiger Opa zum Gegenschlag aus.«

»Soll er doch!« Ole krachte auf einen Stuhl vor Clausens Schreibtisch und zeigte auf dessen Arbeitsplatz. »Was ist mit Martin?«

»Kümmert sich um 'nen Einbruch in Kampen.«

Ole wartete einen Moment ab, doch es folgte nichts mehr. Was ihn aufbrausen ließ: »Sag mal, willst du mich verarschen? Hannah redet neuerdings nur noch in Halbsätzen mit mir, und du versorgst mich auch nur mit Häppchen. Hab ich euch irgendwas getan oder wieso ...?«

»Da sind welche über die Terrasse, haben 'ne Tür aufgestemmt und das ganze Haus ausgeräumt. Die Eigentümer sind nur am Wochenende auf der Insel und ...«

»... interessieren mich nicht die Bohne!«, schritt Ole ein. »Ich hab nicht über den Einbruch gesprochen, sondern über Hannah, dich und was hier allgemein los ist.«

Ralf ließ von seiner Arbeit ab, fiel zurück gegen die Stuhllehne und verschränkte gähnend die Hände vor der Brust. »Ich hocke hier seit über vierundzwanzig Stunden, hab vorhin nur mal für 'n paar Minuten die Augen zugemacht und bis jetzt nicht mal gefrühstückt. Reicht das oder willst du mehr hören?«

»Ich hol dir was. Zwei Halbe mit Mett und eins mit Käse, wie immer?«

Ralf nickte und lächelte dankbar. »Außerdem wollte ich warten, bis die Chefin da ist. Sonst muss ich wieder alles doppelt erzählen.«

Ole wollte schon aufstehen und für Frühstück sorgen, als Hannah das Büro betrat. Sie hatte gleich drei Tüten mit Backwerk bei sich und schleuderte eine davon mit geübter Geste vor Ralf auf den Schreibtisch. »Guten Appetit.«

Als auch Ole eine Tüte in der Hand hielt und eine übrig war, deutete Hannah auf Clausens verwaisten Stuhl. Wobei sie sich auf einen fragenden Blick beschränkte.

»Unterwegs ... Einbruch in Kampen«, erklärte Ole.

»Na, so schlecht verdient er ja nun auch nicht. Hoffentlich ist er schlau genug und lässt sich nicht erwischen.« Hannah umrundete Clausens Arbeitsplatz und plumpste auf dessen Stuhl. »Wie weit sind wir?«, fragte sie an Ralf gerichtet.

Der holte geräuschvoll Luft, um sich für einen längeren

Vortrag zu wappnen: »Die Tiefgarage hier in Westerland ist bis auf Weiteres für den allgemeinen Verkehr gesperrt. Das hat für einige Beschwerden gesorgt, die allerdings vorne im Wachbereich aufgelaufen sind.«

»Was muss eigentlich passieren, damit die Leute mal einen Moment sich selbst vergessen und …?« Hannah verstummte und winkte ab. »Machen Sie einfach weiter, Herr Jansen.«

»Unsere SpuSi ist vor etwa zwei Stunden an die Arbeit gegangen und braucht mindestens bis Mittag. Danach machen sich die Kollegen auf den Weg nach Hörnum und stellen Spenglers Wohnung auf den Kopf.« Ralf zögerte, aber da es bis hier keine Rückfragen gab, fuhr er nahtlos fort: »Alles, was ich bis jetzt über Dr. Alexander Stoll herausfinden konnte, habe ich zusammengefasst, und wenn Sie nachher Zeit haben, können Sie in Ruhe lesen. Ist alles im System hinterlegt.«

»Verwöhnen Sie uns nur kurz mit den wichtigsten Fakten«, bat Hannah.

»Soll ich mit dem Bericht aus der Rechtsmedizin anfangen?«

»Gerne!«

»Tod durch Strangulation war ja weitgehend klar. Wobei im Gutachten gleich zweimal darauf hingewiesen wird, dass es sich aller Wahrscheinlichkeit nach um einen sehr kräftigen Täter handelte. Mit anderen Worten: Es hat nicht viel gefehlt, und Stoll wäre geköpft worden.«

Hannah verzog angewidert das Gesicht. »Steht im Gutachten auch etwas über seine Zunge?«

»Die hat man gefunden, im Fußraum des Tesla.« Ralf zögerte, lieferte nun jedoch weitere Details: »Reste davon steckten zwischen Stolls Zähnen. Entweder hat er sie sich während der Strangulation abgebissen oder …«

»... da hat jemand von hinten nachgeholfen?«, vervollständigte Hannah. Ihr war anzuhören, dass sie von widerlichen Einzelheiten vorerst genug hatte. »Was haben Sie über den Prozess gegen Stoll herausgefunden?«

»Dabei ging es um den Tod einer dreifachen Mutter namens Jasmin Eckert.«

»Sie sollten doch den Ehemann ausfindig machen. Hat das geklappt, oder ...?«

Ralf nickte energisch. »Hendrik Eckert! Nach dem Tod seiner Frau ist er mit seinen Kindern zu den Schwiegereltern nach Schafflund gezogen. Ich hab vorhin dort angerufen, allerdings nur die Schwiegermutter erreicht. Die meinte, er sei mit den Hunden unterwegs, und das könne auch leicht ein bis zwei Stunden dauern. Kommt wohl häufiger vor, dass er ...«

Hannah hob die Hand, um für eine Unterbrechung zu sorgen. »Der Mann hat auf jeden Fall ein Motiv – vermutlich das beste von allen – und ist von Schafflund ruckzuck hier auf der Insel. Wir müssen mit ihm reden, sofort!« Weil Ralf bereits Anstalten machte, wiegelte Hannah gleich ab. »Ja ja, ich weiß ... Sie wollen möglichst auf direkte Kontakte verzichten und lieber auf Ihrer Tastatur spielen.«

»Was heißt denn hier *spielen*, Chefin, ich hab hier die ganze Zeit ...«

»Das war ein Scheeerz, Herr Jansen!«, schritt Hannah ein und schaute nun Ole erwartungsvoll an.

Der reagierte überrascht. »Ich dachte, wir knöpfen uns erst mal Spengler zusammen vor?«

»Das kann ich auch allein.«

»Wenn du meinst.« Oles Blick traf Ralf. »Hast du noch mehr über diesen Stoll auf der Pfanne?«

»Ich warte auf die Prozessakte, um herauszufinden, ob er tatsächlich nicht für Jasmin Eckerts Tod verantwortlich ist. Die Presse hat das Thema genüsslich ausgeschlachtet und regelmäßig über *Dr. Tod* berichtet.«

»Auch nicht nett, falls Stoll wirklich nichts dafür konnte.«

»Bis jetzt steht nur fest, dass Burdinski ihn rausgeboxt und für 'nen Freispruch gesorgt hat«, machte Ralf weiter. »Am Ende lief es nicht mal auf ein Bußgeld oder Sozialstunden hinaus.«

»Wieder ein erstklassiges Mordmotiv«, flüsterte Hannah vor sich hin. »Zuerst der Arzt und dann erwischt es den Anwalt. Wenn ihr mich fragt, gab es noch nie einen Fall, der eindeutiger war.«

»Und ich mach mich gleich auf den Weg nach Schafflund«, knurrte Ole. »Ich dachte nur, es wäre hilfreich, wenn wir alle auf einem Stand sind.«

Was Ralf fortfahren ließ: »Vorhin habe ich mit dem Arzt telefoniert, der Burdinski gestern Abend in der Tiefgarage gefunden hat. Dabei handelt es sich um einen Gynäkologen, der seine Praxis im selben Gebäude hat und ...«

»Wissen wir«, unterbrach wiederum Ole und vermied direkten Blickkontakt mit Hannah.

»Und ich kenne Dr. Wrede schon seit Ewigkeiten«, fügte Hannah müde lächelnd hinzu.

»Weil Sie ...?« Den Rest verschluckte Ralf, dessen Gesicht eine überaus gesunde Farbe annahm.

»Ganz genau! Wenn Sie zwischendurch Zeit haben, nehmen Sie die Aussagen von Dr. Wrede und dessen Mitarbeiterin Natascha auf. Wobei die uns kaum weiterbringen werden, fürchte ich.«

Da Schweigen herrschte, lieferte Ole eine Zusammenfassung: »Dann haben wir also nur einen dringend Tatverdächtigen, mit dem wir bis jetzt kein Wort gesprochen haben.«

»Wenn Hendrik Eckert Stoll für den Tod seiner Frau verantwortlich macht und nebenbei auch auf dessen Anwalt sauer war ...« Ralf tat, als würde er überlegen. »Ich weiß nicht, wie ich reagieren würde, aber ich wäre mit Sicherheit verdammt wütend.«

»Das hilft uns alles nicht!«, beschloss Hannah und erhob sich. »Sie, Herr Jansen, arbeiten an weiteren Hintergrundinformationen, Ole macht sich auf den Weg nach Schafflund, und ich kümmere mich um Spengler! Noch Fragen?«

Ole, der ebenfalls aufgestanden war, wandte sich leise an Hannah. »Dir ist doch gestern Abend plötzlich was eingefallen. Bist du inzwischen so weit, uns daran teilhaben zu lassen?«

»Später.«

»Wie viel später?«

Hannah rollte mit den Augen. »Wenn ich fertig bin und denke, es macht Sinn, euch einzuweihen.«

»Verrätst du mir wenigstens, worum es geht? Um eins der Opfer, den Täter oder ...?«

Das Telefon klingelte und verhinderte weitere Fragen.

Ralf nahm das Gespräch an. Nach ein paar Floskeln kam er gleich zum Ende: »Ja, Frau Lambert ist fast auf dem Weg. Ja, natürlich ... ja, ich sage es ihr.«

»Was sagen Sie mir?«, fragte Hannah, als das Mobilteil wieder vor Ralf auf dem Schreibtisch lag.

»Spenglers Anwalt ist empört, dass er so lange auf einen Verantwortlichen warten muss.«

»Auf eine *Verantwortliche*!«, betonte Hannah mit erhobenem Finger.

Ole starrte sie entgeistert an. »Ich dachte, du bist von dem ganzen Thema genervt. Willst du uns hier jetzt zum Gendern zwingen?«

»Nö.« Hannah wirkte amüsiert und zwinkerte Ralf zu. »Ich geh erst mal 'nen Kaffee trinken. Und falls der Anwalt nochmal nervt, wissen Sie nicht, wo ich bin.« Zwei Atemzüge später war sie verschwunden.

»Ich mach mir langsam echt Sorgen«, flüsterte Ole, der einfach stehen geblieben war. »Gestern Abend war sie total von der Rolle. Als wir da in der Tiefgarage ausgestiegen sind, hab ich kurz gedacht, sie rennt mir davon oder bucht die Vollkrise.«

Ralf überlegte und versuchte es mit einem Vorschlag: »Vielleicht bleibst du doch lieber hier und ...«

»... riskier 'nen Anschiss, der sich gewaschen hat? Das kannst du vergessen!«

17

Nach einer weiteren halben Stunde gab Hannah einen vierstelligen Code über das Tastenfeld ein und öffnete die Tür zum Verhörraum. Dort saßen Rudolf Spengler und sein übergewichtiger Anwalt, dessen Bauch sich beim Aufstehen weit über den Hosenbund wölbte.

»Das ist doch hoffentlich nicht Ihr Ernst, Frau Lambert?«, ging es gleich mit einer Beschwerde los. »Wissen Sie, wie lange wir hier schon auf Sie warten?«

»Jetzt bin ich ja da«, erwiderte Hannah unbekümmert, ließ sich den Herren gegenüber auf einem Stuhl nieder und platzierte eine dünne Pappmappe vor sich auf dem Tisch. »Wollen wir dann?«

Der Umstand, dass sie nach dieser Frage beharrlich schwieg, brachte auch den Anwalt ein wenig zur Ruhe. Er hielt Hannah eine Visitenkarte entgegen. »Mein Name ist Zimmermann, Herr Spengler hat mich als juristischen Beistand berufen.«

Hannah studierte die Karte viel zu ausführlich und freute sich im Stillen darüber, dass dieser Zimmermann keinen Doktortitel trug. Schließlich gab es bei diesem Fall schon mehr als genug Beteiligte mit akademischem Grad.

»Was werfen Sie meinem Mandanten überhaupt vor?«, unterbrach Zimmermann Hannahs Gedanken.

»Was hat Ihnen Ihr Herr Mandant denn bislang erzählt?«

»Dass gestern, am frühen Abend, jemand in seine Wohnung eingedrungen ist und ihn bedroht hat.«

»Womit?«, fragte Hannah bewusst kurz angebunden.

»Mit Worten – für eine glaubhafte Drohung ist ja nicht immer eine physische Waffe erforderlich. Das sollten Sie als Polizistin eigentlich wissen.«

Hannahs Gesicht verzog sich zu einem müden Grinsen. Ihr Blick wanderte zu Rudolf Spengler, der diesem ungerührt standhielt.

»Dann schießt Ihr Mandant also auf jeden, der ihn mit Worten bedroht? So was nennt man einen Notwehr-Exzess. Sollten Sie als Anwalt eigentlich wissen«, äffte sie Zimmermann nach.

»Was werfen Sie Herrn Spengler konkret vor?«, erneuerte der Anwalt seine Frage mit leicht irritiertem Unterton.

»Vorher möchte ich es noch etwas genauer wissen«, antwortete Hannah beinahe freundlich. »Ihr Mandant hat meinem Kollegen Friedrichsen und mir gegenüber erklärt, er hätte den Eindringling nicht erkannt. Weil alles überhastet passierte und er seine Brille nicht aufhatte. Ist das richtig?«

Spengler übernahm die Antwort selbst und das in einem Tonfall, der eher einem Angriff gleichkam: »Was ist denn daran nicht zu verstehen?«

»Sie können also ohne Brille nicht richtig sehen?«, setzte Hannah nach.

»Mein Mandant ist vor Kurzem achtzig geworden«, meldete sich Zimmermann zu Wort. »Da ist es völlig normal, wenn man nicht mehr wie ein Adler sieht.«

Hannah nickte und tippte eine Weile auf dem Papphefter vor sich herum. Dabei verzog sich ihr Gesicht, als beschäftige sie etwas zutiefst. Jetzt schaute sie Spengler prüfend an. »Und Sie wollen tatsächlich bei dieser Aussage bleiben?«

Spengler hob bereits zu einer Reaktion an, doch sein Anwalt kam ihm zuvor: »Was soll das werden, Frau Lambert? Mein Mandant ist achtzig, sieht nicht mehr besonders gut und …«

»… lügt dafür umso besser«, vervollständigte Hannah. Sie klappte den Papphefter vor sich auf und entnahm drei Exemplare zusammengetackerter Seiten. Zwei davon wanderten quer über den Tisch, eins ließ sie vor sich liegen. »Ganz oben finden Sie eine Rechnung, die von einer augenärztlichen Klinik stammt. Und bevor Sie fragen, lieber Herr Zimmermann: Ihr Mandant wurde vergangenes Jahr nacheinander an beiden Augen operiert, dabei wurden seine Linsen durch neue ersetzt. Was genau passiert ist, finden Sie auf Seite zwei und drei, auf der vierten folgt ein ausführlicher Sehtest, der nach einem solchen Eingriff obligatorisch ist. Schließlich will ein Arzt ja wissen, welche Wunder er vollbracht hat.«

Während der Anwalt blätterte, ignorierte Rudolf Spengler die Seiten vor sich komplett. Stattdessen musterte er Hannah, in seinen Augen funkelte Mordlust.

»Das sind herausragende Werte«, kam Zimmermann nach dem Überfliegen der letzten Seite zu einem Ergebnis.

»Also doch ein Adler«, bestätigte Hannah eifrig nickend. »Und der will nicht erkannt haben, wer da plötzlich im eigenen Wohnzimmer vor ihm stand?« Sie fand Spenglers Blick, der noch immer auf ihr ruhte und – falls überhaupt möglich – noch feindseliger wirkte. »Ich glaube Ihnen kein einziges Wort! Mal davon abgesehen, dass Sie mit einer illegalen Schusswaffe auf Ihren Besucher angelegt und ihn offenbar zweimal getroffen haben.«

»Haben Sie in den umliegenden Krankenhäusern und bei Ärzten nachgefragt?«, wollte Zimmermann wissen.

Worauf Hannah schnippisch reagierte: »Gut, dass Sie's sagen. Darum kümmere ich mich als Erstes, wenn wir hier fertig sind.«

»Also ist niemand mit Schussverletzungen irgendwo aufgetaucht?«

»Leider nein. Aber wenn Ihr Mandant endlich zur Wahrheit übergeht, sind wir vielleicht gar nicht mehr darauf angewiesen.«

Dieser Mandant sah sich mittlerweile gleich zwei erwartungsvollen Blicken gegenüber. Zimmermann versuchte es auch mit Worten: »Haben Sie den Eindringling wirklich nicht erkannt, Herr Spengler?«

»Ich sage gar nichts mehr! Ihr könnt euch von mir aus gern weiter unterhalten, ich bin raus.«

Hannah witterte eine Chance. »Dann lasse ich Sie am besten zurück in Ihre Zelle bringen.«

»Tu, was du nicht lassen kannst.«

Ein paar Minuten später – inzwischen hatte ein Uniformierter Rudolf Spengler abgeholt – wurde der Ton im Verhörraum um einiges lockerer.

Hannah machte den Anfang: »Kennen Sie Herrn Spengler schon länger?«

»Seit heute. Ich bekam in aller Herrgottsfrühe einen Anruf, in dem es hieß, ich solle mich auf den Weg nach Sylt machen.«

»Verraten Sie mir, wer Sie angerufen hat?«, setzte Hannah lächelnd nach.

Der Anwalt zögerte einen Moment und gab dann seinen Widerstand schweratmend auf. »Sie erfahren es ja ohnehin: Der Anruf kam von einem Ihrer Vorturner, Werner Fuchs.«

»Der stellvertretende Direktor der Landespolizei sorgt dafür, dass Herr Spengler sich über einen Anwalt freuen darf?«, dachte Hannah laut nach. »Ist das nicht irgendwie seltsam?«

Plötzlich klang Zimmermann wieder förmlicher, witterte wohl eine Falle.

»Ich habe mich auch gewundert und deshalb gefragt. Mein Mandant kennt Herrn Fuchs seit dessen erstem Tag im Polizeidienst. Vermutlich ...«

»Ihr Mandant lügt wie gedruckt!«, platzte Hannah dazwischen. »Er weiß ganz genau, auf wen er da geschossen hat, und auch, wieso.«

»Und was soll die Geheimniskrämerei? Welchen Grund könnte es dafür geben?«

»Das ist die große Preisfrage.« Von nun an schwieg Hannah und beschränkte sich auf ein süffisantes Lächeln.

»Wie geht es jetzt weiter?«, fragte Zimmermann, weil schon länger Schweigen herrschte.

Trotzdem ließ sich Hannah mit ihrer Antwort Zeit. »Glauben Sie, Sie bringen Ihren Mandanten zum Reden?«

»Sie haben doch gehört, was er vorhin gesagt hat. Wenn er nicht will, dann will er nicht.«

»Dann werde ich als Nächstes einen Haftbefehl gegen Herrn Spengler beantragen. Illegale Schusswaffe, ein mutmaßlich Schwerverletzter ... bei der Faktenlage frisst mir jeder Richter aus der Hand.«

»Und Herr Fuchs? Ich fürchte, der wird mit Ihrer Verfahrensweise nicht einverstanden sein.«

»Dann soll er eben woanders fressen.«

18

»Hendrik ist schon länger zurück und weiß, dass Sie kommen«, wurde Ole von dessen Schwiegermutter an einer Haustür in Schafflund begrüßt. »Er ist hinten im Anbau. Halten Sie sich links, außen rum … er hat seinen eigenen Eingang.«

»Sind die Kinder auch da?«, fragte Ole. In seiner Stimme schwangen Sorgen mit, die er nicht verbergen konnte.

»Flori ist in der Schule, seit August in der ersten Klasse. Malte ist in der Kita, und um die Lütte kümmert sich mein Mann. Er ist Frührentner und lebt fast nur für seine Enkelkinder.«

Voller Erleichterung wollte sich Ole schon in Bewegung setzen, doch die Frau hielt ihn mit einer Frage auf: »Stimmt es, dass der Stoll tot ist?«

»Sie wissen davon?«

Das Gesicht der Frau verhieß einen Anflug von schlechtem Gewissen. »Meine Schwester wohnt auf Sylt und ist … immer ziemlich gut informiert. Solche Neuigkeiten bleiben ja nie lange geheim. Sind Sie hier, weil Sie unseren Schwiegersohn verdächtigen?«

Ole schwieg ganz bewusst.

»Hendrik ist jeden Abend zu Hause. Meistens kocht er für uns alle, dann essen wir zusammen und hinterher ... Irgendwie sind wir durch Jasmins Tod noch näher zusammengerückt. Ist das normal?«

In Anbetracht seiner Ratlosigkeit zuckte Ole mit den Schultern. »Dann können Sie und Ihr Mann vermutlich bestätigen, dass Ihr Schwiegersohn jeden der letzten Abende hier zu Hause verbracht hat?«

Eifriges Nicken. »Selbstverständlich! Hendrik verlässt das Haus eigentlich nur, um mit den Hunden zu gehen. Seit unsere Tochter tot ist, arbeitet er ausschließlich im Homeoffice und kümmert sich ansonsten rührend um seine Kinder. Was hat er denn sonst noch?«

Da Ole von dieser trüben Stimmung regelrecht übermannt wurde, verabschiedete er sich mit einer flüchtigen Geste und umrundete das Haus, bis er auf eine Tür stieß. In Ermangelung einer Klingel klopfte er.

Es dauerte nicht lange, bis Hendrik Eckert öffnete. »Sie sind von der Polizei, richtig?«

Ole war vorbereitet, hatte seinen Dienstausweis in der Hand und hielt ihn artig hoch. »Friedrichsen, Kripo Niebüll. Wäre nett, wenn wir uns kurz unterhalten könnten.«

Auf dem Weg durch einen schmalen Flur, in dem es nach frischer Farbe roch, fing Hendrik Eckert bereits zu reden an. »Mir ist klar, wieso Sie hier sind. An Ihrer Stelle würde ich auch denken, dass ich für Stolls Tod verantwortlich bin.«

Ole reagierte erst, als er hinter dem Hausherrn eine Art Büro betrat. Dort roch es ebenfalls nach Farbe. Die schneeweißen Wände, an denen kein einziges Bild hing, sprachen eine eindeutige Sprache.

»Meine Kinder und ich sind im Prinzip gerade erst eingezogen«, übersetzte der Hausherr Oles prüfenden Blick.

»Früher war das hier alles Schwiegervaters Reich. Er hatte eine Malerfirma mit über zwanzig Angestellten.«

»Und ist in Frührente, hat mir Ihre Schwiegermutter erzählt.« Ole deutete auf einen von zwei Besucherstühlen, die brandneu aussahen. »Darf ich?«

»Natürlich! Wollen Sie was trinken? Ich hab allerdings nur Wasser und Spezi da – für die Kinder. Die lieben das Zeug!«

Ole schüttelte den Kopf. »Ist bestimmt nicht leicht ... plötzlich mit allem allein. Läuft es einigermaßen?«

»Sie meinen ohne Jasmin?« Hendrik Eckert dachte eine Weile über seine eigene Frage nach. Dabei verhärteten sich seine Züge mehr und mehr. »Ich weiß nicht, ob Sie sich das vorstellen können. Wir waren wie füreinander geschaffen und von Anfang an bis über beide Ohren verliebt. Daran hat sich auch nie was geändert. Nach den ersten zwei Kindern wollten wir eigentlich kein drittes. Die Lütte hat uns echt überrascht.« Eckert huschte ein kurzes Lächeln übers Gesicht, ehe es wieder seine alte Härte annahm. »Jasmin und ich hatten so viele Pläne. Meine Schwiegereltern hatten bereits ein Grundstück für uns gekauft, und dieses Jahr sollte es mit dem Bau losgehen. Aber das hat sich jetzt ja alles erledigt.«

»Weil es ohne Hilfe nicht geht?«

»Ohne die zwei wäre ich völlig aufgeschmissen. Könnte nicht arbeiten und erst recht nicht ...«

»Was machen Sie genau?«, fragte Ole und deutete auf einen Flachbildschirm, von dem er nur die Rückansicht genießen durfte.

»Steuern ... kann man heutzutage alles problemlos von überall erledigen. Ich bin höchstens zweimal im Monat im Büro, und selbst das könnte ich mir wahrscheinlich sparen.«

Ole gab sich einen Ruck und wurde dienstlich. »Ihre

Schwiegermutter meinte, Sie wären an jedem der letzten Abende hier zu Hause gewesen. Hätten gekocht und zusammen gegessen.«

»Das stimmt. Und bevor Sie fragen: Ich habe Alexander Stoll zum letzten Mal im Gerichtssaal gesehen, also vor etwa einer Woche. Der Pfuscher wurde freigesprochen und hat sich gar nicht wieder eingekriegt. Wie er und sein Anwalt sich gegenseitig gefeiert haben – ganz ehrlich ... ich hätte kotzen können!«

»Und hatten einen Grund, richtig sauer zu werden«, versuchte es Ole mit einer Spitze.

Die Hendrik Eckert bereitwillig auffing. Zum ersten Mal lächelte er, allerdings auf besondere Weise. »Wenn Sie hören wollen, ob ich über Stolls Tod traurig bin, muss ich Sie enttäuschen. Der Kerl hat es nicht besser verdient.«

»Dann sind Sie also davon überzeugt, dass er für den Tod Ihrer Frau verantwortlich ist?«

»Ich denke, das weiß jeder. Er hat meine Frau operiert, und sie wäre in derselben Nacht beinahe gestorben. Gerettet hat man sie nur durch eine Not-OP, nach der sie tagelang im Krankenhaus bleiben musste. Jasmin war ohnehin geschwächt und bekam eine schwere Infektion, die so gut wie jedes Organ in Mitleidenschaft gezogen hat. Neun Tage nach der zweiten OP ist sie gestorben. In meinen Armen«, fügte Hendrik Eckert mit feuchten Augen hinzu. »Wollen Sie mehr hören?«

»Ich denke, das reicht fürs Erste.«

»Nein, eins noch«, beschloss Eckert, der sich in Rage geredet hatte. »Im Prozessverlauf hat eine Schwester, die inzwischen in einem anderen Krankenhaus arbeitet, eine interessante Aussage gemacht ...«

»Und zwar?«

»Dass Dr. Alexander Stoll ihr häufiger betrunken vorgekommen wäre. Das gelte zwar für so einige Ärzte, aber Stoll wäre es wohl auffallend häufig passiert.«

»Wie hat das Gericht darauf reagiert?«, wollte Ole wissen.

»Dazu ist es gar nicht erst gekommen. Stolls Anwalt hat die Aussage zerpflückt und die Zeugin als Lügnerin diffamiert. Schließlich sei sie entlassen worden und wolle sich lediglich rächen.«

»Dann sind Sie auf den Anwalt wahrscheinlich auch nicht allzu gut zu sprechen?«, versuchte es Ole mit einer Art List.

Was auf der anderen Schreibtischseite für Schulterzucken sorgte. »Mir fällt nicht mal mehr der Name ein. Aber eins will ich Ihnen sagen: Wenn ich jemals einen Anwalt brauche, der mir in einer aussichtslosen Situation den Arsch rettet, dann ruf ich den Typen an. Der hat alle Fakten so lange verdreht, bis nichts mehr davon übrig war.«

Ole nickte nachdenklich und beschloss, nichts über den zweiten Mord an Dr. Burdinski zu sagen. Diese Information würde Schafflund früh genug erreichen und hier vermutlich für weitere Freudentänze sorgen. Da schon länger Schweigen herrschte, stellte er die nächste Frage: »Wer könnte ansonsten für Alexander Stolls Tod verantwortlich sein? Ich sage das nur ungern, aber ich schätze, Ihre Schwiegereltern sind auch ziemlich sauer und ...«

»Die zwei?«, platzte Eckert lachend dazwischen und holte gleich zu einer Erklärung aus: »Mein Schwiegervater hatte Krebs und ist dem Tod von der Schippe gesprungen. Jetzt hat er nur noch einen Lungenflügel und keucht nach zehn Schritten wie 'ne alte Dampflok. Was glauben Sie wohl, wieso ich ständig mit drei Hunden unterwegs bin?«

»Und Ihre Schwiegermutter?«

»Ist der friedlichste Mensch, der mir je begegnet ist. Klar

ist sie wegen Jasmins Tod am Boden zerstört, aber wie wären Sie denn drauf, wenn es Ihre Tochter in der Blüte des Lebens erwischt? Und das, obwohl sie eigentlich nur im Krankenhaus war, um sich den Blinddarm entfernen zu lassen.«

Weil er darauf keine Antwort wusste, erhob sich Ole und streckte Hendrik Eckert seine Rechte entgegen. »Dann drücke ich Ihnen die Daumen, dass ...«

Er verstummte mitten im Satz, weil er keine Ahnung hatte, wie er fortfahren sollte.

»Ist schon gut, das geht den meisten so.« Inzwischen stand auch Eckert, der Oles Hand ergriff und lange schüttelte. »Das Leben hat so manchen Wahnsinn parat, für den es einfach keine Worte gibt – musste ich auch erst mal lernen.«

Ole nickte. »Aber wenn Ihnen doch noch was einfällt, dann ...«

»... melde ich mich, versprochen!«

19

»Wir brauchen einen Haftbefehl«, begann Hannah, als sie in Clausens Büro platzte.

Ralf zuckte erschrocken zusammen und brauchte einen Moment, um sich zu sammeln.

»Hab ich Sie etwa geweckt?«, fragte Hannah lachend.

»Ich hab letzte Nacht kaum geschlafen – eher gar nicht. Vielleicht schnappe ich mal ein paar Minuten frische Luft, damit ich hinterher wieder einigermaßen ...«

»Sie fahren nach Hause und schlafen sich erst mal ordentlich aus!«

»Und der Haftbefehl?«

»Darum kümmere ich mich selbst. Haben Sie was von Ole gehört?«

Ralf schüttelte den Kopf.

»Was ist mit Martin?«

»Aus dem einen Einbruch in Kampen sind inzwischen drei geworden. Alles Leute, die nur am Wochenende auf der Insel sind – wenn überhaupt.«

»Es wird auch immer schlimmer«, stöhnte Hannah,

während sie sich hinter Clausens Schreibtisch niederließ. »Wissen Sie zufällig, welcher Richter heute Dienst hat?«

»Matthiesen.«

Hannah verzog das Gesicht, als hätte sie in eine Zitrone gebissen. »Au Backe … dann soll sich Ole lieber um den Haftbefehl kümmern.«

»Das kann ich doch noch schnell erledigen, bevor ich …«

Allein Hannahs Blick reichte, um Ralf zum Schweigen zu bringen.

»Ist okay, ich gehe schlafen.« Ralf war bereits an der Tür. »Aber wenn Sie nichts dagegen haben, mache ich mich hinten im Ruheraum der Streifenkollegen lang. Sonst schlafe ich, bevor ich zu Hause ankomme.«

Hannah nickte. »Sie hatten doch auch Hauptkommissar Schönborn ausfindig gemacht, der seinerzeit ebenfalls zur *SOKO Schneeweißchen* gehörte.«

»Die Adresse hatte ich Ihnen vorhin geschickt.«

»Das Altenheim in Drage«, erinnerte sich Hannah jetzt. »Ich bin wohl auch zu müde, um einen klaren Gedanken zu fassen.«

»Und wollen sich trotzdem auf den Weg dorthin machen?«

»Sie haben wahrscheinlich recht: ganz schön weit weg, um mit einem zu reden, der vielleicht nur noch …«

»Laut einer Pflegerin, mit der ich telefoniert habe, ist Schönborn bei klarem Verstand und freut sich über jeden Besuch«, unterbrach Ralf.

»Sie meinen, die Fahrt könnte sich lohnen?«
Schulterzucken.

Was Hannah mit künstlicher Strenge fortfahren ließ: »Sehen Sie zu, dass Sie schlafen gehen, sonst werd ich ungemütlich!« Kaum war sie allein, da langte sie nach ihrem

Smartphone. Es klingelte nur einmal, bis sich Ole mit einer Frage meldete: »Was gibt's, Chefin?«

»Wir brauchen einen Haftbefehl, Spengler hat auf stur geschaltet und sagt kein Wort mehr.«

»Wie hat er denn auf seinen Sehtest reagiert? Oder macht er immer noch einen auf blind und will demnächst 'nen Hund?«

Hannah war nicht nach langen Erklärungen zumute. »Kümmerst du dich bitte um den Haftbefehl?«

»Klingt, als hätte Matthiesen Dienst?«

Hannah knurrte unverständliches Zeug, das Ole abermals routiniert übersetzte: »Vielleicht hättest du ihn beim letzten Mal nicht als Arschloch bezeichnen sollen.«

»Er *ist* ein Arschloch! Seinetwegen wäre ein Mörder beinahe ungeschoren davongekommen. Und wenn das wieder passiert, geh ich zu seinem Chef und ...«

»Ich rede mit Matthiesen. Sonst noch was?«

»Wo bist du?«

»Jeden Moment in Niebüll. Wenn ich Gas gebe, erwisch ich den nächsten Autozug.«

»Du wartest besser im Büro auf mich.«

»Wieso? Haben wir was vor?«

Hannah zögerte. »Wir besuchen jemanden, im Altenheim.«

»Ich muss ja ohnehin warten. Soll ich Blumen oder Pralinen besorgen?«

»Darauf können wir verzichten, bis später.«

Das Gespräch war schon lange beendet, doch Hannah starrte unverändert auf das schwarze Display ihres Smartphones. Ein Blick auf die Uhr verriet ihr, dass sie noch ein paar Minuten hatte, bevor sie sich auf den Weg zur Autoverladung machen musste. Also wählte sie die nächste

Nummer. In diesem Fall klingelte es etliche Male, und sie wollte bereits aufgeben, als sich jemand atemlos meldete.

»Du hast lange nichts mehr von dir hören lassen«, beschwerte sich Gerd Hoffmann zur Begrüßung.

»Viel zu tun«, tat Hannah lapidar ab. Sie wollte gleich mit dem Grund ihres Anrufs fortfahren, aber so leicht ließ sich ihr Mentor und langjähriger Vaterersatz nicht abwimmeln. »Ich war immer für dich da, Hannah! Hab mit dir all deine Sorgen durchlebt und durchlitten.«

»Und im Gegenzug nur selten Streicheleinheiten bekommen, ich weiß. Nach Paps Tod hatte ich eben Angst, auch dich zu verlieren, oder …«

»Das hast du mir nie erzählt.« Da Hannah eisern schwieg, fuhr Hoffmann einfach fort: »Hast du wenigstens mal mit dem Psychologen telefoniert, den ich dir empfohlen hatte? Er ist ein alter Freund und normalerweise auf Monate ausgebucht. Trotzdem kümmert er sich um dich, wenn du …«

»Ich rufe an!«, unterbrach Hannah. »Nächste Woche, versprochen.«

»Das hast du mir letztes Mal auch versprochen, und das ist mindestens zwei Monate her.«

»Erinnerst du dich an die *SOKO Schneeweißchen*?«, versuchte Hannah vom Thema abzulenken.

»Wie könnte ich die vergessen? Das Theater ging seinerzeit hoch bis zur Ministerebene. Und alles nur, weil es einen Arzt nach dem anderen erwischt hat.«

»Sämtliche Akten von damals sind verschwunden.«

Es dauerte eine Weile, bis Hoffmann reagierte: »Ist das dein Ernst? Das ist doch unmöglich!«

»Offenbar nicht. In Kiel existieren nur noch leere Ordner, und anderweitig ist auch nichts mehr zu finden.«

»Weißt du schon, was dahintersteckt?«

»Wir haben eine neue Mordserie – gleiche Verfahrensweise.«

»Wieder Ärzte?«

»Ein Arzt und dessen Anwalt. Bis jetzt!«

»Machst du dir Sorgen, dass es nicht dabei bleibt?«

»Für meinen Geschmack sind zwei Tote schon zwei zu viel.«

»Bei mir hier kommt nichts mehr an. Wahrscheinlich verbringe ich zu viel Zeit im Garten und zu wenig neben dem Telefon. Hast du was von deiner Mutter gehört?«

»Die schwebt neuerdings im siebten Himmel. Mir graut schon vor der Hochzeit.«

Hoffmann lachte schallend. »Wie ich dich kenne, findest du einen Grund, die zu schwänzen. Ansonsten solltest du deiner Mutter ihr Glück einfach gönnen. Oder hättest du geglaubt, dass sie sich jemals wieder auf einen Mann einlässt?«

»Lass uns lieber über die *SOKO Schneeweißchen* reden. Fällt dir noch ein Name von damals ein? Ich meine, außer Spengler.«

»Der Blödmann wäre mir natürlich zuerst eingefallen. Ich weiß noch, wie dein Vater über ihn geflucht hat. Erst recht, nachdem Spengler dich auf Dauer in der Mordkommission hat halten wollen.«

»Ich bin freiwillig geblieben! Was glaubst du wohl, wieso ich heute noch …?«

»Trotzdem hätte ihn dein Vater am liebsten umgebracht.«

»Und abgesehen davon? Ich brauche Namen, Gerd, keine alten Geschichten.«

»Wieso fragst du nicht Spengler? Der wohnt doch auf Sylt und kann dir bestimmt helfen.«

»Könnte er vermutlich, aber er will nicht.« Hannah

hätte die Ereignisse rund um Rudolf Spengler gerne für sich behalten, aber ihr blieb nichts anderes übrig, als Hoffmann einzuweihen. Dafür brauchte sie keine fünf Minuten.

»Ich sag es ja, der Typ ist ein Idiot«, war Hoffmanns spontane Reaktion. »Das mit dem Haftbefehl wird in Kiel für ziemlichen Wirbel sorgen. Spengler hat dort immer noch einige Freunde.«

»Unter anderem Fuchs«, vervollständigte Hannah. »Der hat sich sogar um einen Anwalt gekümmert.«

»Dann sei bloß vorsichtig, dass Fuchs dir nicht ans Bein pinkelt. Nicht mehr lange und er ist dein oberster Chef.«

»Meinst du, er hat sich nach oben geschlafen?«, fragte Hannah todernst, musste nun aber doch kichern.

»Eher nach oben geschleimt. Ich konnte den Kerl nie leiden, wir sind uns vorzugsweise aus dem Weg gegangen.«

Hannah beschloss, dass es höchste Zeit wurde, mit ihrem eigentlichen Anliegen herauszurücken. »Kannst du dir vorstellen, dass Spengler etwas mit dem Verschwinden der Akten zu tun hat?«

»Als Leiter der SOKO hätte er auf jeden Fall die Möglichkeit gehabt. Wie kommst du darauf?«

»Na ja – wenn sich einer derart unkooperativ zeigt und inzwischen einen Stummfilm dreht, wirkt das doch verdächtig. Außerdem sind mir gestern einige Sachen eingefallen, die mir schon damals seltsam vorgekommen sind ...«

»Nämlich?«

»Spengler hat sich immer wieder in die Ermittlungen eingemischt und alles infrage gestellt.«

»Das ist seine Aufgabe als Leiter einer SOKO!«

»Schon klar, aber er hat ständig die absurdesten Dinge veranlasst. Ich weiß noch genau, dass wir nach ein paar Wochen auf 'ne ziemlich heiße Spur gestoßen sind. Dabei ging es um das zweite Opfer und dessen Verbindung zum ersten. Spengler hat die Geschichte seinerzeit an sich gerissen und meinte irgendwann, es wäre Blödsinn, in die Sackgasse weitere Zeit zu investieren.«

»Der Täter wurde nie gefunden, richtig?«

»Ganz genau! Und wie es aussieht, wandelt gerade einer auf alten Spuren.«

»Ansonsten fällt mir nur Schönborn ein«, fuhr Gerd Hoffmann nach einer Pause fort. »Lebt der noch?«

»Tut er!«

»Weißt du auch, wo?«

»Allerdings! Und sei mir nicht böse, ich mache mich jetzt auf den Weg dorthin ...«

»Sekunde!«

Da Hannah genau wusste, was ihr alter Mentor sagen wollte, versuchte sie, ihn abzuwimmeln. »Ich muss wirklich los, Gerd, sonst fährt mir der Autozug vor der Nase weg.«

»Aber du rufst an und lässt dir endlich helfen! Wenn nicht, dann kündige ich dir die Freundschaft!«

»Ja, mache ich. Nächste Woche, Ehrenwort!«

20

»Wie sieht's mit dem Haftbefehl aus?«, fragte Hannah, als sie anderthalb Stunden später in Niebüll zu Ole in den Wagen stieg.

»Schickt Matthiesen direkt nach Westerland, aber erst, wenn er mit seiner Mittagspause fertig ist.«

»Hat er Probleme gemacht?«

Ole schüttelte den Kopf, während er vom Revierparkplatz abbog und Gas gab. »Ich hab Spengler als schießwütigen Opa verkauft und einige Male hervorgehoben, dass er in dem Zustand eine Gefahr für die Allgemeinheit ist. Matthiesen meinte, wir sollten ihn besser gleich in die geschlossene Psychiatrie stecken, aber das konnte ich verhindern.«

»Gut gemacht!«

»Dass Spengler völlig auf stur schaltet, kann ich gar nicht verstehen. Hast du 'ne Idee, was der Typ vorhat und wieso er mauert?«

»Er steckt mit drin. Keine Ahnung, wie, aber er steckt in der Sache mit drin.«

»Hat das was mit deinem Geistesblitz von gestern Abend zu tun?«

Hannah nickte, wenn auch widerwillig. »Ich bin mir nicht sicher. Aber das kann doch alles kein Zufall sein. Zuerst wird Alexander Stoll umgebracht, einen Tag später erwischt es dessen Anwalt, und etwa zeitgleich kriegt Spengler ungebetenen Besuch. Noch dazu verwendet unser Mörder eine Garotte und ...«

»Es müssen mindestens zwei sein«, unterbrach Ole.

»Wie kommst du darauf?«

»Du hast eben von *zeitgleich* gesprochen. Und selbst wenn das nicht der Fall wäre, also der vermeintliche Täter direkt von Hörnum nach Westerland gebraust ist, um dort Burdinski zu erledigen, dann ...«

»... kriegt das keiner hin, der vorher zweimal angeschossen wurde«, vervollständigte Hannah. »Du bist gut!«

Ole sagte zwar nichts, aber dieses Lob ging ihm zweifellos runter wie Öl. »Hat Hoffmann sonst noch was erzählt?«

»Er nervt!«, grunzte Hannah nach einigem Zögern.

»Er meint es nur gut mit dir – wie wir alle.«

»Dann nervt ihr eben alle!« Hannah stöhnte geräuschvoll. »Mir geht's gut, ich bin nur hin und wieder ein bisschen ... neben der Spur. Könnten wir uns darauf einigen?«

Ole ließ sich mit seinen nächsten Worten Zeit, dafür hatten die es in sich: »Erinnerst du dich an letzten Monat, als wir den Bengel verfolgt haben, der fast seine Mutter umgebracht und anschließend Papas Wagen geklaut hat?«

»Wie könnte ich den vergessen? Der wollte mich beißen, als ich ihm Handschellen angelegt hab, und hat mir zum Abschluss ins Gesicht gespuckt.«

»Und ich weiß noch, wie du bei der Verfolgungsjagd zwischen List und Kampen plötzlich 'nen Blackout hattest und wir beinahe in den Gegenverkehr gekracht wären. Das war haarscharf!«

»Ich war erkältet und hatte Fieber«, tat Hannah mit wegwerfender Geste ab.

»Du warst völlig von der Rolle, und das hatte garantiert nichts mit deiner Erkältung zu tun! Dir fällt es nicht auf, aber du stehst jeden dritten Tag neben dir und bist nicht nur 'ne Gefahr für dich selbst.«

»Zwei Täter«, nahm Hannah den Faden nach langem Schweigen anderweitig wieder auf. »Dass ich selbst nicht darauf gekommen bin.«

»Vielleicht liegt das auch an deinem Problem mit …«

»Nein!«

»Und was dann?«

»Keine Ahnung.« Hannah kicherte albern. »Wahrscheinlich wird aus dir endlich ein richtiger Polizist.«

»Danke!«

»Gerne! Und jetzt gib Gas, sonst kommen wir nie an …«

21

»Ich wette, das ist pure Zeitverschwendung«, unkte Hannah, als Ole den Wagen in Drage auf den Parkplatz des Altenheims lenkte.

»Wovon redest du?«

»Davon, dass Schönborn sich garantiert an nichts mehr erinnert und ansonsten nur wirres Zeug faselt.«

»Positiv denken, Frau Lambert! Und jetzt schau dir mal das schöne Altenheim an. Ist das nicht ein Traum? Alles reetgedeckt ... so was gehört eigentlich nach Sylt.«

»Kannst ja fragen, ob die umziehen wollen«, erwiderte Hannah staubtrocken. Sie griff zum Türöffner, zögerte nun allerdings. »Wir sollten uns lieber um Spengler und seine Lügenmärchen kümmern, statt hier unsere Zeit zu verplempern. Wenn wir ihm auf die Schliche kommen, ist der Fall gelöst.«

Ole winkte ab und zog nun seinerseits am Türöffner. Als er kurz darauf neben dem Wagen stand, reckte er sich zunächst ausführlich. »Wenn ich jemals alt werde und nicht mehr allein kann, ist das genau der richtige Platz für mich.

Ich frag mal, ob die jetzt schon was für mich reservieren können.«

»Wahrscheinlich fängst du auch noch zu qualmen an«, kommentierte Hannah auf dem Weg zur Eingangstür lachend. Kein Wunder, schließlich hockten links und rechts von einem gepflasterten Weg ein halbes Dutzend Raucher, die neben reichlich Qualm für neugierige Blicke sorgten.

»Moin!«, krakeelte eine Frau, deren Brillengläser so dick waren, dass man sie bedenkenlos als kugelsicher bezeichnen konnte.

Ein Mann, der keine Beine mehr hatte und im Rollstuhl saß, nickte nur grimmig zur Begrüßung.

»Bringen wir's hinter uns«, meinte Hannah stöhnend und strebte auf die Eingangstür zu. Dahinter lief den Ermittlern gleich eine Pflegekraft über den Weg.

Hannah stellte sich und Ole vor und mühte sich dabei um ein Lächeln. »Wir möchten mit Herrn Schönborn sprechen.«

»Rainer sitzt hinten im Speisesaal und spielt *Mensch, ärgere dich nicht*.« Die Pflegerin deutete in einen langen Gang. »Ganz bis zum Ende und dann nach rechts.«

»Solltest du auch nicht«, empfahl Ole, während er Hannah im Laufschritt folgte.

»Was?«

»Na, dich ärgern. Vielleicht erinnert sich Schönborn ja doch an irgendwas.«

»Wirklich nett«, sagte Hannah, nachdem sie im Eingang zum Speisesaal abrupt stehen geblieben war. »Herrliche Aussicht, hier kann man sich wohlfühlen.«

»Soll ich mal fragen, ob die auch einen Platz für dich haben?«

Anstelle einer Antwort setzte sich Hannah wieder in Bewegung und steuerte auf einen Mann zu, der an einem der Tische saß. Ganz allein, vor sich das erwähnte Spielbrett. Zuerst machte Hannah Anstalten, sich auf den freien Stuhl direkt gegenüber, also auf den einer potenziellen Mitspielerin zu setzen. Doch sie besann sich eines Besseren und entschied sich für den Stuhl links daneben.

Also nahm Ole notgedrungen den Platz des vermeintlichen Gegners im *Mensch, ärgere dich nicht* ein.

Schönborn sah ihn verwirrt an.

Ole wollte schon etwas sagen, doch Hannah kam ihm zuvor: »Erinnern Sie sich noch an mich?«

Der Blick des alten Mannes – leicht getrübt und ein wenig entrückt – wanderte ein Stück nach rechts. Hinter einer faltigen Stirn ratterte es erkennbar, doch das Ergebnis war lediglich ein Kopfschütteln.

»Hannah ... Hannah Lambert. Ich hab damals als Kommissaranwärterin in Niebüll angefangen, ist über dreißig Jahre her.«

Schönborns Blick wurde klarer. »Dein Vater war auch bei unserem Haufen, richtig?«

Hannah nickte, wobei ihr anzusehen war, dass Erinnerungen an ihren Vater unverändert für Seelenschmerz sorgten.

»Horst Lambert, Landespolizei Kiel«, brachte sie dennoch mit fester Stimme zustande.

»Kein schlechter Chef – hart, aber gerecht«, erinnerte sich Schönborn.

Von links näherte sich eine weißhaarige Frau von an die neunzig. Sie blieb hinter Ole stehen und umfasste dessen Stuhllehne. Kurz machte es den Anschein, als wollte sie mit ihren knorrigen Fingern zupacken, um einen Störenfried von ihrem Platz zu verscheuchen.

Schönborn verhinderte Schlimmeres. »Wir spielen später weiter, Klara. Du siehst doch, ich hab Besuch.«

»Mir geht es nicht um meinen Vater, sondern um die *SOKO Schneeweißchen*«, fuhr Hannah fort. Klara hatte sich einen Tisch weiter niedergelassen und schmollte dort vor sich hin. »Erinnern Sie sich an die Mordserie von damals?«

»Den Täter haben wir nie gefunden.«

Innerlich jubelte Hannah und wollte schon fortfahren, doch plötzlich gehörte Schönborns volle Aufmerksamkeit Ole. »Wer bist du eigentlich?«

»Friedrichsen, Sven-Ole Friedrichsen.« Er streckte dem Hauptkommissar im Ruhestand seine Rechte entgegen, die der kräftig schüttelte. »Angenehm!«

Schönborn deutete auf das Spielbrett vor sich. »Bist du mutig genug für 'ne Partie?«

»Klar, ich hab früher immer mit meiner Oma ...«

»Es wäre nett, wenn wir stattdessen über die *SOKO Schneeweißchen* reden könnten«, mischte sich Hannah hörbar missmutig ein. »Ich meine ...«

»Das können wir nebenbei erledigen. Und jetzt halt mal kurz den Schnabel, bis wir wissen, wer anfängt.«

Das war Schönborn selbst. Er begann mit einer Sechs, würfelte gleich noch eine, und eine weitere. Womit er von Beginn an zwei Spielfiguren auf dem Brett hatte.

Ole brauchte mehrere Anläufe mit jeweils drei Würfen, bis er endlich eine erste Figur ins Rennen schickte.

»Inwieweit erinnern Sie sich denn noch an damals?«, fragte Hannah, als Schönborn gerade seine nächste ins Spiel brachte.

Der alte Mann löste seinen Blick vom Spielbrett. »Was willst du denn wissen?«

Hannah beschloss, gleich alles auf eine Karte zu setzen. »Wieso der Fall ungelöst geblieben ist und ob Sie sich vorstellen könnten, dass Spengler daran nicht ganz unschuldig war.«

Für einen Moment war das Spiel komplett vergessen. Schönborn starrte auf einen Plastikbecher, der vor ihm stand und in dem sich der Farbe nach Fruchtsaft befand.

»Wir haben alles getan, was wir konnten«, war dann das Ergebnis dieser gedanklichen Reise in die Vergangenheit.

Was Hannah auf die Palme brachte, denn das Wiedersehen mit Rainer Schönborn hatte neue Erinnerungen in ihr geweckt. »Das kann nicht sein! Ich weiß es nicht mehr ganz genau, aber ich war damals zusammen mit einem älteren Kollegen an einer ziemlich heißen Spur dran. Dabei ging es um eine Verbindung zwischen den Ärzten, also den Mordopfern. Laut Dienstplan waren die zwar in den Monaten davor nie gemeinsam im Einsatz gewesen, aber ...«

»Der ältere Kollege war ich«, unterbrach Schönborn heiser lachend. »Und jetzt erinnere ich mich auch wieder an dich. Du warst ganz schön vorlaut und hast uns alle ständig mit Fragen genervt.«

Weil Ole neben ihr bereits hellhörig wurde und zu grinsen anfing, fuhr Hannah eilig fort: »Dann erinnern Sie sich also auch noch an die Geschichte mit den Dienstplänen?«

»Kann schon sein. Aber welche Rolle spielt das heute noch? Habt ihr nichts zu tun oder wieso grabt ihr alte Fälle aus?«

Hannah wischte die Rückfrage mit einer Handbewegung beiseite. Insbesondere, weil ihr Verstand von immer mehr Erinnerungen geflutet wurde. »Sie waren sich anfangs sicher, dass da einer an den Dienstplänen gedreht hatte, und plötzlich spielten die keine Rolle mehr. Denken Sie wirklich, dass jeder alles Menschenmögliche getan hat?«

»Ich weiß gar nicht, was die ganzen Fragen sollen. Spengler war der Chef und hat mir wahrscheinlich 'nen

Haufen andere Arbeit aufgehalst. So einfach ist das.« Schönborn wollte sich schon wieder dem Spiel widmen, schließlich war er klar vorne.

Doch Hannah packte seine Hand, in der er den Würfel hielt. »Nur noch eine Frage, bevor Sie meinen Kollegen vernichten: Wieso lässt sich der stellvertretende Leiter einer SOKO – mit anderen Worten: Sie! – so eine heiße Spur aus der Hand nehmen? Und wieso sind Sie seinerzeit nicht auf die Barrikaden gegangen, als man Ihnen Spengler vor die Nase gesetzt hat?«

»Das waren zwei Fragen«, erwiderte Schönborn grinsend.

Hannah winkte ab und hob bereits von Neuem an, doch der alte Mann kam ihr zuvor: »Du bist da auf dem Holzweg, Mädchen. Verrat mir lieber mal, wieso ihr nach so langer Zeit ...«

»Spielen Sie erst mal weiter!«, unterbrach Hannah mit wütender Geste. »Und wenn Sie mit meinem Kollegen fertig sind, reden wir Klartext ...«

22

Nach nicht mal zwei Stunden Schlaf auf einer unbequemen Liege war Ralf aufgewacht und konnte nicht mehr einschlafen. Irgendwo im rückwärtigen Teil des Reviers brüllte jemand ständig einen Namen, ein anderer – garantiert ein Beamter vom Wachtresen – machte sich sogar die Mühe, ein paarmal zu antworten. Doch inzwischen hatte der Kollege aufgegeben, deshalb erklang der Name – irgendetwas Osteuropäisches – umso häufiger.

»Willkommen im Irrenhaus«, brummte Ralf und rollte sich auf die Seite. Unter ihm beschwerte sich die Liege knarrend.

Keine fünf Minuten später saß er wieder in Clausens Büro.

Wie der Zufall es wollte, platzte dessen rechtmäßiger Inhaber herein und fluchte wie ein Kesselflicker: »Wenn das so weitergeht, lass ich mich versetzen.« Clausen krachte hinter seinen Schreibtisch. »Ich nehme alles – von mir aus fahr ich am Nordpol Streife –, aber von Sylt hab ich die Schnauze langsam gestrichen voll.«

»Kaffee?«, fragte Ralf, nachdem sein Kollege mit dem Aufzählen weiterer potenzieller Einsatzorte fertig war.

»Gerne!«

Als kurz darauf ein Becher vor Clausen stand, schien selbst er genug von seinem Gemoser zu haben. »Wie sieht's bei dir aus? Was macht euer Fall?«

Ralf brauchte nicht lange, um die letzten Stunden Revue passieren zu lassen.

An einem Detail hatte Clausen besonderes Interesse. »Werner Fuchs hat dafür gesorgt, dass Spengler einen Anwalt bekommt?«

»Hat die Chefin in der Ermittlungsakte notiert«, erwiderte Ralf und zeigte auf seinen Bildschirm.

»Was noch lange nicht erklärt, wieso sich der zukünftige Direktor der Landespolizei um einen Hauptkommissar im Ruhestand kümmert. Sind die beiden Freunde oder Verwandte?«

»Das muss ich nachher mal checken. Aber erzähl, was war denn bei dir los? Wieso zieht es dich plötzlich zum Nordpol?«

»Hör bloß auf! Der dritte Einbruch hat sich als Fehlmeldung herausgestellt. Und das, weil sich die Tochter der rechtmäßigen Eigentümer überraschenderweise von Wuppertal auf den Weg nach Sylt gemacht hat. Natürlich, ohne ihren Eltern vorher Bescheid zu sagen. Ich war gerade hinten im Garten, da kehrt die Tante vom Shoppen zurück und will mir ihren Rottweiler auf den Hals hetzen.«

»Hast du die Beine in die Hand genommen oder wieso hast du nix abgekriegt?«

»Der war ganz lieb und hat sich gleich vor mir auf den Rücken gedreht. Nur seine Besitzerin hat krakeelt, als wollte ich sie vergewaltigen.« Clausen nahm einen großen Schluck aus seinem Kaffeebecher. »Und es kommt übrigens noch besser: Gestern Abend hat sich 'ne ältere Frau aus List gemeldet und die Kollegen vom Wachtresen genervt. Angeblich würden sich ihre Nachbarn – zwei Brüder, die schon ewig dort wohnen – im Haus nebenan gegenseitig an die Gurgel gehen. Der eine wäre ein regelrechter Riese, hätte rumgebrüllt, und es sei sogar Blut geflossen. Hätte sie durch ihr Küchenfenster alles genau verfolgen können.«

»Und weiter?«

»Ich bin hin, hab mich mit einer dieser blutrünstigen Bestien unterhalten und erfahren, dass der zweite Bruder seit fünf Wochen in Thailand ist. Außerdem sei die Nachbarin kurzsichtig und mache bereits Krawall, wenn er seine Mülltonnen mal nach sechs Uhr an die Straße rollt. Also hab ich mich artig für die Störung entschuldigt, mir bei Gosch 'n Fischbrötchen gegönnt und bin nur hergekommen, um ...«

»... ein Versetzungsgesuch zu schreiben«, beendete Ralf den Satz unverändert grinsend. »Deinen Job möcht ich haben! Einfach nur irgendwas ohne Mord und Totschlag.«

»Wo treiben sich Hannah und Ole rum?«

»Besuch ... im Altenheim.«

»Will ich mehr wissen?«

»Denke nicht. Nebenbei war deine Idee von vorhin gar nicht schlecht. Mal schauen, ob Fuchs und Spengler verwandt sind.«

»Oder 'ne gemeinsame Leiche im Keller haben«, fügte Clausen gähnend hinzu. »Ich tippe eher auf Letzteres ...«

———

»Noch eine!«, fragte Schönborn, als er auch seine letzte Spielfigur im Häuschen untergebracht und die Partie im Stil eines Kantersieges für sich entschieden hatte.

»Das fehlt gerade noch!«, zischte Hannah. Jetzt nahm

sie sich zurück und klang ein wenig freundlicher: »Lassen Sie uns lieber über die *SOKO Schneeweißchen* reden. Woran erinnern Sie sich?«

»Hab ich dir doch schon gesagt. Wir haben alle unser Bestes getan.«

»*Unser Bestes*!«, wiederholte Hannah giftig. »Seien Sie mir nicht böse, Herr Schönborn, aber Sie scheinen mir – im Gegensatz zu dem einen oder anderen hier – Herr Ihrer Sinne zu sein.« Hannah deutete zum Nachbartisch, wo neben Klara zwei etwa ebenso alte Frauen saßen. Die machten den Eindruck, als befänden sie sich in einer Parallelwelt. Einer, in der man mit offenem Mund in einem Rollstuhl saß, gelegentlich ein unartikuliertes Geräusch von sich gab und nur auf den schwarzen Vogel wartete, der einen mit breiten Schwingen auf die letzte Reise mitnahm. »Wieso sind Sie eigentlich hier? Jemand, der noch alles allein kann und fit im Kopf ist, könnte doch genauso gut ...«

Hannahs Redefluss wurde von einem schrillen Piepton unterbrochen. Dass der von einem Rollstuhl stammte, in dem Schönborn saß, bemerkte sie erst, als der alte Mann unter dem Tisch hervorgerollt war. Er wies mit Blicken in seinen halben Schoß, schließlich bestand der nur noch aus einem Oberschenkel. »Die haben mir zuerst den linken Fuß, dann den Unterschenkel und später den Rest amputiert. Ich hab's ein paar Monate allein probiert und lag auch mal 'nen ganzen Tag in meiner Duschwanne. Jetzt zufrieden, Mädchen?«

»Sind Sie angeschossen worden? Also ... war das ein Arbeitsunfall?«

Schönborn überlegte einen Moment, das Resultat war ein unpassendes Grinsen. »Hatte schon was mit der Arbeit zu tun. Und nebenbei mit fünfundvierzig Filterlosen, die ich brauchte, um den Irrsinn auf Dauer zu ertragen.«

»Raucherbein«, murmelte Ole vor sich hin.

»Das tut mir leid«, übernahm Hannah wieder. »Und ich hoffe, Sie halten mich nicht für taktlos, aber so ein Bein entbindet einen nicht von der Pflicht zur Wahrheit, oder?«

»Welche Wahrheit?«

»Über damals!«, antwortete Hannah leicht verzweifelt. »*SOKO Schneeweißchen*, Spenglers absurden Führungsstil und Ihre Rolle bei der ganzen Geschichte. Sie wollen mir doch hoffentlich nicht weismachen, da wäre alles mit rechten Dingen zugegangen.«

Inzwischen war klar erkennbar, dass Schönborn dichtgemacht hatte. Begleitet von einem weiteren Piepton rollte er zurück unter den Tisch und widmete sich wieder dem Spielbrett.

»Dann soll das also alles gewesen sein«, flüsterte Hannah und machte bereits Anstalten, sich zu erheben.

Doch Schönborn hielt sie mit einer Frage davon ab: »Wieso redest du nicht mit Spengler? Er müsste dir eigentlich alles erzählen können.«

Hannah beugte sich nach vorne, ihr Blick war eiskalt. »Weil ich hier bin, Ihnen gegenübersitze und gehofft habe, endlich mal von jemandem die Wahrheit zu hören.«

»Bist du sicher, dass du damit umgehen kannst?«

Hannah lachte auf. »Ich bin nicht mehr das kleine Dummerchen von damals. Und wenn ich nerve, dann mit voller Absicht und nicht, weil ich …«

»Frag Spengler!«, raunte Schönborn dazwischen. »Er soll dir sagen, was passiert ist. Er ist ohnehin der Einzige, der alles weiß.«

Hannah überlegte, derweil kneteten ihre Hände nervös aneinander herum. Ole wollte schon das Wort erheben, doch sie kam ihm zuvor: »Wir sprechen uns noch, Herr Schönborn! Und falls Sie sich Hoffnungen machen, dass wir

einen Einbeinigen nicht zur Rechenschaft ziehen, haben Sie
sich geschnitten. Das Strafgesetzbuch nimmt keine Rück-
sicht auf die Anzahl der Beine und interessiert sich nicht
für ...«

»Vielleicht machen wir hier erst mal Schluss«, schlug
Ole resolut vor.

»Von mir aus!«, spie Hannah wie Gift hervor und fokus-
sierte sich dabei voll auf Rainer Schönborn. »Aber wie ich
eben schon sagte: Wir sind noch lange nicht miteinander
fertig!«

23

»Ich dreh die ganze Bande auf Links«, fluchte Hannah, als sie vor Ole und im Stechschritt das Altenheim verließ. »Bis mir jemand die Wahrheit vor die Füße kotzt.«

Einer der Raucher bekam große Ohren. Offenbar ein Blinder, denn er blickte mindestens zwei Meter an den Ermittlern vorbei.

Statt fortzufahren, beschleunigte Hannah ihre Schritte ein weiteres Mal und machte erst neben Oles Wagen halt. Sie deutete zurück zum Altenheim. »Der Kerl da drinnen könnte es locker mit Spengler aufnehmen, schließlich verarscht er uns ebenso nach Strich und Faden.«

»Schönborn geht auch stramm auf die achtzig«, brachte Ole in Erinnerung. »Vielleicht hat er tatsächlich das meiste vergessen oder wollte sich nur mit ein paar Häppchen interessant machen. Stell dir mal vor, du hockst den lieben langen Tag in 'nem Altenheim und spielst *Mensch, ärgere dich nicht.*« Ole wartete keine Reaktion ab, sondern fuhr nahtlos fort: »Dann bekommst du plötzlich Besuch aus dem Stall, dem du früher selbst angehört hast, und wirst von jetzt auf gleich mit einem Fall konfrontiert, der über dreißig Jahre alt ist.«

Hannah kam sichtbar ins Grübeln. »Du meinst, es könnte sein, dass wir die ganze Zeit aneinander vorbeigeredet haben?«

»Es wäre zumindest möglich. Wieso sollte uns der Schönborn was verheimlichen? Was hätte er denn davon?«

»Weiß nicht – ich hatte das Gefühl, er führt uns genüsslich an der Nase herum. Als würde er sich zwar an alles erinnern, uns die wesentlichen Fakten aber mit voller Absicht verschweigen.«

Ole entriegelte schulterzuckend die Türen. »Wäre auch möglich. Außerdem wolltest du dich doch sowieso um Spengler kümmern.«

»Erst mal brauchen wir mehr Munition. Wenn wir mit leeren Händen vor ihm hocken, lässt er uns wieder eiskalt abblitzen.«

Ole reagierte erst, als er auf dem Fahrersitz hockte und Hannah neben ihm. »Das wird nicht einfach werden. Wenn wirklich alle Akten verschwunden sind, dann ...«

»... müssen wir uns eben mehr Mühe geben«, polterte Hannah dazwischen. »Kann ja nicht jeder Fall ein Kinderspiel sein.«

»*Jeder Fall ein Kinderspiel*«, wiederholte Ole in seltsamem Singsang und drehte den Zündschlüssel. »Da hab ich in den letzten Jahren wohl einiges verpasst. Ich erinnere mich an den einen oder anderen, bei dem wir auch ganz schön ...«

»Fahr los! Früher oder später legen wir Spengler das Handwerk, und du glaubst gar nicht, wie ich mich darauf freue ...«

———

»Fehlanzeige!«, stöhnte Ralf und ließ von seiner Tastatur ab. Im Hintergrund bereitete sich Clausen gerade auf seinen wohlverdienten Feierabend vor.

Dennoch signalisierte er Interesse. »Nichts? Keine Verbindung zwischen Spengler und Fuchs?«

»Die sind vom Alter her über dreißig Jahre auseinander. Da ist es unwahrscheinlich, dass sie ...« Ralf legte mitten im Satz eine Vollbremsung hin. Bevor er etwas sagen konnte, hatte Clausen seinen Gesichtsausdruck längst übersetzt.

»Dreißig Jahre – könnte auch Zufall sein.«

»Nie und nimmer!«, widersprach Ralf und hämmerte schon wieder auf seiner Tastatur herum. »Es muss eine Verbindung geben ...«

»... die mit eurer Mordserie von damals zusammenhängt, die genauso lange her ist?« Clausen überlegte und schüttelte den Kopf. »Hoffentlich rennst du da keiner Luftnummer hinterher.«

Ralf hatte bereits ein erstes Ergebnis und präsentierte es wie den Stein der Weisen: »Fuchs ist vorletzten Monat einundfünfzig geworden und hat mit neunzehn bei unserem Verein angefangen ... in Kiel.«

»Blutjung und noch voller Träume«, schwärmte Clausen vor Ironie triefend. »Wie wir alle. Ich weiß nur nicht genau, wie du da einen Zusammenhang herstellen willst. Und falls es dich interessiert: Ich mache jetzt Feierabend.«

Ralf verabschiedete sich mit einer flüchtigen Handbewegung, schließlich war er in seinen Bildschirminhalt vertieft.

Als er sich an ein vorläufiges Fazit wagte, war Clausen schon seit mindestens einer halben Stunde verschwunden: »Das mit dem Alter ist vielleicht 'ne Luftnummer, aber das hier könnte was sein ...«

Ralf reckte sich und gab dazu animalische Laute von sich, als Hannah und Ole nacheinander ins Büro platzten.

Letzterer wedelte mit einer Papiertüte, auf der das weltweit bekannte Symbol für Fastfood prangte. »Hunger? *Big Mac*, Pommes, Apfeltasche …? Deinen Milchshake hat die Chefin auf dem Weg weggeschlürft.«

»Schuldig!«, fügte Hannah mit erhobenen Händen hinzu. »Ich mach es irgendwie wieder gut. Wollen Sie ʼnen Kaffee aus dem Automaten?«

Ralf schüttelte den Kopf und widmete sich dem Inhalt der Tüte.

»Hast du wenigstens was Neues für uns?«, fragte Ole, während er auf Clausens Drehstuhl plumpste.

»Eine Art Zeitleiste … weiß nicht, ob das wirklich hilft, aber – wie warʼs denn im Altenheim?«

Hannah übernahm die Reaktion: »Schönborn mauert, versteht gar nicht, wieso wir uns mit alten Fällen herumschlagen, und sagt, wir sollen uns an Spengler wenden. Meiner Meinung nach verarscht uns der liebe Herr Schönborn nach Strich und Faden.«

»Wieso sollte er?«

Hannas Kopf wippte langsam hin und her. »Das ist die Eine-Million-Euro-Frage. Wenn Sie die Antwort finden, verleihe ich Ihnen einen Orden.«

Ralf fasste sich ein Herz. »Dann zu meiner Zeitleiste, bei der geht es um Spengler und Werner Fuchs.«

»Du willst dich doch hoffentlich nicht mit dem stellvertretenden Direktor der Landespolizei anlegen?«, fragte Ole lachend. »Wenn das ein Schuss in den Ofen ist, seh ich für deine Karriere schwarz.«

»Und was, wenn er mit Spengler unter einer Decke steckt? Die beiden sind alterstechnisch etwa dreißig Jahre auseinander …«

»Na und? Ich nenne dir auf Anhieb mindestens hundert Leute, die dreißig Jahre jünger sind als Spengler. Sind das deshalb alles Mörder und Verbrecher?«

»Hört auf, euch zu streiten!«, schritt Hannah im Tonfall einer Mutter ein. »Was meinen Sie mit Zeitleiste, Herr Jansen?«

»Na ja … Sie hatten doch notiert, dass Fuchs einen Anwalt für Herrn Spengler besorgt hat.«

»Ernsthaft?«, platzte es aus Ole hervor.

»Was du wüsstest, wenn du hin und wieder mal einen Blick in unsere digitale Ermittlungsakte werfen würdest«, streute Hannah beiläufig ein. »Aber machen Sie ruhig weiter, Herr Jansen!«

»Frisch von der Polizeischule kam Werner Fuchs seinerzeit nach Kiel, wo Spengler ihn im *Dezernat 1* gleich unter seine Fittiche genommen hat.«

»Das konnten Sie heute noch in Erfahrung bringen?«, wunderte sich Hannah.

Ralf lief rot an. »Ich glaube, Sie wollen gar nicht wissen, wie.«

»Doch, will ich!«

Was Ralf nach kurzem Zögern fortfahren ließ: »Ich hab mir natürlich auch Ermittlungsakten vom *Dezernat 1* angeschaut – willkürlich, schließlich ging es mir zunächst nur um die damaligen Mitarbeiter.«

»Guter Ansatz, weiter, Herr Jansen!«

»Richtig fündig wurde ich, als ich mir die abteilungsinternen Unterlagen vorgeknöpft habe.«

»Zum Beispiel?«, hakte nun Ole nach.

»Pläne für Weihnachtsfeiern, Sportveranstaltungen … das *Dezernat 1* hat zu der Zeit zweimal im Jahr Ausflüge unternommen. Ins Freilichtmuseum Molfsee oder …«

»Machen Sie lieber mit den Ergebnissen weiter«, unterbrach Hannah.

»Alles digitalisiert«, schickte Ralf vorweg. »Sogar die Fotos, einige sind noch schwarz-weiß.«

Hannah platzte regelrecht. »Während wir hier teilweise monatelang nach verstaubten Akten suchen, digitalisieren die in Kiel irgendwelche Schwarzweißbilder vom Ausflug ins Freilichtmuseum? Was ist das hier eigentlich ... ein Faschingsverein?«

Ralf hob abwehrend die Hände. »Machen Sie bitte nicht mich dafür verantwortlich, Chefin.«

»*Verantwortlich*? Wir können nur froh sein, dass es hier wenigstens einen gibt, der ...« Hannah verstummte mitten im Satz und lächelte entschuldigend in Oles Richtung. »Du hast andere Qualitäten«, ergänzte sie.

Um einer Nachfrage zuvorzukommen, machte Ralf einfach weiter: »Ich habe etliche Aufnahmen gefunden, die dafür sprechen, dass Spengler und Fuchs ganz dicke miteinander waren. Bei Weihnachtsfeiern haben sie am selben Tisch gesessen und ein Jahr darauf sogar ...«

»Dann hat Spengler also den Ersatzvater gespielt«, vervollständigte Hannah. »Hatte er eigene Kinder?«

»Zwei Söhne. Von deren Mutter wurde er allerdings schon einige Jahre vor der *SOKO Schneeweißchen* geschieden.«

Ole mischte sich ein: »Dann hatte Fuchs eben ein gutes Verhältnis zu Spengler und hat sich zum Dank um dessen Anwalt gekümmert – na und! Wollt ihr euch deshalb mit ihm anlegen?«

»Sie bleiben an der Sache dran, Herr Jansen!«, entschied Hannah. »Aber da gibt es was, worüber wir bisher noch gar nicht gesprochen haben ...«

Ralf horchte auf, Ole gähnte herzhaft.

Was Hannah nicht vom Fortfahren abhielt: »Wie ist der Täter oder sind die Täter in die Autos hineingekommen?«

»Wir hatten auf dem Weg hierher einen Anruf von der KTU«, ergänzte Ole. »Beide Wagen wurden nicht aufgebrochen und, wie's aussieht, mit dem jeweiligen Originalschlüssel oder einer exakten Kopie geöffnet. Per Funk, versteht sich.«

Hannah übernahm wieder: »Wobei wir uns hoffentlich einig sind, dass sowohl Stoll als auch Burdinski in ihren Autos bereits erwartet wurden. Da steigt ja nicht mal eben einer zu, hantiert ungehindert mit 'ner Garotte und macht anschließend kurzen Prozess. Es muss sich also jemand vorher Zugang zu den Wagen verschafft haben. Wohl bemerkt: Neueste Modelle, da richtet man mit 'nem Draht oder Schraubendreher heutzutage nichts mehr aus.«

»Dann ist unser Mörder ein Auto-Experte?«, mutmaßte Ralf.

»Wäre denkbar. Ansonsten handelt es sich um eine weitere Spur, der wir nachgehen sollten.« Hannah grinste. »Bevor wir uns auf alle Fünfzigjährigen dieser Welt stürzen«, fügte sie zwinkernd hinzu.

Ralf nickte. Seinen Blick, der etwas Ähnliches wie ›Und weiter?‹ fragte, übersetzte Hannah routiniert: »Jetzt machen wir alle Feierabend, und morgen geht's frisch erholt ans Werk. Das ist ein Befehl, Herr Jansen, kein Vorschlag!«

»Und eine gute Idee!«, lobte Ole. Er klatschte in die Hände. »Was fangen wir mit Spengler an? Lassen wir ihn weiter in der Arrestzelle schmoren und füttern ihn mit Wasser und Brot, bis er weich wird?«

Anstelle einer Antwort langte Hannah zum Telefonhörer. »Ich hier«, meldete sie sich, als am anderen Ende jemand abnahm. Und sie wollte gleich fortfahren, doch das verhinderte ihr Gesprächspartner offenbar mit einer Frage.

Auf die Hannah genervt reagierte: »Hauptkommissarin Hannah Lambert, ich sitze hier am Ende vom Flur! Wenn du willst, kannst du gern herkommen und dich mit eigenen Augen davon überzeugen.« Das war scheinbar nicht nötig, denn sie konnte endlich ihr Anliegen vorbringen: »Könnt ihr jemanden heute noch in die Haftanstalt Neumünster überführen?« Kurze Pause. »Und wann dann? Ihr müsstet Rudolf Spengler ... ja, natürlich gibt es einen Haftbefehl. Der müsste längst bei euch angekommen sein.« Hannah lauschte wieder eine Weile in den Hörer, bedankte sich flüchtig und beendete das Gespräch dann. Jetzt schaute sie zuerst Ralf und dann Ole an. »Da vorne weiß die eine Hand nicht, was die andere tut. Wir können wahrscheinlich froh sein, dass man Spengler nicht längst auf freien Fuß gesetzt hat. Außerdem haben wir aktuell überhaupt keine Kapazitäten für eine Verlegung. Und ich hab gehofft, dass ein bisschen richtige Knastluft Spenglers Zunge lockert.«

»Du solltest aufpassen, dass du es dir da vorne nicht auch noch mit dem letzten Kollegen verscherzt«, empfahl Ole. »Kann ja nicht jeder gleich wissen, wer *Ich* ist.«

Hannah nickte zwar, fuhr aber mit ihrem Thema fort. Auf filmreife Weise: »Morgen, meine Herren, rupfen wir Spengler eine Feder nach der anderen aus, so lange, bis er uns die Wahrheit zwitschert ...«

24

Nach dem Abendessen war Rainer Schönborn im Speisesaal sitzen geblieben und hatte zwei weitere Partien *Mensch, ärgere dich nicht* gegen Klara gespielt. Nachdem er beide haushoch gewonnen hatte, verging ihm die Lust. Auch, weil sich seine Spielgefährtin mal wieder ausufernd über ihre Kinder beschwerte. Immer derselbe Tenor: Dass die sich nur zweimal im Jahr blicken ließen und selbst dann nur wenig Zeit mitbrächten. Dieses Lied sang hier so gut wie jeder. Schönborn selbst war nie verheiratet gewesen und hatte keine Kinder. Sein einziger Bruder war vor Ewigkeiten gestorben, wer also sollte ihn besuchen?

Gegen acht, es war längst dunkel, und eine stürmische Nacht stand bevor, holte sich Schönborn artig seine Tabletten ab und machte sich auf den Weg in sein Zimmer. Der Rollstuhl passte gerade so in die Aufzugkabine. Er manövrierte vorwärts hinein und im ersten Stockwerk rückwärts heraus. Ein Prozedere, das er täglich dutzende Male wiederholte. Würden sie die Alten hier für Kilometer entlohnen – er wäre ein gemachter Mann.

Im Zimmer angekommen schnappte er sofort nach der

Fernbedienung und wurde vom Rest der *Tagesschau* begrüßt. Danach lief ein Krimi, der auf irgendeiner Insel spielte. Ein Schauplatz, der sich zumindest in der öffentlich-rechtlichen Welt unverändert großer Beliebtheit erfreute. Die Kommissarin – eine Frau von Mitte fünfzig mit chronisch schlechter Laune – drangsalierte ihre Untergebenen offenbar mit wachsendem Vergnügen. Nebenher wurde ein Mordfall gelöst, ein bisschen Privatleben, dazu ein Hund ... fertig war der Einheitsbrei, mit dem man heutzutage Millionen Gebührenzahler vor die Bildschirme lockte.

Als der Abspann lief, musste Schönborn in sich hineinlachen. Wieder einmal war den Ermittlern Kommissar Zufall zur Hilfe geeilt. Ein gerngesehener Kollege, den er natürlich kannte, der sich im richtigen Leben allerdings nur selten die Ehre gab. Nebenbei hatte das, was den Zuschauern als Polizeiarbeit verkauft wurde, absolut nichts mit der Realität zu tun. Alles wie immer.

Es war schon nach zehn, und der Wind rüttelte entschlossen an seinen Fensterläden, aber Schönborn war noch nicht müde. Also kletterte er von seinem Bett zurück in den Rollstuhl und beschloss, eine Rundfahrt durch das Altenheim zu unternehmen. Um diese Zeit waren die Flure leer, und er konnte überall ohne lästige Hindernisse umherfahren. Hinter einer Tür, die er passierte, hörte er es schnarchen, hinter der nächsten dröhnte zu später Stunde ein Fernseher. Woran sich für gewöhnlich niemand störte, schließlich waren hier so gut wie alle schwerhörig und konnten notfalls ihre Hörgeräte herausnehmen.

Jetzt erreichte er den Fahrstuhl, drückte den Knopf und wartete auf dessen Ankunft. In Gedanken versunken, weshalb er fürchterlich erschrak, als direkt neben seinem Ohr eine Stimme erklang: »Haben Sie mal Feuer?«

Die Frage stammte von einer Frau – Ingeburg, glaubte er

sich zu erinnern –, die relativ neu hier war. Sie gehörte zu den Rauchern und saß im Prinzip den ganzen Tag vor der Tür, um Qualmwolken gen Himmel zu schicken. Außerdem hatte sie sich längst ihren Ruf verdient, denn wenn einer der Pfleger nicht gleich mit der nächsten Fluppe herausrücken wollte, dann durfte der sich was anhören. Nicht selten Beschimpfungen, die eher in eine Kneipe als in ein Altenheim passten.

»Ich rauche nicht«, sagte Schönborn und versuchte es mit einem Lächeln, während er sehnsüchtig auf den Fahrstuhl wartete. »Und soweit ich weiß, ist das Rauchen im Gebäude strengstens untersagt.« Er zwinkerte, was ihm albern vorkam. »Reetdach!«, ließ er bedeutungsschwanger folgen.

Erfolglos, denn Ingeburg hielt ihre Zigarette unverändert in der Hand und steckte sie sich nun sogar in den Mund. Dennoch waren ihre nächsten Worte klar zu verstehen: »Haben Sie mal Feuer?«

Schönborn wandte sich ab und rollte rasant in den Fahrstuhl, als dessen Türen sich endlich vor ihm aufschoben. Eine Etage tiefer blickte er nach rechts. Dort befand sich ein Glaskasten, praktisch das Zentrum der Einrichtung, in dem tagsüber immer zahlreiche Pflegekräfte saßen. Aktuell nur Tristan, die heutige Nachtwache. Der junge Mann war an die zwei Meter groß und hatte Schultern wie ein Footballspieler, wofür es nicht mal Polster brauchte. Hier im Altenheim hatte er einige Spitznamen: Die einen nannten ihn den ›sanften Riesen‹, andere sprachen von Hercules. Wobei sich dieser Aushilfsheld normalerweise nicht um das Niederringen weiterer Sagengestalten der griechischen Mythologie zu kümmern hatte, sondern um volle Bettpfannen und verschlossene Türen. Immerhin unternahm manch ein Bewohner bisweilen einen Ausbruchsversuch. Wenn dies in seltenen Fällen von Erfolg gekrönt war, hörte man davon in der Regel am nächsten Morgen im Radio.

Vor ein paar Wochen hatte sich Schönborn mitten in der Nacht ausführlicher mit Tristan unterhalten. Seitdem wusste er, dass der auch zu Hause einen Pflegefall zu betreuen hatte. Seine Mutter, die schon mit Anfang fünfzig drei Schlaganfälle hinter sich hatte und auf dauerhafte Pflege angewiesen war.

Schönborn überlegte, ob er ein weiteres Gespräch anstrengen sollte, entschied sich aber dagegen und rollte in die andere Richtung davon. Es ging nach links, dann nach rechts, irgendwann blieb er in Höhe des Wintergartens stehen und schaute durch dessen Fenster nach draußen ins stürmische Dunkel. Zu seiner Rechten nahm er einen Schatten wahr. Als er genauer hinschaute, war jedoch nichts mehr zu sehen.

»Wahrscheinlich ein Fuchs oder ein Reh?«, murmelte Schönborn. Nachsehen lohnte nicht, denn die Wildtiere waren ebenso scheu wie neugierig. Außerdem war er plötzlich müde und wollte sich auf dem kürzesten Weg ins Bett aufmachen. Entspannter Schlaf – das lernte man hier als Erstes – kam einer Erlösung gleich. Stunden, in denen man nicht ständig auf die Uhr starrte und die nächste Mahlzeit herbeisehnte.

Also langte er zum kleinen Steuerknüppel, legte beinahe im Stand eine geschickte Drehung hin und fuhr in Richtung Fahrstuhl. Hinter sich hörte er ein Knacken und spürte im selben Moment einen Luftzug, der ihn erschaudern ließ. Der Polizist in ihm wollte schon umdrehen und doch nachschauen, aber dessen aktueller Gegner – Müdigkeit, die auf ihr Recht pochte – obsiegte.

Der Glaskasten war leer, Tristan also vermutlich auf einer Runde. Und da er Schönborn nicht über den Weg gelaufen war, befand sich der Pfleger definitiv oben im ersten Stock.

Der Fahrstuhl, der immer noch im Erdgeschoss stand, öffnete bereitwillig seine Türen. Schönborn rollte hinein und wartete darauf, dass die sich wieder schlossen. Doch dann hörte er hinter sich leises Quietschen, wie es nur von Sohlen stammen konnte. Hinter ihm betrat jemand die Kabine, ein Schwergewicht, denn die sackte spürbar ein paar Zentimeter nach unten.

Natürlich dachte Schönborn sofort an Tristan und wollte etwas sagen, doch das wäre von den Türen, die sich gerade hinter ihm schlossen, übertönt worden. Also wartete er, bis sich die Kabine ruckelnd in Bewegung setzte, und holte bereits Luft, als er im Augenwinkel etwas wahrnahm. Ein uralter Instinkt – garantiert seinem früheren Leben als Polizist geschuldet – ließ ihn reflexartig die Hände hochreißen.

Keinen Moment zu früh, denn er spürte, wie sich ein dünner Draht in seine sämtlichen Finger schnitt. Ein Gefühl, als wollte da jemand alle auf einmal abschneiden. Vom Verursacher dieser höllischen Pein konnte er nichts sehen. Als sich im ersten Stock die Fahrstuhltüren wieder öffneten, versuchte Schönborn, um Hilfe zu schreien, brachte aber nicht mehr als ein ersticktes Röcheln hervor. Jetzt hörte er eine Stimme, die etwas sagte, das dem Wahnsinn die Krone aufsetzte: »Haben Sie mal Feuer?«

25

Am nächsten Morgen hätte es Hannah nicht weit zum Westerländer Revier gehabt. Doch sie entschied sich anders und bog in Richtung Süden ab. Als sie auf dem Weg nach Hörnum bald darauf Rantum durchquerte und rechter Hand das Haus ihrer Mutter auftauchte, wurde sie langsamer und setzte bereits den Blinker. Doch auf dem Platz vor der Lambert-Villa stand nur Oles Dienstwagen.

Sie gab wieder Gas und lachte in sich hinein. Seitdem ihre Mutter Klaus Buchwald und somit ein neues Liebesglück gefunden hatte, war alles anders. Die meiste Zeit verbrachte Gertrud Lambert bei ihrem Verlobten und rechtfertigte sich Hannah gegenüber regelmäßig damit, dass sie auf diese Weise auch näher an Felix – Hannahs Sohn – wäre. Wobei der sein Glück längst in einer Wohngruppe gefunden hatte, die auf Menschen mit geistiger Behinderung spezialisiert war und nebenbei jeden Monat ein Vermögen kostete, für das wiederum Gertrud Lambert aufkam.

Bei Hannahs letztem Besuch hatte Felix sie nicht mal mehr erkannt und wie eine Fremde behandelt. Der Arzt hatte ihr lang und breit erklärt, dass dies im fortschreitenden Stadium seiner Krankheit völlig normal sei und sie sich keine Sorgen machen müsse. Hannah hatte es geschafft, den Schwätzer am Leben zu lassen, die Flucht anzutreten und erst im Auto mindestens eine halbe Stunde zu heulen.

Während sie ihr Elternhaus und damit auch Ole rechts liegen ließ, beschäftigte sie sich gedanklich mit ihrer Mutter und Klaus Buchwald. Dem zweitnettesten Mann der Welt – nach ihrem Vater. Buchwald hatte Hannah eine Wohnung in Westerland zum Schnäppchenpreis verschafft und war immer für sie da, wenn sie ihn brauchte. Kein Ersatzvater, wie Gerd Hoffmann es war, sondern ein echter Freund. Und trotzdem bekam Hannah es in ihren dunkelsten Momenten mit aufkeimenden Sorgen und sogar Wut zu tun. Was, wenn das Andenken an ihren Vater durch Klaus Buchwald zunehmend verblasste? Natürlich, er war tot und das seit vielen Jahren. Aber irgendwie beschlich Hannah andauernd das Gefühl, ihr Vater wäre erst vor Kurzem ein weiteres Mal und damit endgültig gestorben. Nicht in ihrem Kopf, aber …

Ihr Handy klingelte und gebot all den trüben Gedanken Einhalt. Passend dazu war auf dem Display Oles lachendes Gesicht zu sehen.

»Was gibt's?«, fragte Hannah zur Begrüßung.

»Wie wär's mit einem ›guten Morgen‹! Wo steckst du? Ich mache mich jede Sekunde auf den Weg ins Revier.«

Hannah wollte Ole keinesfalls verraten, dass sie im Prinzip gerade erst an seiner aktuellen Behausung vorbeigefahren war. »Bin unterwegs und auf jeden Fall etwas später dran als du.«

»Was hast du vor?«

»Ich gehe 'ner Spur nach … erst mal nichts von Bedeutung.«

Ole wartete einen Moment ab, dann empörte er sich auf

übliche Weise: »Ist das alles? Sollte es unter Kollegen nicht normal sein, dass man ...?«

»Ich brauche einfach ein bisschen Zeit für mich«, unterbrach Hannah. »Besser?«

»Kann ich irgendwas für dich tun?«

Hannah überlegte. »Mir sind gestern Abend noch ein paar Einzelheiten zur *SOKO Schneeweißchen* eingefallen, über die wir nachher reden müssen.«

»Ich meinte eher privat. Wollen wir uns irgendwo treffen, vielleicht 'nen Kaffee trinken und du erzählst mir, was dich ...?«

Hannah schnitt Ole abermals das Wort ab: »Wir können morgen zusammen frühstücken. Wann hast du meine Mutter zum letzten Mal gesehen?«

»Woher weißt du, dass sie nicht zu Hause ist?«

»Instinkt«, erwiderte Hannah mit geheimnisvollem Unterton. »Also sag schon: Wann hast du sie zum letzten Mal gesehen?«

»Vor etwa 'ner Woche. Sie brauchte wohl was aus ihrem Kleiderschrank.«

»Dann gehört dir inzwischen also das komplette Haus. Muss ich mir Sorgen machen, dass meine Mutter ihr Testament ändert?«, fragte Hannah lachend.

»Soweit ich weiß, hat sie dir das meiste doch längst überschrieben. Nur, dass du dich nicht drum kümmerst und der Geldberg auf irgendeinem Konto jeden Monat wächst.«

»Wenn ich einen Bergsteiger brauche, sag ich Bescheid. Bis später!«

Kurz darauf erreichte Hannah den Ortseingang von Hörnum. Dort fuhr sie bis zum Ende der Rantumer Straße, bog zweimal ab und parkte ihr Auto, wo Normalsterbliche es lieber nicht tun sollten. Für solche Zwecke hatte sie eine Kopie ihres Dienstausweises im Handschuhfach und platzierte die vorne auf dem Armaturenbrett. Daneben ein kleines Blechschild, auf dem ›Kriminalpolizei‹ stand.

Sie war gerade erst ausgestiegen, da fing es wie bestellt zu nieseln an. Dazu frischte der Wind immer mehr auf. Bevor sie sich im Präsidium blicken ließ, müsste sie wahrscheinlich einen Zwischenstopp zu Hause einlegen und sich umziehen. Aber das war ihr egal. Sie war hergekommen, um sich über ein paar Dinge klar zu werden. In erster Linie über sich selbst. Wobei sie insgeheim hoffte, ihr aktuelles Ziel würde vielleicht etwas in ihr lostreten. Erinnerungen, die drei Jahrzehnte Zeit gehabt hatten, um im Morast unzähliger anderer zu versinken.

Sie wollte schon losmarschieren, als hinter ihr das Knirschen von Reifen zu hören war. Im Prinzip brauchte sie sich gar nicht umzudrehen, um zu wissen, wer dort kurz darauf ausstieg. Dann tat sie es doch und schaute Ole direkt ins Gesicht.

Der hob die Hände und grinste verhalten. »Es ist hoffentlich kein Verbrechen, wenn ich mir Sorgen um dich mache?«

Hannah überlegte eine Weile und schüttelte den Kopf. Ihr war nicht nach Worten, deshalb hakte sie sich bei Ole ein und zog ihn hinter sich her.

»Das letzte Mal, als wir hier waren, hat es wenigstens nicht geregnet«, erklärte Ole, als sie vor dem Leuchtturm, einem der Wahrzeichen Hörnums, ankamen. Bei gutem Wetter kann man von hier den nördlichsten Zipfel der Insel Amrum und die Westküste Föhrs erkennen. Heute hatte man schon Mühe damit, die Hand vor Augen zu sehen. »Und wir hatten Fischbrötchen«, fügte Ole fröhlich hinzu.

Obwohl zweifellos mit einem feuchten Hosenboden zu rechnen war, plumpste Hannah in den Sand. Und weil sie noch mehr oder weniger in Oles Arm hing, blieb ihm gar nichts anderes übrig, als ihrem Beispiel zu folgen.

Lange schwiegen die beiden, dann war es Hannah, die leise anfing: »Ich glaube, ihr habt alle recht …«

»Inwiefern?«, traute sich Ole zu fragen.

»Dass ich völlig kaputt bin, nicht mehr in den Polizeidienst gehöre und …«

»Was niemand behauptet hat! Du hast es offenbar nicht kapiert, Hannah: Du hast die Hölle hinter dir, einfach nur 'ne schlechte Phase und brauchst Hilfe. Du bist nicht die erste Polizistin, die ein Trauma überstehen muss.«

»Glaubst du, meine Mutter hat meinen Vater vergessen?«

Oles Zögern machte klar, dass er diesen abrupten Themenwechsel erst mal absolvieren musste. Als das passiert war, schüttelte er energisch den Kopf. »Niemals! Bevor sie Klaus kennengelernt hat, war sie ständig nur am Reden über deinen Vater. Ich kann mir nicht vorstellen, dass sie auf einmal …«

»Duzt du Klaus inzwischen?«

»Ich weiß zwar nicht, was das mit dem Thema zu tun hat, aber … ja, er hat mir das Du angeboten, soll ich da ablehnen?« Ole lachte vorsichtig. »Außerdem hab ich neulich zuerst sein *iPhone* und anschließend sein *iPad* eingerichtet. Seitdem sind wir …«

»Apfelfreunde«, vervollständigte Hannah albern kichernd.

Dieses Kichern verebbte schnell, und es herrschte wieder längere Zeit Schweigen. Dieses Mal brach Ole es: »Ist das alles? Oder kämpfst du gerade mit weiteren Geistern?«

»Ich erinnere mich plötzlich an immer mehr Einzelheiten …«

»Und lässt deinen liebsten Kollegen zur Abwechslung daran teilhaben«, freute sich Ole theatralisch. »Endlich!«

»Mein Vater hat getobt, als ich freiwillig zur Mordkommission bin. Wobei anfangs nicht Spengler, sondern Schönborn mein Chef war. Spengler kam erst hinzu, nachdem wir schon wochenlang ermittelt hatten und der dritte Arzt ums Leben gekommen war.«

»Um die *SOKO Schneeweißchen* zu leiten?«, versuchte es Ole mit einer Vorlage.

»Und obendrein, um noch mehr Leute anzuschleppen, mehr Mittel ... du weißt doch selbst, wie's in unserem Laden läuft – das war damals nicht anders. Ansonsten hat sich Spengler ins gemachte Nest gesetzt und Schönborn die Leitung aus der Hand genommen.«

»Hat das für Streit gesorgt?«

»Ich weiß es nicht mehr!«, erwiderte Hannah ehrlich verzweifelt. »Glaubst du, ich hab nach über dreißig Jahren noch jedes Detail auf der Pfanne?«

»In deinem Fall hätte ich das erwartet, ja. Aber mach ruhig weiter, klingt interessant.«

»Ich frage mich, wieso sich Spengler um den Fall gerissen hat, schließlich konnte man sich daran nur die Finger verbrennen und durfte bestimmt nicht auf Lorbeeren hoffen.«

»Ist Spengler deshalb später nach Itzehoe geflohen, also, nachdem man die *SOKO Schneeweißchen* aufgelöst hatte?«

»Spengler ist nach Itzehoe und Schönborn nach Kiel«, sinnierte Hannah und strich sich eine klitschnasse Haarsträhne aus dem Gesicht. Der Wind frischte auf, und sie musste die Augen zusammenkneifen. »Plötzlich saßen ein anderer Kommissaranwärter und ich allein da. Als neuen Chef haben die uns einen Hauptkommissar vor die Nase gesetzt, der nur auf seine Pension gewartet hat.« Hannah drehte sich zur Seite, sah Ole direkt an. »Und soll ich dir was sagen? Dessen Name ist mir erst gestern Abend wieder eingefallen.«

»Ich weiß auch nicht mehr, wie mein erster ... doch ... Hauptkommissar Schlattmann. Spitzname Schlatti. Der Typ war herrlich und hat im Büro immer die Schuhe ausgezogen. Du glaubst gar nicht, wie dessen Füße gestunken haben und ...«

»Ich glaube, du verstehst es einfach nicht«, stöhnte Hannah. »Solange die Akten nicht auftauchen und die Herren Spengler und Schönborn um die Wette das Maul halten, treten wir auf der Stelle. Ich habe keine Ahnung, wie wir bei unserem Fall weiterkommen sollen. Oder meinst du, ich sollte nach Kiel fahren, mir Fuchs zur Brust nehmen und fragen, warum der seinem alten Chef einen Anwalt besorgt hat? Wenn ich das tue, musst du dir wirklich langsam Sorgen um mich machen.«

Ole wollte etwas erwidern, doch sein Smartphone hielt ihn davon ab. Er fischte es aus der Jackentasche. Um das Gespräch anzunehmen, drehte er sich mit dem Rücken in den Wind.

Hannah bekam nur ein paar Fetzen mit, deshalb fragte sie gleich, als Ole fertig war: »Was ist los?«

»Am besten machen wir uns schnellstens auf den Weg nach Drage ...«

»Wieso? Ist was mit Schönborn?«

»Könnte man so sagen ...«

26

»Das ist aber auch fast 'ne Weltreise«, beschwerte sich Hannah, als Ole den Wagen gegen Mittag abermals auf den Parkplatz vor dem Altenheim lenkte. »Wenn das so weitergeht, beantrage ich einen Dienst-Hubschrauber. Kannst du so ein Teil fliegen?«

»Vielleicht beantragst du erst mal, dass wir in Niebüll ein trockenes Büro bekommen. Ohne Schimmel an den Wänden und mit Möbeln, die nicht auf den Sperrmüll gehören.«

»Ist doch überall so«, tat Hannah lapidar. »Ich hab neulich mit 'nem Hamburger Kollegen telefoniert. Der meinte, sie hätten inzwischen nicht nur Mäuse, sondern auch Ratten. Von der Decke rieselt der Putz, und von vier Pinkelbecken sind drei außer Betrieb.«

»Das wäre ja nicht dein Problem.«

»Und was, wenn die Kerle vor dem letzten Schlange stehen, während ich alles allein erledigen muss? Darüber mal nachgedacht?«

Ole winkte ab und stieg aus. »Sieh an, die Raucher haben sogar ihren eigenen Pavillon«, schwärmte er auf dem

Weg zum Eingang. »Bei dem Qualm könnte man fast denken, das Teil brennt lichterloh.«

»Wo müssen wir eigentlich hin?«, fragte Hannah.

»Wir sind hier mit einem Herrn Wendland verabredet, Martin Wendland. Ihm und seiner Frau gehört das Pflegeheim.«

»Na dann ...«

»Kann ich Ihnen was anbieten?«, fragte dieser Herr Wendland fünf Minuten später, als man zu dritt in seinem Büro saß.

»Wir wollen so schnell wie möglich weiter nach Husum und mit Herrn Schönborn reden«, erklärte Hannah. »Vorher wüssten wir allerdings gerne, was genau letzte Nacht passiert ist.«

»Tristan, das ist eine unserer Nachtwachen, konnte wohl in letzter Sekunde das Schlimmste verhindern.« Wendland lächelte entschuldigend. »Er hat übrigens bis vor einer Stunde hier auf Sie gewartet und ist dann doch nach Hause. Schließlich hat er heute Abend wieder Dienst und ...«

»Kein Problem«, tat Hannah ab. »Falls wir Fragen an ihn haben, können wir das auch später noch erledigen. Erklären Sie uns bitte, was genau Ihre Nachtwache in letzter Sekunde verhindern konnte?«

»Jemand ist durch die seitliche Tür in den Wintergarten eingedrungen und – soweit wir es anhand von Fußspuren rekonstruieren konnten – schnurstracks in Richtung Fahrstuhl marschiert. Dort ist er hinter Herrn Schönborn zugestiegen und hat ihn sofort angegriffen.« Wendland überlegte kurz. »Wir schätzen, unser Rainer ist nur durch Zufall zum Opfer geworden, weil er dem Einbrecher als Erster über den Weg gelaufen ist.«

»Gelaufen?«, wiederholte Ole mit hochgezogenen Brauen.

»Gefahren … sorry. Auf jeden Fall war Tristan gerade oben, um seine Runde zu drehen, und hat einen Schrei gehört.«

»Der von Herrn Schönborn – oder von mir aus auch Rainer – stammte?«

»Neiiin«, widersprach Wendland gedehnt. Ihm war anzusehen, dass er sich diesen Teil der Geschichte am liebsten verkniffen hätte. »Wir haben eine neue Bewohnerin: Ingeburg. Sie qualmt für ihr Leben gern und war offenbar auf der Suche nach jemandem, der ihr Feuer gibt … und das, obwohl Rauchen im Gebäude natürlich strengstens untersagt ist.«

»Zurück zu Ihrer Nachtwache namens Tristan«, schlug Hannah vor. »Ist der besonders kräftig und groß, oder wieso …?«

»Kennen Sie Reacher?«, fragte Wendland mit vielsagendem Grinsen dazwischen.

Hannah nickte, Ole fiel eifrig mit ein und reckte dazu einen Daumen empor.

»Wenn er nicht arbeitet oder sich um seine Mutter kümmert, ist unser Tristan eigentlich nur im Studio und stemmt Gewichte. Auf jeden Fall hat er den Schrei gehört, ist zum Fahrstuhl und musste dort erst mal Ingeburg zur Ruhe bringen. Der Einbrecher stand hinter Rainer im Fahrstuhl und ließ erst von dem armen Kerl ab, als Tristan ihn gepackt hat. Danach ging wohl alles ganz schnell …«

»Was meinen Sie?«, wollte Hannah wissen.

»Tristan sagt, er hätte den Einbrecher aus dem Fahrstuhl gezerrt und erst dann gesehen, wie schwer Rainer verletzt war. Da war alles voller Blut, Sie können sich gar nicht vorstellen, wie viel und …«

»War?«, echote Hannah. »Soll das heißen, Sie haben den Fahrstuhl nicht gesperrt, damit wir …?«

»Wie denn? Die meisten unserer Bewohner sind auf einen Rollstuhl oder Gehwagen angewiesen.«

»Verstehe!« Hannah entschuldigte sich mit einem Lächeln. »Das dürfte kein Problem sein … Machen Sie gern weiter.«

»Da gibt es gar nicht mehr viel zu erzählen. Tristan hat einen Rettungswagen alarmiert, der keine zehn Minuten brauchte und Rainer in die Klinik nach Husum gebracht hat.«

»Wissen Sie, wie es ihm geht?«

Wendland nickte. »Ich habe vor einer Viertelstunde im Krankenhaus angerufen. Der behandelnde Arzt ist ein alter Bekannter und meinte, Rainer hätte großes Glück gehabt. Wäre er ein paar Sekunden länger gewürgt worden, dann …«

»Entschuldigen Sie, dass ich noch mal unterbreche«, schickte Hannah vorweg. »Haben Sie zufällig eine Garotte gefunden? Im Fahrstuhl oder sonst irgendwo?«

»Eine was?«, fragte Wendland.

»Eine Garotte«, wiederholte nun Ole, der längst auf seinem Smartphone wischte. Als darauf ein entsprechendes Bild zu sehen war, hielt er es Wendland entgegen.

Hannah übernahm die Erklärung: »Früher wurden Garotten für offizielle Hinrichtungen verwendet. Weil es sich im Prinzip nur um zwei Handgriffe und einen stabilen Draht handelt, kann man sie leicht selbst nachbauen und …« Sie machte eine kurze Pause. »… als Mordwaffe nutzen – lautlos und effektiv.«

»Das ergibt doch keinen Sinn«, urteilte Wendland kopfschüttelnd. »Nehmen wir mal an, ich wäre Einbrecher, da hätte ich bestimmt nicht so eine Garotte, um mich im Notfall zu wehren.«

»Wir glauben nicht, dass es ein Einbrecher war«, erwiderte Ole, weil Hannah schwieg. Sie wirkte plötzlich abwesend und beinahe, als wäre sie gar nicht mehr im Raum.

»Kein Einbrecher? Was soll das heißen?«

»Wir sind davon überzeugt, dass es jemand gezielt auf Herrn Schönborn abgesehen hatte.«

Wendlands Brauen wanderten nach oben. »Verraten Sie mir auch, wieso? Hat das was mit seinem früheren Beruf als Polizist zu tun? Waren Sie deshalb gestern schon mal hier und haben mit ihm gesprochen?«

Da in dieser Nachfrage ein vorwurfsvoller Unterton mitschwang, bemühte sich Ole um eine Klarstellung: »Da wussten wir noch nicht, dass es sich bei Herrn Schönborn um ein potenzielles Ziel handeln könnte. Bis zu diesem Vorfall letzte Nacht war er in unseren Augen nichts weiter als ein Zeuge!«

»Wie kommt er Ihnen im Alltag so vor?«, mischte sich Hannah überraschend wieder ein. »Eher senil und vergesslich oder ...?«

»Topfit!«, widersprach Wendland bereits. »Rainer unterhält uns alle hier häufiger mit seinen Geschichten. Im Speisesaal hocken manchmal zehn Bewohner dicht an dicht um ihn herum, um nichts zu verpassen.«

Hannah warf einen vielsagenden Blick zu Ole, bevor sie sich vergewisserte: »Also geistig voll auf der Höhe, ohne Einschränkung?«

Wendland antwortete wie aus der Pistole geschossen.

»Absolut! Ich wünschte, wir hätten mehr von Rainers Sorte«, fügte er bedauernd hinzu.

»Konnten Sie nachvollziehen, wie der – bleiben wir ruhig bei – Einbrecher entkommen konnte?«

»Auf demselben Weg, wie er reingekommen ist: durch den Wintergarten.«

»Das wird sich unsere Spurensicherung noch mal näher anschauen«, kündigte Hannah an. »Können Sie den Wintergarten vorübergehend sperren?«

Wendland lachte auf. »Damit werden einige unserer Bewohner nicht einverstanden sein, aber … klar, wenn es Ihnen hilft.«

Hannahs Miene nahm einen leicht beschämten Ausdruck an. »Und hätten Sie was dagegen, wenn wir uns in Herrn Schönborns Zimmer kurz umschauen?«

»Bräuchten Sie dafür nicht normalerweise einen …«

»Durchsuchungsbeschluss!«, ergänzte Ole bereitwillig. »Was mit Sicherheit kein Problem wäre, allerdings unnötig Zeit kosten würde. Außerdem … Haben Sie schon mal erlebt, dass Reacher auf einen Durchsuchungsbeschluss wartet?«

Wendland grinste und schüttelte den Kopf. »Dürfte ich dabei sein? Nur der Ordnung halber.«

»Gerne!«, erwiderte Hannah und erhob sich. »Am besten fangen wir gleich an, umso schneller können wir Herrn Schönborn einen Krankenbesuch abstatten …« Hannah stand bereits, da fiel ihr noch etwas ein. »Wer kommt denn für seine Unterbringungskosten auf? Der Eigenanteil ist doch erst vor Kurzem auf …«

»… über dreitausend Euro im Monat angewachsen«, vervollständigte Wendland, weil Hannah zögerte. »Und ich kann es Ihnen aus dem Kopf sagen: er selbst.«

»Jeden Monat über dreitausend Euro.« Hannah lachte. »Wie kann sich ein pensionierter Polizist so was leisten?«

Wendland zuckte mit den Schultern. »Da kann ich Ihnen nicht weiterhelfen. Das fragen Sie am besten Rainer selbst.«

»Worauf Sie sich verlassen können!«

. . .

»Der typische Schlag ins Wasser«, rekapitulierte Hannah eine Viertelstunde später, als sie neben Ole das Altenheim verließ.

»Abgesehen von bergeweise Unterhosen, Socken und ...«

»... angebrochenen Keksschachteln«, ergänzte Hannah grimmig. »Wieso leert er nicht erst die eine und öffnet dann die nächste?«

»Weil er vielleicht doch nicht so topfit und in jeder Hinsicht Herr seiner Sinne ist«, schlug Ole vor. Er hielt Hannah, die energisch vorausstapfte, am Ärmel fest und schaffte es, sie zu stoppen. »Schönborn ist alt, fast achtzig! Ja, natürlich gibt es Menschen, die in dem Alter noch alles können und wirklich topfit sind. Aber das sind Ausnahmen, von denen die meisten sicher einiges dafür tun mussten, um nicht frühzeitig ...«

»Ich hab's kapiert«, maulte Hannah dazwischen. »Was willst du mir damit sagen?«

Ole zuckte mit den Schultern. »Du hast doch gefragt, was es mit den Keksen auf sich hat. Ich wollte dir nur 'ne mögliche Antwort liefern, mehr nicht.«

»Wir sollten nach Husum fahren und schauen, ob Schönborn ansprechbar ist.« Hannah riss sich zwar los, blieb jedoch stehen und schaute zu Ole empor. Sie lächelte schwach. »Und von den Keksen sagen wir gar nichts, sonst weiß er doch sofort, dass wir in seinem Zimmer waren ...«

27

Auch an diesem Tag hatte sich Ralf erneut in Clausens Büro eingerichtet. Dessen Inhaber hatte sich bisher nicht blicken lassen, war also vermutlich in Sachen Einbrüche oder Ähnlichem unterwegs. Schon seit Stunden wühlte sich Ralf durch Akten, die selbst in digitalem Zustand einen verstaubten Eindruck machten. Dazu hatte er dutzende Personalakten studiert und festgestellt, dass die meisten dazugehörenden Kollegen längst verstorben waren. Die Lebenserwartung von Polizeibeamten schien deutlich unter dem Durchschnitt zu liegen.

»Vielleicht wird es Zeit, dringend über 'nen Jobwechsel nachzudenken«, nuschelte Ralf an sich selbst gerichtet.

Wieder einmal fand sein Blick die Uhr über der Tür. Bislang hatte er nur ein paarmal kurz mit Ole und seiner Chefin telefonieren können. Die beiden waren im Außeneinsatz und kamen ungewohnt gestresst rüber. Trotzdem bombardierten sie ihn ständig mit neuen Anfragen, um die er sich nebenbei kümmern musste.

Gerade wollte sich Ralf für ein verspätetes Mittagessen erheben, da klingelte sein Handy. Kieler Nummer.

»Jansen, Kripo Niebüll«, meldete er sich.

»Und wieso geht dort keiner ans Telefon?«, fragte ein Mann unfreundlich.

Ralf hatte Rufnummer und Stimme des Anrufers längst identifiziert. Er überlegte fieberhaft, was er Kriminaldirektor Fuchs antworten sollte. Am Ende entschied er sich für einen Teil der Wahrheit: »In unserem Büro schimmelt es in allen Ecken. Frau Lambert meinte, bis sich daran nichts ändert, werden wir nicht mehr in ...«

»Apropos! Können Sie mich mit Frau Lambert verbinden?«

»Haben Sie es schon auf ihrem Handy probiert?«

»Direkt, nachdem in Niebüll niemand ans Telefon gegangen ist. Jetzt hören Sie mal, Herr Jansen: Ich möchte sofort mit Ihrer Chefin reden, sonst ...«

»Frau Lambert ist unterwegs«, quetschte Ralf eine Info heraus. »Darf ich ihr etwas ausrichten?«

Diese Frage sorgte am anderen Ende der Leitung zunächst nur für ein Schnaufen. »Befindet sich Rudolf Spengler unverändert bei Ihnen in Gewahrsam?«

»Ja, sind Sie über den Haftbefehl informiert?«

»Der Haftbefehl ist ein Witz und wurde vor ein paar Minuten außer Vollzug gesetzt«, fügte Fuchs mit unverhohlener Genugtuung hinzu. »Eigentlich wollte ich die Sache mit Ihrer Chefin besprechen, aber wenn die nicht ans Telefon geht, müssen Sie eben herhalten. Mit anderen Worten: Sie lassen Herrn Spengler umgehend auf freien Fuß und planen das weitere Vorgehen rund um seine Person ab sofort ausschließlich mit mir. Haben wir uns verstanden, Herr Jansen?«

Dem ging – wie man so schön sagt – mächtig die Düse. Aber es war wohl keine gute Idee, dem stellvertretenden Chef der Landespolizei unnötig lange eine Antwort schuldig zu bleiben. »Haben wir! Ich werde Frau Lambert informieren und danach umgehend ...«

Fuchs platzte dazwischen: »Sie werden zuerst Herrn Spengler auf freien Fuß setzen, und hinterher können Sie von mir aus informieren, wen Sie wollen. Ist das endlich klar oder muss ich noch deutlicher werden?«

»Nein, ich mach mich direkt auf den Weg in den Arresttrakt und ...« Den Rest konnte sich Ralf ebenso gut sparen, es sei denn, er wollte sich mit einem statischen Rauschen unterhalten. Eine Weile saß er wie paralysiert hinter seinem Schreibtisch, unfähig, auch nur eine seiner Gliedmaßen zu bewegen. Irgendwann – die Betäubung ließ langsam nach – wollte er aufstehen, als sein Smartphone abermals klingelte. Er dachte bereits an Kriminaldirektor Fuchs, der den Druck ein weiteres Mal erhöhen wollte, doch Oles Gesicht grinste ihm vom Display entgegen.

»Wir sind gleich bei Schönborn in der Klinik. Die Chefin will wissen, ob du was Neues für uns hast.«

Hannah mischte sich gleich selbst ein, über die Freisprecheinrichtung hallte ihre Stimme blechern. »Haben wir schon weitere Ergebnisse aus der Rechtsmedizin und von der SpuSi? Die sollten doch längst angekommen sein.«

Ralf war froh, dass er mit Fakten glänzen und die jüngste Hiobsbotschaft zunächst für sich behalten konnte. »Auch bei Dr. Burdinski ist die Todesursache eindeutig.«

»Was für eine Überraschung«, funkte Ole dazwischen. »Lass mich raten: Wurde er auch mit 'ner Garotte stranguliert?«

»Achten Sie gar nicht auf ihn«, empfahl Hannah. Ralf war froh, dass sie gut gelaunt klang. »Hat unsere SpuSi noch irgendwas Aufregendes gefunden?«

»Im Garten hinter Spenglers Haus hat man ein Brecheisen sichergestellt. Was die Geschichte mit dem Einbruch ...«

»Das könnte er auch selbst aus dem Fenster geworfen haben«, schnitt Hannah Ralf das Wort ab. »Was ist mit seiner Wohnung?«

»Dort haben die Kollegen bergeweise Unterlagen sichergestellt. Ich hab alles kurz überflogen. Fehlanzeige, was alte Ermittlungsakten betrifft. Ansonsten wird es Tage dauern, bis ich mit allem durch bin. Aber ich habe die zeitlichen Zusammenhänge mal näher gecheckt, von denen Sie vorhin am Telefon gesprochen haben. Da ist mir was Interessantes aufgefallen.« Ralf wartete keine Nachfrage ab, sondern fuhr nahtlos fort: »Sie hatten recht: Spengler kam erst nach Niebüll, als es mit den Morden vorbei und ein dritter Arzt längst tot war. Was die *SOKO Schneeweißchen* angeht, könnte man fast denken, die hätte es nie gegeben, aber ich habe etwas anderes in den Personalunterlagen gefunden ...«

»Mach's nicht so spannend, wir sind gleich da«, moserte Ole.

»Zwei Wochen nach Spenglers Machtergreifung hat Schönborn ein Versetzungsgesuch nach Kiel geschickt. Weil er wesentlicher Teil der laufenden Ermittlungen war, wurde das natürlich abgelehnt.«

»Und nachdem man die SOKO aufgelöst hatte, ist er sofort nach Kiel geflohen«, setzte Hannah fort.

»Zum Raubdezernat. Von Mord und Totschlag wollte er offenbar nichts mehr wissen.«

»Konnten Sie weitere Mitglieder der *SOKO Schneeweißchen* ausfindig machen?«

»Ja und nein: Zwei sind inzwischen gestorben, und ein dritter – damals Kommissaranwärter – konnte sich nicht mal mehr daran erinnern, dass er seinerzeit Dienst in Niebüll geschoben hat.«

»Name?«, fragte Hannah.

»Gunnar Priebe. Der war auch nicht lange in Niebüll und gehört seit zig Jahren zur Kripo Darmstadt.«

»Der Name sagt mir sowieso nichts«, brummte Hannah resigniert.

»Da wäre allerdings noch was«, brachte Ralf mit dünner Stimme hervor und spürte, wie sich ein Kloß in seinem Hals breitmachte. Seine nächsten Worte musste er daran vorbei-quetschen: »Kriminaldirektor Fuchs hat angerufen.«

»Und sich damit verdammt viel Zeit gelassen«, kommentierte Hannah seelenruhig. »Lassen Sie mich raten: Wir sollen Spengler auf freien Fuß setzen und nicht weiter nerven, richtig?«

»Volltreffer, Chefin! Ich wollte mich gerade auf den Weg machen, als Ole …«

»Sie bleiben, wo Sie sind!«, platzte Hannah dazwischen.

Was den Kloß in Ralfs Hals um einiges anwachsen ließ.

»Mir ist klar, dass Fuchs Ihnen mit Konsequenzen gedroht hat«, fuhr Hannah fort. »Aber keine Angst, falls er ungemütlich wird, nehm ich alles auf meine Kappe.«

»Ich mache mir viel mehr Sorgen um Sie!«, erwiderte Ralf wahrheitsgemäß. »Außerdem frage ich mich, wie Sie Spenglers Freilassung auf Dauer verhindern wollen.«

»Nur für ein paar Stunden. Wenn wir aus Schönborn nichts weiter herauspressen können, dürfen Sie sofort losmarschieren und Spenglers Käfigtür öffnen.«

»Und was, wenn Fuchs noch mal anruft? Wenn er spitz-kriegt, dass sein früherer Protegé unverändert hinter Gittern hockt?«

»Dann lässt du dir eben was einfallen«, schlug Ole denkbar unbekümmert vor. »Ihr habt den Schlüssel verloren oder …«

Ralf hatte jetzt schon genug von diesem albernen

Vorschlag. »Die Arrestzelle wird über einen Ziffernblock entriegelt! Soll ich Fuchs etwa erzählen, wir hätten alle den Code vergessen?«

»Ich hab 'ne Idee!«, funkte Hannah dazwischen. »Die wird Ihnen allerdings nicht gefallen, Herr Jansen.« Im Anschluss brauchte Hannah nicht lange, um diese Idee in sämtlichen Details darzulegen. Am Ende musste Ole etwas hinzufügen, schließlich war für die Umsetzung tatsächlich ein realer Schlüssel vonnöten.

Als die beiden fertig waren, hätte Ralf am liebsten aufgelegt. Der Kloß in seinem Hals hatte sich aufgelöst, aber nur, um Platz für Weltuntergangsstimmung zu machen. »Das klingt, als könnte es mich meinen Job kosten. Oder ich werde nach sonst wohin versetzt.«

»Ich kann Sie nicht zwingen und will es auch nicht«, erwiderte Hannah. In ihrer Stimme schwang aufrichtiges Mitgefühl.

Und auch Ole hatte etwas zu sagen: »Komm schon, Alter ... no risk, no fun!«

»Du hast sie nicht mehr alle. Wie lange dauert es etwa, bis wir wissen, ob sich Schönborn doch was von der Seele reden will? Wenn möglich, was Hilfreiches?«

Hannah zog die Notbremse. »Lassen Sie es, Herr Jansen! Öffnen Sie Spenglers Käfig, lassen Sie ihn in die Freiheit flattern, und sehen Sie zu, dass Sie mehr über die *SOKO Schneeweißchen* herausfinden. Sie haben recht, mein Vorschlag ist absoluter Blödsinn und sorgt wahrscheinlich für Probleme, die wir uns noch gar nicht ausmalen können.«

Ralf ließ sich mit seiner Reaktion viel Zeit. Er dachte an die vergangenen Jahre und alles, was er zusammen mit seiner Chefin und Ole durchgemacht hatte. Wie oft hatten sie am Rande des Wahnsinns gestanden und es dann doch irgendwie geschafft, mit heiler Haut davonzukommen? Und wie sehr hatte es sie alle zusammengeschweißt.

»Ich mache es!«, platzte es wie von allein aus ihm hervor. Ehe jemand widersprechen konnte, beendete er das Gespräch.

Die nächsten Worte richtete er an sich selbst. Leise, jedoch mit fester Stimme: »No risk, no fun ... klingt idiotisch, ist aber so.«

28

»Sie können mit Herrn Schönborn reden, aber höchstens eine Viertelstunde«, erklärte der Stationsarzt, nachdem Hannah sich, Ole und ihr Anliegen vorgestellt hatte. Mit Engelszungen, schließlich waren sie zunächst auf spontane Ablehnung gestoßen.

»Was können Sie uns über seinen Zustand sagen«, fragte Hannah.

»Er hat Glück gehabt. Zum einen, weil er seine Finger zwischen Hals und Würgedraht platzieren konnte, und zum Zweiten, weil der Draht dadurch keinen allzu großen Druck auf den Karotis-Sinus ausüben konnte. Sonst hätte das in seinem Alter leicht zu einem Herzstillstand führen können.«

Um die Fronten ein wenig aufzuweichen, demonstrierte Hannah Interesse an Details. »Karotis was?«

Der Arzt – ein Mann von geschätzt Anfang vierzig, in dessen Gesicht der Krankenhausalltag bereits für zahlreiche Falten gesorgt hatte – ließ sich darauf ein und lächelte ansatzweise. »Es handelt sich um Gefäßerweiterungen am Anfang der inneren Halsschlagadern. Wenn auf die zu viel Druck ausgeübt wird, kann das zu verheerenden Konsequenzen führen.« Das Lächeln des Arztes wurde noch breiter. »Vielleicht kennen Sie das aus Actionfilmen: Da schlägt der Held dem Bösewicht mit der Handkante gegen den Hals, und der fällt um wie ein Baum. So ähnlich dürfen Sie es sich vorstellen.«

Auf dem Weg zu Schönborns Zimmer übte Ole die eine oder andere Handbewegung, wollte scheinbar einem dieser Filmhelden Konkurrenz machen. »Beim nächsten Mal, wenn in Westerland einer auf seine Frau losgeht, probier ich das mal aus.«

»Und bringst dich wahrscheinlich selbst um«, kommentierte Hannah leise lachend. Jetzt klopfte sie an die Tür vor sich und drückte die Klinke herunter.

Man hatte Rainer Schönborn in einem Einzelzimmer untergebracht. Sein Krankenbett stand linker Hand an der Wand, gegenüber waren gleich drei Fenster zu finden, die allesamt auf Kipp standen. Eiskalte Luft flutete den Raum.

Schönborn war wach und empfing seine Besucher mit einer Bitte. Seine Stimme klang heiser und war kaum zu verstehen: »Die Fenster ...«

»Ich glaube, er will, dass ich sie schließe«, übersetzte Ole einen Fingerzeig und handelte entsprechend.

Hannah baute sich neben dem Bett auf. Mit Blicken deutete sie zuerst auf Schönborns dick bandagierte Hände, dann auf seinen Hals, den ein breiter, dunkelblauer Bluterguss zierte. »Wie geht es Ihnen?«

Schönborn traute seiner eigenen Stimme offenbar nicht, deshalb beschränkte er sich auf ein schwaches Nicken. Seine Rechte, die wie die Hand einer Mumie aussah, hob sich und machte eine Bewegung, die wohl ›so lala‹ bedeuten sollte.

»Wir müssen mit Ihnen reden«, sagte Hannah und ließ sich vorsichtig auf der Bettkante nieder, während Ole am

Fußende Stellung bezog. »Ich denke, es ist auch in Ihrem Interesse. Fühlen Sie sich stark genug dafür?«

Wieder war es eine ähnliche Handbewegung, die bei Hannah nicht unbedingt für Euphorie sorgte. Sie dachte an Ralf – insbesondere daran, was der vermutlich gerade auf sich nahm, um seiner Chefin den Arsch zu retten – und beschloss, sofort alles auf eine Karte zu setzen. Natürlich auch, weil die Zeit drängte. »Sie haben uns gestern aber einen schönen Bären aufgebunden. Wissen angeblich von nichts, verweisen uns an Spengler, und am selben Abend hat es einer auf Sie abgesehen.« In Anbetracht dieser Umstände lächelte Hannah auf denkbar unpassende Weise. »Zufällig 'ne Idee, wer das gewesen sein könnte?«

Schönborn schüttelte den Kopf. Wobei dieser Widerstand auf erkennbar tönernen Füßen ruhte.

Was Hannah ausnutzen wollte. »Wirklich nicht? Soweit wir den Ablauf rekonstruieren konnten, ist jemand durch den Wintergarten eingestiegen, um Ihnen das Leben mit einem simplen Draht abspenstig zu machen. Sie können nur froh sein, dass Ihnen die Nachtwache zur Hilfe gekommen ist, sonst würde ich jetzt nicht auf Ihrer Bettkante sitzen.«

Schönborn schloss die Augen. Er schluckte, was ihm überaus schwerzufallen schien. Seine faltigen Lippen öffneten sich und entließen eine Stimme, die nicht viel mehr als ein Hauch war: »Polizeischutz.«

Hannah hatte dieses einzelne Wort zwar verstanden, wollte es allerdings nicht zugeben. Mit gutem Grund, denn auf dem Weg zum Krankenhaus hatte sie sich eine Strategie zurechtgelegt. Und bisher – das feierte sie insgeheim – lief alles exakt nach Plan. »Was sagen Sie? Sie müssen lauter sprechen, damit ich Sie verstehe.«

Schönborn stützte sich auf den Ellbogen ein Stück hoch

und öffnete erneut den Mund. Hannah konnte seinen schlechten Atem riechen und wich automatisch zurück.

»Polizeischutz«, erklang es unter einer gewaltigen Kraftanstrengung.

»Für wen?«, stellte sich Hannah bewusst doof und erntete zum Lohn ein schräges Grinsen von Schönborns Seite.

Auf weitere Worte wollte er offenbar verzichten.

Was auch nicht nötig war, denn Hannah nahm neuen Anlauf: »Das würde Ihnen so passen! Führen uns an der Nase herum, und zum Dank stellen wir Ihnen zwei Bewaffnete in Uniform vor die Tür? Das können Sie so was von vergessen!« Hannah warf Ole einen kurzen Blick zu, er lächelte verschwörerisch, schließlich war er eingeweiht. Jetzt wandte sie sich wieder an Schönborn. »Solange Sie nicht mit uns reden, behandeln wir den Angriff auf Ihr Leben als bloßen Zufall. Jemand ist ins Altenheim eingestiegen, Sie sind dem Kerl unglücklicherweise begegnet und hätten Ihren nächtlichen Ausflug beinahe nicht überlebt. Bedauerlich, aber es lässt sich nicht ändern. Und wenn der- oder diejenige herkommt und einen zweiten Versuch unternimmt, wette ich, das wird ein durchschlagender Erfolg. Was denken Sie?«

Es dauerte, bis Schönborn reagierte. Seiner Stimme schien diese Pause gutgetan zu haben, denn sie klang ein wenig fester, und er brachte einen ganzen Satz zustande: »Was willst du wissen?«

Hannah zuckte unbekümmert mit den Schultern. »Alles!« Sie rutschte ein Stück weiter auf die Bettkante, um es sich bequem zu machen und gleichzeitig Sitzfleisch zu demonstrieren. »Und wenn ich das Gefühl bekomme, dass Sie mir auch nur die kleinste Kleinigkeit verschweigen, dann verabschieden wir uns und werden Ihnen keine Träne nach-

weinen. Soll doch einer kommen und beenden, was er angefangen hat.«

Schönborn schwieg abermals lange Zeit. Wobei sich
Hannah sicher war, dass der Mann nicht überlegte, ob,
sondern wie er beginnen sollte. Um für ein bisschen Nach-
druck zu sorgen, versuchte sie es mit einer Vorlage: »Bis
Spengler aus Kiel dazukam, haben Sie und Olschewski die
Ermittlungen geleitet. Und falls Sie es vergessen haben:
Zwei Wochen später haben Sie ein Versetzungsgesuch
geschrieben, das abgelehnt wurde. Hilft Ihnen das auf die
Sprünge?«

Schönborn nickte und schluckte schwer, bevor er leise
anfing. »Spengler hat sich um die Leitung der SOKO gerissen. Ich hab am Anfang nicht kapiert, wieso, aber ...« Eine
Pause war vonnöten. Hannah hielt Schönborn einen Becher
hin, in dem sich Wasser befand. Nach ein paar Schlucken,
für die sich der alte Mann mit einem Nicken bedankte, fuhr
er fort: »Er hat alles blockiert, und wenn einer von uns auf
'ne heiße Spur gestoßen ist, hat er die nächste Sackgasse
aufgemacht und uns dort hineingescheucht. Dass wir den
Täter nicht gefunden haben, war alles andere als Zufall.«

»Aber wieso? Was hat sich Spengler davon
versprochen?«

Wieder brauchte es einen Schluck Wasser, ehe es weiterging: »Ich weiß es nicht genau. Nur, dass er jemanden um
jeden Preis schützen wollte.«

»Den oder die Täter«, lieferte Hannah das logische Fazit.
»Wissen Sie, um wen es sich dabei handelte? Und vielleicht
so viel: Wenn wir nicht völlig auf dem Holzweg sind, dann
setzt gerade einer die Mordserie von damals fort. Was heißt,
Sie retten Leben, wenn Sie endlich alle Karten auf den Tisch
legen! Also, wissen Sie, wen genau Spengler ...?«

Schönborn schüttelte bereits energisch den Kopf.

»Okaaay«, reagierte Hannah gedehnt. »Dann verraten Sie uns wenigstens, warum Sie nicht sofort Alarm geschlagen haben, als Sie merkten, dass er mit gezinkten Karten spielt! Und kommen Sie mir nicht mit ›Er war Ihr Vorgesetzter‹ und ›Was hätten Sie denn tun sollen?‹ ... die Masche zieht bei mir nicht.«

Selbst diese Drohung sorgte nicht für das gewünschte Ergebnis. Weil Ole sich schon zum zweiten Mal räusperte, wollte Hannah nachsetzen, doch dann kam ihr Schönborn mit erstaunlich fester Stimme zuvor: »Ich war damals pleite, verlobt und dachte, ich hätte endlich die Richtige gefunden.«

»Sie waren nie verheiratet«, fügte Hannah hinzu. »Das hab ich checken lassen.«

In Schönborns Gesicht machten sich Wehmut und Verbitterung breit. »Conny kam von der Straße. Ich hab ihrem Zuhälter ‘ne Menge Kohle bezahlt, um sie freizukaufen. Das Ganze hat anderthalb Jahre gehalten, dann hat sie mich mit ‘ner halben Seite Gekritzel abserviert und ist zurück auf die Straße.«

Hannah wartete noch einen Moment ab, doch es ging nicht weiter. Die Fortsetzung blieb also an ihr hängen. »Spengler hat Ihnen Geld gegeben, damit Sie schweigen und niemandem verraten, dass er die Ermittlungen gezielt blockiert.«

Es schien ihm schwerzufallen, doch Schönborn nickte.

»Wie viel?«

Schulterzucken. »Insgesamt fünfzigtausend – vielleicht war es auch ein bisschen mehr.«

»Fünfzigtausend Mark, damit ein Dreifachmörder ungeschoren davonkommt.« Hannah quittierte ihr eigenes Fazit mit einem ausgedehnten Kopfschütteln. »Und ich hab mal geglaubt, Sie wären ein verhältnismäßig guter

Bulle. Da hab ich mich wohl getäuscht. Können Sie irgendwas von dem, was Sie uns gerade erzählt haben, beweisen?«

Schönborn überlegte eine Weile und schüttelte dann den Kopf.

»Und die Ermittlungsakten? Hat Spengler die selbst verschwinden lassen oder waren Sie daran beteiligt?«

Eine weitere unbequeme Frage, die in einem ohnehin faltigen Gesicht für noch tiefere Gräben sorgte.

»Sie waren beteiligt«, übersetzte dieses Mal Ole. »Haben Sie alle vernichtet oder irgendwo gebunkert?«

»Verbrannt«, antwortete Schönborn und das für seine Verhältnisse recht spontan. »Aber ich kann dir nicht sagen, ob das wirklich alle waren – eher nicht.«

»Und wieder stehen wir vor dem Nichts!«, fluchte Hannah. »Okay, wir haben Ihre Aussage, die uns vielleicht auf den richtigen Weg bringt. Aber Spengler ist ein bisschen schlauer als Sie. Er wird einfach alles abstreiten, Sie als senilen Idioten hinstellen und sich genüsslich die Hände reiben.«

»Ich hab damals was mitgekriegt«, widersprach Schönborn zumindest teilweise.

»Etwas, das Sie nicht hören sollten?«, setzte Hannah nach.

Nicken. Eine Erklärung folgte mit heiserer Stimme, die zwischendurch einige Male brach. Zweifellos rangierte da jemand am äußersten Rande seiner Belastbarkeit. »Es ging um einen von Spenglers Freunden. Ich hab ein Telefonat zwischen den beiden belauscht. Die Ärzte, die es erwischt hat, haben wohl irgendwas verpfuscht.«

»Das war seinerzeit unsere erste Theorie«, empörte sich Hannah. »Deshalb haben wir sämtliche Dienstpläne wieder und wieder gecheckt und …«

»Die Dinge hab ich selbst frisiert«, röchelte Schönborn dazwischen.

»Und wissen hoffentlich auch, was dahintersteckte?«

Schönborn überlegte angestrengt, das war ihm anzusehen. Das Ergebnis war nicht viel mehr als eine vage These: »Vielleicht lebt ja noch einer aus der Klinik ... einer, der weiß, was wirklich passiert ist.«

»Und heute wahrscheinlich hundert ist«, jubelte Hannah künstlich und schoss regelrecht von der Bettkante empor. Den Mann, der vor ihr lag, strafte sie mit einem feindseligen Blick. »Wir lassen Sie jetzt erst mal in Ruhe.« Sie wollte sich schon abwenden.

Doch Schönborn sammelte alle Kraft, um ein einzelnes Wort als Frage hervorzustoßen: »Polizeischutz?«

»Ja, verdammt, Sie kriegen Ihren Polizeischutz! Allein schon, damit wir Sie noch mal richtig ...«

»Ich glaube, es reicht, Hannah!«, schritt Ole ein. Er wandte sich an Schönborn. Der bekam ein Lächeln ab, das sogar halbwegs ehrlich wirkte. »Und Sie werden schnell wieder gesund. Falls Ihnen noch was einfällt, melden Sie sich am besten sofort ...«

29

»Danke«, war das Erste, was Hannah mühevoll hervorstieß, nachdem sie das Krankenzimmer fluchtartig hinter sich gelassen hatte.

»Wofür?«, fragte Ole.

»Du hast mich vom Schlimmsten abgehalten.«

Ole lachte. »Ich wollte nur verhindern, dass du ihm ein Kissen aufs Gesicht drückst oder Rohrfrei in den Infusionsbeutel schüttest.«

Hannah blieb abrupt stehen. Direkt neben einem Rollwagen, auf dem sich dutzende Thermoskannen und Becher aneinanderreihten. Sie schaute Ole an, in ihrem Blick machte sich aufrichtige Verzweiflung breit. »Wir sind am Arsch. Ist dir das klar?«

»Du meinst, weil Schönborn zwar ausgepackt, uns damit aber nicht wirklich weitergeholfen hat?«

Hannah nickte.

»Das sehe ich anders«, widersprach Ole und fuhr gleich fort: »Wir wissen jetzt, dass es bei den Morden damals um einen Kunstfehler ging, an dem offenbar die drei ermordeten Ärzte schuld waren. Außerdem, dass Spengler alles wusste und mit seinen krummen Machenschaften einen Freund schützen wollte. Du tust gerade so, als wäre das nichts.«

»Er wird alles abstreiten, und wir stehen mit leeren Händen da.«

»Dann müssen wir diesen Freund eben finden. Mal davon abgesehen, dass der wahrscheinlich auch für die aktuelle Mordserie verantwortlich ist.«

Hannah lachte, was jedoch nur ein Ausdruck von Hoffnungslosigkeit war. »Ich frage mich, wie alt dieser Freund heute sein müsste. Spengler ist über achtzig, wenn er seine Kumpels nicht im Kindergarten rekrutiert hat, dann …«

»Positiv denken, Frau Lambert! Wenn wir Ralf mit dem neuen Input füttern, braucht er garantiert nicht lange, bis wir einen Namen haben.«

»Unser Ralf ist aktuell auf 'ner ganz anderen Baustelle unterwegs und inzwischen vermutlich kurz vorm Durchdrehen.«

Ole linste zur Sicherheit auf sein Smartphone. »Könnte sein, auf jeden Fall ist er angekommen.«

»Hat er sonst noch was geschrieben?«

»Das willst du nicht wissen.«

»Und wieso nicht?«

Ole tat sich mit der Antwort schwer. »Na ja … mit ›kurz vorm Durchdrehen‹ lagst du schon ganz richtig.«

»Dann lass uns!«, beschloss Hannah. »Bis wir da sind und ihn unterstützen können, ist es Nachmittag.«

»Wenn er überhaupt so lange durchhält und Spengler nicht vorher laufen lässt …«

»Positiv denken, Herr Friedrichsen!«

———

Über das Stadium des Wahnsinns war Ralf weit hinaus. Aktuell saß er auf einem geschlossenen Toilettendeckel, der zu einem Gäste-WC von zweimal zwei Metern gehörte. In Augenhöhe ein kleines Waschbecken, das er am liebsten mit Wasser gefüllt hätte, um sich darin zu ertränken.

Er dachte an die Ereignisse der letzten Stunden. Nach dem Telefonat mit Hannah und Ole war er schnurstracks in den Arresttrakt marschiert, hatte dort eine Zellentür geöffnet und Rudolf Spengler mit einer einladenden Geste herausgebeten.

Dieses Gehabe hatte der alte Mann mit genüsslichem Grinsen quittiert, doch das war ihm vergangen, als Ralf seine Handschellen zückte. In stählernen Fesseln war es unter neugierigen Blicken der Kollegen quer durchs Revier und bis auf den Parkplatz dahinter gegangen.

Bevor er Spengler auf den Beifahrersitz bugsierte, hatte Ralf eine der Handschellen gelöst und sie an der Armlehne befestigt. Die immer wüsteren Beschwerden hatte er ignoriert und unkommentiert gelassen, bis er mit seiner fluchenden Fracht Rantum erreichte.

Kaum hatte Ralf das eine Ende der Handschellen von der Armlehne getrennt, da wurde Spengler handgreiflich. Dessen Rechte war Ralf entgegengeflogen, doch er hatte es geschafft, die Hand zu packen und sie auf den Rücken zu verdrehen.

Kurz darauf waren wieder beide Gelenke mit Handschellen versehen, und man hatte gemeinsam die Lambert-Villa umrundet. Unter einem Blumentopf hatte Ralf den von Ole angekündigten Schlüssel gefunden. Und auch wenn es ihm in jenem Moment albern erschienen war: Es wurde wohl höchste Zeit, sich mit seinem Kollegen mal über die typischen Fehler zu unterhalten, die es Einbrechern viel zu leicht machten.

Ein paar Minuten später hatte Rudolf Spengler auf einer Bank in der lambertschen Küche Platz genommen und inzwischen sogar das Meckern eingestellt. Ralf hatte dem alten Mann Kaffee angeboten, doch der lehnte kopfschüttelnd ab.

Anschließend waren sich die Männer fast eine halbe Stunde schweigend gegenübergesessen. Bis Spengler den Mund öffnete, um eine Drohung loszuwerden: »Hast du eine Ahnung, was du dir da einbrockst? Es kostet mich genau einen Anruf, und du fährst demnächst am Nordpol Streife.«

Ralf hatte sich an Clausens Zukunftspläne erinnert und vor Augen gehabt, wer dann sein Streifenkollege wäre. *Es könnte schlimmer kommen*, war sein gedankliches Fazit.

Irgendwann – Spengler waren regelmäßig die Augen zugefallen – hatte sich Ralf zuerst in Oles Zimmer und dann ins Gästeklo verdrückt. Wo er schon zum dritten Mal auf dem Deckel saß und eine höhere Macht um Hilfe anflehte.

Sein Smartphone, das er auf lautlos gestellt hatte, summte zwischen seinen Oberschenkeln. Kurz hoffte er, es handle sich bei dem Anrufer um Hannah oder Ole, aber es war wieder die Kieler Nummer, die er mittlerweile auswendig herunterbeten konnte. Er würde einen Teufel tun und das Gespräch annehmen. Schließlich bestand keinerlei Zweifel daran, dass sich Kriminaldirektor Fuchs längst in Westerland von Spenglers eigenartiger Freilassung überzeugt und ihn zu kontaktieren versucht hatte. Erfolglos, was die ständigen Anrufe bei Ralf erklärte.

Als es endlich zu klingeln aufhörte, platzierte er sein Telefon auf dem Waschbeckenrand, fiel nach vorne und stützte sich mit den Ellbogen auf den Oberschenkeln ab.

Vermutlich würde er demnächst vom Toilettendeckel

kippen, Embryonalhaltung einnehmen und es ansonsten mit der Vogel-Strauß-Taktik probieren. Wenn kein Wunder passierte, waren seine Tage im Polizeidienst gezählt, so viel war sicher …

30

»Wieder Fuchs?«, fragte Ole, als Hannahs Telefon zum x-ten Mal klingelte.

Sie nickte. »Vielleicht hat er die Gans gestohlen und sucht jemanden, der sie rupft.«

»Er ruft eher an, um dich zu rupfen. Geh bloß nicht ran!«

Hannah starrte aus dem Seitenfenster, an dem die Wattenmeerlandschaft rechts vom Hindenburgdamm vorbeiflog. Sie standen auf dem Autozug nach Westerland, vor sich ein Kleinwagen, durch dessen Heckfenster zwei Kinder schauten und abwechselnd winkten oder Grimassen schnitten. Anfangs hatte Ole das Winken noch erwidert, inzwischen allerdings aufgegeben.

Nicht aber seine Bedenken, was Kriminaldirektor Werner Fuchs betraf. »Ich weiß nicht, wie du ihm die Geschichte verkaufen willst. Wenn du irgendwann zwangsläufig rangehen musst, dann ...«

Zu spät, denn Hannah hatte das Gespräch mit einem Wisch angenommen. Da ihr Telefon nicht mit der Freisprecheinrichtung verbunden war, fungierte Ole nur als einseitiger Zaungast.

»Lambert?«, meldete sich Hannah neben ihm.

Ole vernahm Geschrei am anderen Ende und war plötzlich froh über seine passive Rolle.

Als der Lärm langsam verebbte, holte Hannah bewundernswert gelassen zu einer ersten Erklärung aus: »Soweit ich informiert bin, wurde Herr Spengler auf Ihren Befehl hin auf freien Fuß gesetzt. Woher soll ich denn wissen, wo er anschließend ...?«

Abermals Geschrei. Ein paar Brocken, in denen es um ›wieso‹, ›weshalb‹ und ›warum‹ ging.

Ole fühlte sich in die Sesamstraße versetzt. Aber Kriminaldirektor Fuchs war ganz bestimmt kein plüschiger Bär namens Samson und würde Hannah kaum wie dessen Freundin Tiffy behandeln.

Jetzt war sie wieder an der Reihe. »Ich weiß nicht, wovon Sie da reden, Herr Fuchs. Und ich wiederhole es gern noch mal: Herr Spengler befindet sich auf freiem Fuß, und ich kann Ihnen leider nicht sagen, wo er ...«

Dieses Mal war deutlich hörbar von einem ›Karriereende‹ die Rede, das Fuchs wohl kaum auf sich selbst bezog.

»Ich glaube, wir brechen an dieser Stelle lieber ab«, versuchte es Hannah auf versöhnliche Weise. Mit mindergroßem Erfolg, denn noch immer drang eine Stimme aus ihrem Smartphone, die selbst ohne Lautsprecher klar zu verstehen war. Also zog sie die Notbremse, die aus einem roten Telefonsymbol bestand. »Der hat heut Morgen scheinbar seine Tabletten vergessen«, war Hannahs erstes Fazit, als endlich Ruhe herrschte.

»Mit oder ohne Tabletten – Fuchs wird dir den Arsch aufreißen«, urteilte Ole. »Du denkst besser noch mal drüber nach, ob wir Spengler doch freilassen und ...«

»Nur über meine Leiche!«, zischte Hannah dazwischen.

Was Ole nicht davon abhielt, erneut Anlauf zu nehmen. »Wir fahren ihn artig nach Hause und lassen ihn hinterher observieren. Ich wette, der Haftbefehl wurde nur gegen Auflagen außer Vollzug gesetzt. Also muss sich Spengler mindestens einmal die Woche in Westerland melden und ...«

»... hat danach sieben Tage Zeit, um sich zu verdünnisieren! Wenn Fuchs ihm wieder hilft, garantiert auf Nimmerwiedersehen.«

»Heißt das, du willst deine Karriere wirklich für so 'nen alten Drecksack riskieren?«

»In erster Linie will ich zwei Mordfälle aufklären, und am besten drei weitere, die vor Ewigkeiten passiert sind.« Hannah holte geräuschvoll Luft, um fortzufahren: »Vielleicht ist es dir nicht aufgefallen, aber Spengler ist der Einzige, der uns die Verantwortlichen nennen kann.«

»Vorausgesetzt, er redet endlich.«

Hannah nickte und starrte von nun an wieder aus dem Seitenfenster.

»Du hast ausgesorgt und 'ne fette Sparbüchse«, fing Ole nach langem Schweigen von Neuem an. »Aber Ralf ...«

»Ich hab ihn zu nichts gezwungen!«, unterbrach Hannah. Sie schaute Ole mit einer Mischung aus Wut und Verzweiflung an. »Außerdem ... hast du vorhin nicht irgendwas von *no risk, no fun* gefaselt? Ist der Cowboy in dir mittlerweile davongeritten oder was ist los?«

»Hast du schon 'ne Idee, wie wir Spengler knacken?«, fragte Ole statt einer Antwort in Sachen *Cowboy*.

»Mit Geduld und Spucke.«

»Dann meinst du also, er packt aus, wenn du ihm mit Anlauf ins Gesicht spuckst?«

»Du bist eklig!«

»Und trotzdem würde ich gern wissen, was du mit Spengler anstellen willst, um ihn ...«

»Keine Ahnung, aber in spätestens einer halben Stunde wissen wir, ob ein Teil der Wahrheit hilft ...«

Diese halbe Stunde verging für Oles Geschmack viel zu schnell. Als er den Wagen auf den geräumigen Parkplatz vor der Lambert-Villa lenkte, beschlich ihn erneut ein mulmiges Gefühl. Eins von der Sorte, das er mit Hannah einfach teilen musste.

»Du kannst es dir noch mal überlegen. Wie gesagt: Wir lassen unseren altersschwachen Vogel ins Freie flattern, und wenn er sich hinterher beschwert, wissen wir von nichts. Immerhin sind wir zu dritt, und nach den Kapriolen von heute lässt sich selbst Ralf mit Kusshand zu 'ner Falschaussage hinreißen. Nach dem Motto: Er wollte Spengler nach Hause fahren, der hatte mitten auf dem Weg 'nen Schwächeanfall, und sie haben Zwischenstation in Rantum gemacht. Das kauft uns jeder ab.«

»Und was dann?«, fragte Hannah, ohne lange über Oles Vorschlag nachzudenken. »Vergessen wir Spengler, leisten bei Fuchs artig Abbitte und gehen zur Tagesordnung über?«

»Wir fangen einfach von vorne an! Oder glaubst du, wir lösen zumindest die aktuellen Mordfälle nicht auch ohne Spenglers Hilfe? Der Typ weiß vielleicht mehr als jeder andere, aber ...«

»Der Typ – wie du ihn nennst – ist der Schlüssel zu allem! Kapierst du das nicht? Wir brauchen ihn, um den bösen Jungs auf die Schliche zu kommen.«

»*Den bösen Jungs*«, echote Ole resigniert. Er drehte sich

zu Hannah und fing sie mit einem ernsten Blick ein. »Dann bist du dir also ganz sicher?«

»Ich war mir noch nie so sicher! Und jetzt lass uns, sonst steckst du mich mit deinem Schissertum an ...«

31

Weil Hannah wenig später keinerlei Anstalten machte, fischte Ole seinen eigenen Schlüssel aus der Tasche und öffnete damit die Haustür zur Lambert-Villa. Immerhin handelte es sich mittlerweile um sein beinahe alleiniges Reich, entsprechend routiniert landete sein Schlüsselbund an einem Haken und seine Jacke an der Garderobe daneben.

Im Hausflur, von dem fast alle Räume abzweigten, herrschte neben Halbdunkel Totenstille.

»Hoffentlich haben die sich nicht gegenseitig umgebracht«, flüsterte Hannah.

Ole schnupperte in die Luft. »Und vorher Kaffee gekocht? Kann ich mir nicht vorstellen.«

Von links – also aus der Küche – drang ein leises Räuspern bis in den Flur.

Entschlossen setzte Hannah den ersten Schritt nach vorne und blieb ein paar Meter weiter in einer offenen Tür stehen.

Ole konnte seine Chefin nur im Profil sehen, doch selbst diese Ansicht spiegelte größte Verwunderung wider.

»Nur Sie!«, stellte Hannah verwundert fest.

Inzwischen hatte Ole neben ihr Stellung bezogen. Tatsächlich saß Rudolf Spengler allein in der Küche und das ausgerechnet auf Oles Stammplatz, am Rand einer gemütlich gepolsterten Bank. Das eine Ende der Handschellen hatte Ralf mit dem Rohr eines Heizkörpers verbunden.

Spengler sah die beiden abwechselnd an. Sein Gesichtsausdruck war eine Mischung aus Wut und Unglauben. »Ist das euer Ernst? Seid ihr wirklich so blöd oder tut ihr nur so?«

Bevor sie reagierte, durchquerte Hannah die Küche und plumpste auf einen der Stühle. Sie schlug zwar die Beine übereinander, aber wer sie kannte, konnte ihr ansehen, dass sie unter voller Anspannung stand. »Wo ist mein Kollege geblieben?«

»Woher soll ich das denn wissen?« Spengler deutete auf den Stuhl, auf dem Hannah saß. »Der hat da 'ne halbe Stunde schweigend gehockt und sah aus, als würde er sich jeden Moment in die Hose machen. Vielleicht schaust du dich mal nach ordentlichen Leuten um.«

Diese Aufforderung leitete Hannah mit einer unmissverständlichen Geste an Ole weiter. Wobei sie dabei bestimmt nicht an einen Ersatz für Ralf dachte.

»Ich seh mal nach, wo er steckt«, nuschelte Ole und war gleich darauf verschwunden.

Spengler nutzte die Gelegenheit und schickte ein hämisches Grinsen über den Tisch. »Du hast es versaut, Mädchen. Glaubst du ernsthaft, du kommst mit der Nummer hier durch?«

Hannah fluchte innerlich. Vor ein paar Minuten war sie noch von Tatendrang und Hoffnung erfüllt gewesen. Hatte sich ausgemalt, wie sie Rudolf Spengler mit neuen Fakten, also der vermeintlichen Wahrheit konfrontieren und damit zum Einknicken zwingen würde. Doch jetzt, da sie ihm gegenübersaß und sein Grinsen immer breiter wurde, fühlte sie sich kraftlos und von jeder Zuversicht verlassen. Trotzdem wagte sie einen Anlauf, denn selbst für ihren Geschmack ließ sie sich viel zu viel Zeit mit einer Reaktion.

»Herr Schönborn hat reinen Tisch gemacht ...«, begann sie und legte absichtlich eine Pause ein.

»Und was hat dir der liebe Rainer erzählt? Nein, lass mich raten ... Du sollst mir Grüße ausrichten und alles Gute wünschen, richtig?«

Hannah wollte den Mund öffnen, doch der kam ihr plötzlich wie gelähmt vor. Dieser Zustand war nichts Neues, denn in den letzten Monaten hatte sie immer häufiger damit zu kämpfen. Genauer gesagt: Seitdem man sie in Kopenhagen aus den Händen ihrer Geiselnehmer befreit und nach Deutschland zurückgebracht hatte. In den Tagen darauf hatte sie es noch geschafft, sich allein auf ihr Dasein als Polizistin zu konzentrieren. Heute – einige Monate später – zweifelte sie fast täglich an genau diesem Dasein und war drauf und dran, den Sheriffstern dauerhaft an den Nagel zu hängen.

»Was ist?«, fragte Spengler. Hannah glaubte, einen Funken Mitgefühl in seinen Augen wahrzunehmen. Aber er verschwand genauso schnell wieder, um Platz für Eiseskälte zu machen. »Du hast es versaut! Das ist dir doch hoffentlich klar?«

»Und Sie haben Rainer Schönborn geschmiert, damit er nicht nur Ihre Machenschaften vertuscht, sondern nebenbei auch Beweise verschwinden lässt.« Hannah lobte sich selbst, denn sie brachte ein beinahe ebenso hämisches Grinsen zustande wie ihr Gegenüber. »Und das alles nur, um einen Freund zu schützen. Dessen Namen wir inzwischen übrigens kennen«, schob sie so glaubhaft wie möglich hinterher.

Spengler nickte anerkennend. »Und dann sitzt du hier und vergeudest deine Zeit mit ‘nem alten Mann? Das glaubst du doch selbst nicht!«

Hannahs Grinsen fiel in sich zusammen und wich offener Wut. Sie beugte sich im Sitzen nach vorne und musste sich dafür an der Tischkante festhalten. Ihre Stimme war ein bedrohliches Flüstern. »Aber ich werde herausfinden, für wen Sie Ihren Diensteid vergessen haben. Sie sind ein Scheißkerl und ein Schwein, das ich am liebsten abknallen würde oder …«

»Du hast doch keine Ahnung, was damals in Deutschland los war«, fuhr Spengler dazwischen. »Glaubst du, dass sich nur unsere Kollegen auf der Reeperbahn haben schmieren lassen?«

»Wir sind hier aber nicht auf St. Pauli, und die Achtzigerjahre liegen auch längst hinter uns.«

»Trotzdem hat sich Schönborn in ein Ackerhuhn verguckt und eine von der Straße gepflückt. Das haben so einige versucht, und ich kenne keinen, bei dem das auf Dauer gutgegangen wäre.«

Gedanklich war Hannah noch immer mit der Hamburger Reeperbahn und den zahllosen Skandalen rund um die Kiezwache in der Davidstraße beschäftigt. Seinerzeit hatten zahlreiche Beamte den Hut nehmen müssen oder waren – wie manch einer aus dem Rotlichtmilieu – einfach spurlos verschwunden. Als der Auftragsmörder Werner Pinzner am 29. Juli 1986 zuerst einen Staatsanwalt, dann seine Frau und zuletzt sich selbst erschoss, war Hannah gerade in die Oberprima versetzt worden und stand im letzten Jahr vor dem Abitur.

»Was ist los?«, fragte Spengler, dem Tonfall nach zu schließen, ehrlich interessiert. »Bekommst du langsam Schiss?«

»Vor Ihnen?« Hannah mühte sich um eine lässige Miene, doch das misslang ihr kläglich. Kein Wunder, schließlich machte sie sich Sorgen. Nicht um ihr eigenes Wohl oder ihre Karriere. Vielmehr dachte sie an Ralf und Ole, die es nicht verdient hatten, für ihre Sünden zu büßen. Sie hob von Neuem an und klang dabei wie die Vollstreckerin der Inquisition: »Leute wie Sie sind für den schlechten Ruf der Polizei verantwortlich. Früher hat man Ihresgleichen standrechtlich erschossen. Da war die Welt noch in Ordnung«, fügte sie genüsslich hinzu. »Wie fühlt man sich, wenn man seine Kollegen verrät? Sagen Sie es mir, na los!«

Doch Spengler schwieg beharrlich, in seinem Gesicht machte sich Selbstzufriedenheit breit.

Hannah, die immer noch von standrechtlichen Erschießungen träumte, entschied sich für einen Kurswechsel. »Wieso wollte jemand Sie loswerden?«

»Wovon redest du?«

»Davon, dass jemand in Ihre Wohnung gekommen ist und – ja – etwas von Ihnen wollte.« Hannah wartete keine Reaktion ab, hätte vermutlich ohnehin keine bekommen. »Die Geschichte, dass da einer die Tür aufgebrochen hat, kaufe ich Ihnen sowieso nicht ab. Noch dazu, weil man im Garten hinterm Haus ein Brecheisen gefunden hat.«

»Dann wollte es der Einbrecher auf der Flucht wohl loswerden«, schlug Spengler in alter Polizistenmanier vor.

»Der Mann kommt vorne rein, hat garantiert irgendwo in der Nähe geparkt und macht sich anschließend hintenrum vom Acker? Schwerverletzt und zweifellos in Panik?« Hannah spürte neue Kraft in sich aufsteigen und nahm zufrieden wahr, wie sich ihre Stimme davon anspornen ließ: »Das können Sie vergessen! Sie haben Ihrem Besucher eigenhändig geöffnet. Das Ganze mündete schnell in eine handfeste Auseinandersetzung, und in deren

Verlauf haben Sie beschlossen, sie mit Waffengewalt zu beenden.«

»Schöne Geschichte«, lobte Spengler. »Kannst du irgendwas davon beweisen? Ich meine ja nur – vor Gericht macht es sich besser, wenn man ...«

»Sie werden an Ihren Lügen irgendwann ersticken«, fuhr Hannah dazwischen. Jetzt löste sie sich von der Tischkante und fiel zurück gegen ihre Stuhllehne, die Arme vor der Brust verschränkt. Sie brachte ein Lächeln zustande, das beinahe mitfühlend wirkte. »Ist Ihnen eigentlich klar, dass Sie als Einziger weitere Morde verhindern können? Wollen Sie etwa, dass noch mehr Unschuldige sterben und ...?«

»Unschuldige?«, platzte es aus Spengler hervor. Ehe Hannah reagieren konnte, sprach er direkt weiter: »Dieser Stoll hat eine dreifache Mutter auf dem Gewissen und sein Rechtsverdreher dafür gesorgt, dass er ungeschoren davonkommt. Wahrscheinlich, um früher oder später den Nächsten auf dem OP-Tisch umzubringen. Und du faselst was von Unschuldigen? Ist das dein Ernst?«

Diese Diskussion hatte Hannah schon dutzende Male geführt, und die Antwort kam ihr wie von selbst über die Lippen: »Wir sind Polizisten! Keine Richter und erst recht keine Henker! Stellen Sie sich mal vor, wir würden alle ...«

»Tun wir ja nicht«, widersprach Spengler. »Du und deinesgleichen ... ihr jagt meistens Opfer, keine Täter. Und die, die wirklich verantwortlich sind, kommen mit 'nem Freispruch oder blauen Auge davon. Und was macht ihr? Feiert euch für den ach so tollen Ermittlungserfolg und meint, dadurch wird irgendwas besser.«

Hannah ließ diesen Vortrag zunächst sacken. Klar war, sie hatte Spengler aus der Reserve gelockt. Womöglich bedurfte es nur noch einer Frage – der richtigen, verstand sich –, und er würde sich in seiner Rage verplappern. Ungewollt etwas preisgeben, das er normalerweise tunlichst für sich behalten würde.

Hannah versuchte es mit warmer, beinahe freundschaftlicher Stimme: »Dann war es damals bei Ihrem Freund also auch so? Hat er deshalb drei Ärzte umgebracht?«

Spengler lachte. Seine Rechte schoss hoch, doch nur so weit, wie es die Handschelle zuließ, die unverändert mit dem Heizungsrohr verbunden war. Er beugte sich nach vorne, was seltsam verdreht endete. »Kein Kommentar! Und ab jetzt sag ich gar nichts mehr.«

»Das würde Ihnen so passen! Sie verraten mir sofort, wer ...«

»Kommst du bitte mal kurz«, unterbrach Ole, der plötzlich in der offenen Küchentür stand. »Nur einen Moment, dann kannst du gern weitermachen.«

»Hier geht gar nichts weiter«, bemerkte Spengler, als Hannah bereits stand. »Und euer Kollege, der sich nicht mehr blicken lässt, hat übrigens recht: Ihr seid am Arsch, und demnächst habt ihr nicht mal mehr 'ne Dienstmarke, um euch dahinter zu verstecken ...«

32

»Du musst zu einem Arzt, besser noch in ein Krankenhaus! Hörst du?« Thomas Wolter klang panisch. Kein Wunder, schließlich lag sein Bruder Frank vor ihm auf einer Massageliege im Keller und rührte sich nicht. Er reagierte auch nicht auf die vorangegangene Feststellung. Was Thomas nicht davon abhielt, von Neuem auszuholen: »Du gehörst in ein Krankenhaus! Mit Jod, Verbänden und Antibiotika kann ich nicht viel ausrichten.« Um seinen Worten Nachdruck zu verleihen, zeigte er auf haufenweise Verbandsmaterial, das inzwischen nicht nur Spuren von Blut, sondern auch von Eiter aufwies. »Ich glaube, du hast 'ne Blutvergiftung. Was, wenn ...?«

Sein Bruder Frank öffnete die Augen, einen Moment flatterten die Lider, dann ergaben sie sich dem Zwang ihres Inhabers und blieben offen stehen. Franks Stimme war kaum mehr als ein Flüstern: »Wenn ich in ein Krankenhaus komme, alarmieren die dort sofort die Polizei. Darüber mal nachgedacht, Brüderchen?«

»Brüderchen, Brüderchen ... der Spengler hat dich

zweimal erwischt. Das an der Schulter ist ein Kratzer, aber dein Bauch – was sind da eigentlich für Organe?«

»Dickdarm, Niere … die ist nicht getroffen, sonst würde ich Blut pinkeln.«

»Und der Darm?«, fragte Thomas. »Als Arzt müsstest du doch wissen, was Sache ist.«

Bis zur Antwort, die von schmerzerfülltem Stöhnen begleitet wurde, dauerte es gefühlte Ewigkeiten. »Wenn es wirklich den Darm erwischt hat, brauchst du dir bald keine Sorgen mehr um mich zu machen. Zufrieden?«

»Zufrieden? Du hast sie nicht mehr alle! Wie soll es denn weitergehen, wenn du …?«

»Du bleibst bei unserem Plan«, fuhr Frank dazwischen. »Oder hast du vergessen, was wir uns nach Paps' Tod geschworen haben?«

Kopfschütteln. »Ich weiß nicht, ob ich den Rest allein hinkriege. Ohne dich wird es …«

»Natürlich kriegst du das hin!« Auch wenn dafür zweifellos ein Kraftakt erforderlich war, verzog sich Franks Gesicht zu einem Lächeln. »Weißt du noch, was Paps immer gesagt hat? Ich hab das Hirn und du die Muckis. Und nur auf Letzteres kommt es jetzt an. Wir sind fast fertig.«

Thomas fielen auf Anhieb dutzende Widerreden ein, doch er schluckte sie allesamt herunter. Sein Blick fand eine Wundauflage, die er zwischen spitzen Fingern hielt und demnächst auf der Bauchwunde seines Bruders platzieren würde. Zutiefst verzweifelt, denn er hatte das Gefühl, es damit schlimmer statt besser zu machen.

Franks Stimme war lediglich ein Hauch: »Ruf ihn noch mal an und frag, wo Spengler geblieben ist.«

»Er weiß es nicht! Was soll es bringen, wenn ich …?«

»Ruf an und frag! Falls er Zicken macht, sagst du ihm, dass wir ihn über die Klinge springen lassen.«

Thomas schaute hinunter zu seinem Bruder, in dessen Gesicht sich abermals ein Lächeln breitmachte. Eines von der Sorte, mit dem er seinen kleinen Bruder schon vor Jahrzehnten getröstet und ihm neuen Mut eingeflößt hatte. Trotzdem war Thomas nach Heulen zumute. Von seiner Stimme war ebenfalls nicht mehr viel übrig: »Wenn du stirbst, war alles umsonst. Dann kann ich ebenso gut …«

»So schnell stirbt es sich nicht«, stöhnte Frank dazwischen. »Und jetzt ruf an, Spengler kann sich ja nicht in Luft aufgelöst haben …«

———

Nein, das hatte er nicht. Vielmehr saß der alte Mann unverändert auf einer Küchenbank, eine Hand an das Heizungsrohr neben ihm gefesselt.

Hannah und Ole standen unterdessen nicht weit entfernt in der Tür zum Gästeklo. Dort hockte Ralf immer noch auf einem Toilettendeckel und wirkte regelrecht apathisch.

»Wieso haben Sie nicht auf mich gehört und es einfach gelassen?«, fragte Hannah. »Im zweiten Anlauf hatte ich Ihnen doch angeboten, dass Sie Spengler freilassen dürfen und …«

»Ich hatte gehofft, dass wir mit Schönborns Hilfe ein gutes Stück weiterkommen und es reicht, um den da …« Ralf deutete durch zwei Wände hindurch zur Küche. »… zu brechen.«

»Der Kerl ist sturer als ein störrischer Esel«, zischte Hannah. Zuvor hatte sie das Gespräch in einem Husumer Krankenhaus mit kurzen Worten zusammengefasst, allerdings ein Detail vergessen. »Außerdem gibt es Arbeit für Sie: Schönborn meinte, wir sollten einen der anderen Ärzte von damals finden und auf die Weise vielleicht an Informationen herankommen.« Hannah lächelte aufmunternd. »Ich finde, das klingt nach einer perfekten Aufgabe für Sie.«

Ralf hob den Blick und schaute seine Chefin traurig an. »Wahrscheinlich die letzte«, unkte er leise. »Ich weiß gar nicht, wie es weitergehen soll, wenn ich meinen Job verliere.«

»So schnell verliert man seinen Job nicht«, widersprach Hannah inbrünstig. »Wir sind Polizisten, ich kenne manch einen, der schon schlimmere Böcke geschossen hat und immer noch 'ne Dienstmarke trägt. Unabhängig davon ...« Sie dachte einen Moment über die Fortsetzung nach. »... wenn Sie Ihren Job verlieren, schenke ich Ihnen eine Wohnung hier auf Sylt, und Sie machen in Zukunft was anderes. Immobilienmakler, Hausmeister oder ...«

»... Barkeeper«, steuerte Ole grinsend bei. »Dann lernst du endlich mal 'ne Frau kennen, die es auf Dauer mit dir aushält.«

Ralf hob abermals den Kopf, zum ersten Mal machte sich ein schwaches Lächeln in seinem Gesicht breit. »Sei ehrlich, du hoffst doch nur auf kostenlose Drinks.«

»Was sonst?«, wiegelte Hannah ab. »Und Sie, Herr Jansen, stehen jetzt vom Toilettendeckel auf, schwingen Ihren Hintern ins Auto und fahren rüber ins Revier. Nehmen Sie diese Belegklinik von damals auseinander! Finden Sie weitere Frauen, die dort entbunden haben. Oder noch besser: Liefern Sie mir mindestens einen Arzt, der keine hundert ist und mit uns redet!«

»Und was haben Sie vor? Weiter Ihren Job riskieren?«

»Machen Sie sich um mich keine Sorgen. Aber falls Fuchs anruft, erzählen Sie ihm keinesfalls, wo wir Spengler versteckt halten. Hören Sie?« Nachdem Ralf endlich aufgestanden war, rüttelte Hannah an seinen Schultern. »Kein

Sterbenswörtchen! Sie wissen nicht, wo ich stecke, und erst recht nicht, wo Spengler abgeblieben ist. Sie haben ihn auf freien Fuß gesetzt und sind anschließend ...«

»Das kauft er mir niemals ab«, unterbrach Ralf jammernd.

Auch wenn es unpassend erschien, grinste Hannah und deutete auf Ole. »Soll das heißen, Sie haben Ihrem Kollegen in den letzten Jahren nicht zugehört? Der kann es doch locker mit jedem Märchenerzähler aufnehmen.«

»Du kriegst das schon hin«, fügte Ole müde lächelnd hinzu. Danach packte er Ralf an beiden Armen, zog ihn in den Flur und schob ihn die ersten Meter in Richtung Haustür. Davor angekommen, hielt er sich einen Finger an die Lippen. »Hannah hat recht, kein Sterbenswörtchen! Du weißt eben nicht, wo wir stecken. Ganz einfach!«

Ralf nickte und verzichtete auf weitere Widerreden. Als die Haustür ein paar Sekunden später hinter ihm ins Schloss fiel, wechselten Hannah und Ole sorgenvolle Blicke.

»Er schafft das!«, versuchte Ole, seine Chefin zu beruhigen.

»Wollen wir's hoffen.«

»Was haben wir zwei Hübschen vor? Gehen wir mit Spengler in die nächste Runde?« Dieser Austausch fand im Flüsterton statt. »Glaubst du, wir kriegen den Kerl weichgeklopft?«

»Nicht mit unserem bisherigen Rezept.«

»Und was dann?«

Hannah linste auf ihre Armbanduhr. »Halb sieben ... gleich fängt mein Vorabendkrimi an.«

Ole lachte auf. »Dann meinst du also, wir lassen die Zeit für uns arbeiten.«

»Nebenbei könnte ich gut was essen.«

»Und Spengler?«

»Darf hungern, bis er uns endlich die Wahrheit sagt ... Hast du was im Kühlschrank?«

In Oles Gesicht machte sich ein schlechtes Gewissen breit. »Seitdem deine Mutter nur noch selten hier ist ...«

»Du wirst doch wohl wenigstens Brot und Butter im Haus haben, oder?«

»Wie lange hält sich Butter denn?«

»Keine Ahnung – ein paar Wochen?«

»Dann bestell ich uns lieber 'ne Pizza. Thunfisch, wie immer?«

»Aber mit extra Kapern! Sag dem Typen, wenn er wieder so nur drei Stück draufstreut, komm ich vorbei und ...«

»Mit Käserand?«

»Na, was denn sonst?«

33

Nach einem weiteren Anlauf in der Küche, bei dem sich Rudolf Spengler auf hämische Kommentare und ansonsten Schweigen beschränkt hatte, waren Hannah und Ole tatsächlich ins Wohnzimmer umgezogen. Während dort der erwähnte Vorabendkrimi lief, warteten sie mit knurrenden Mägen sehnsüchtig auf den Pizzaboten.

Irgendwann klingelte es, und Ole sprang regelrecht vom Sofa hoch. Hannah schaute ihm hinterher – freute sich bereits auf Thunfisch und Kapern –, doch die Geräuschkulisse, die aus dem Flur bis ins Wohnzimmer schwappte, sprach nicht für Pizza, sondern für Probleme.

Also erhob sich Hannah ebenfalls und schlurfte zur Haustür. Um zwei uniformierten Kollegen in die Gesichter zu blicken.

Hannah kannte beide, den älteren schon seit etlichen Jahren, deshalb wandte sie sich an ihn: »Was wollt ihr denn hier, Bernd? Habt ihr euch verfahren?«

Die Miene von diesem Bernd spiegelte schlimmste Qualen wider. »Ich hab das Ole eben schon erklärt, wir sind nicht freiwillig hier!«

»Und wieso dann?«, spielte Hannah die Doofe. Natürlich hatte sie eine Vermutung, und die bestätigte sich umgehend.

»Befehl aus Kiel: Wir sollen nachsehen, ob du einen Rudolf Spengler in deiner Gewalt hast. Ist das nicht der Typ, der heute Morgen noch in einer unserer Arrestzellen gehockt hat?«

»Kann sein«, mimte Hannah weiter die Ahnungslose. »Und wieso sollte dieser ... wie heißt der Typ?«

»Spengler, Rudolf Spengler!«, wiederholte der wesentlich jüngere Uniformierte. »Ist das Ihr Ernst, Frau Lambert? Wollen Sie uns verarschen?«

Ole mischte sich ein. In erster Linie, weil die Streifenkollegen immer weiter in Richtung Eingangstür drängten. Nicht mehr lange, und sie würden mitten im Flur stehen. »Jetzt passt mal auf, Leute: Euer Spengler ist nicht hier, und wir haben keine Ahnung, wo ...«

»Ist er doch!«, erklang es von weiter hinten dumpf aus der Küche.

»Und was war das eben?«, fragte Bernd, während er sich nach vorne beugte und einen Hals bekam, der es fast mit einer Giraffe aufnehmen konnte.

»Der Fernseher läuft«, erklärte Hannah seelenruhig. Im selben Moment rollte das kleine rote E-Auto vom Pizzaservice auf den Vorplatz. »Wir schauen grad 'nen Krimi und haben Hunger! Und jetzt wäre es nett, wenn ihr euch anderweitig nach diesem Spengler umschaut. Schönen Abend noch!«, verabschiedete sich Hannah und schob die Tür ins Schloss.

Der Pizzabote – ein junger Typ, von dem man nicht glaubte, er hätte bereits einen Führerschein – klingelte kurz darauf und deutete über die Schulter, als sich die Tür vor ihm einen Spalt weit öffnete. »Was wollen die denn hier?«

Gemeint waren die Uniformierten, die mit ratlosen Gesichtern vor ihrem Streifenwagen standen.

»Keine Ahnung«, erwiderte Hannah und hielt dem Pizzaboten durch den Schlitz zwei Zwanziger hin. »Stimmt so!«

Der junge Mann bedankte sich artig und war einen Atemzug später verschwunden.

Ole schloss die Tür mit dem Knie, schließlich hielt er in den Händen zwei Pizzakartons, die neben köstlichem Duft auch enorme Wärme verstrahlten. »Das ist Wahnsinn, Hannah!«

»Ich nehme dir die Dinger ja gleich ab und …«

»Ich rede nicht von der Pizza, sondern von unseren Kollegen! Wetten, die haben nichts Besseres zu tun, als sofort in Kiel anzurufen und dort Alarm zu schlagen?« Die Fortsetzung lieferte Ole mit aufrichtiger Verzweiflung in der Stimme: »Fuchs sorgt für ‘nen Durchsuchungsbeschluss, und dann können wir uns nicht mehr mit dem Fernseher rausreden.«

Hannah deutete auf die Kartons in Oles Händen. »Wir essen, und dann machen wir uns Gedanken darüber, wie’s weitergeht. So schnell bringt selbst Fuchs keinen Durchsuchungsbeschluss zustande.«

———

»Was ist denn mit dir los? Warst du beim Arzt, und der hat dir von grünen Bananen abgeraten?«, fragte Clausen Ralf zur Begrüßung.

»Schlimmer!«, antwortete Ralf, als er es mit hängenden Schultern bis hinter seinen behelfsmäßigen Schreibtisch schaffte. »Viel schlimmer!«

»Hat das zufälligerweise was mit Rudolf Spengler zu tun?«

Ralf zuckte zusammen und wurde automatisch kleiner. Er schaute Clausen misstrauisch an. »Heißt das, du weißt Bescheid?«

»Ich weiß gar nichts! Nur, dass hier nacheinander drei Kollegen reinspaziert sind und die seltsamsten Fragen gestellt haben. Wo Spengler abgeblieben wäre, wo Hannah und Ole stecken, und nach dir hat auch einer gefragt.«

»Ich darf nicht drüber reden«, flüsterte Ralf. »Kein einziges Wort!«

Clausen wirkte zutiefst gekränkt und zeigte auf sich selbst. »Hallo! Hast du vergessen, mit wem du redest?«

»Hab ich nicht, aber Hannah bringt mich um, wenn …«

»Hannah und ich sind Freunde! Selbst wenn sie jemanden hinterrücks erschießt, wäre ich bereit, ihr ein falsches Alibi zu geben und notfalls die Schuld auf mich zu nehmen. Weißt du, wie oft sie mir den Arsch gerettet hat?«

Ralf runzelte ehrlich verwundert die Stirn. »Nö.«

»Ist auch schon länger her«, tat Clausen gestenreich ab. »Da warst du noch nicht mal bei der Polizei und ich relativ neu hier auf Sylt. Ich hatte so meine Probleme mit dem einen oder anderen älteren Kollegen, und Hannah ist jedes Mal für mich in die Bresche gesprungen. Einmal hätte sie meinetwegen fast den Hut nehmen müssen.«

»Wir haben ziemliche Scheiße gebaut«, gestand Ralf nach weiterem Zögern. Danach brauchte er nicht mehr als fünf Minuten, um die vergangenen Stunden wiederzugeben.

Clausens erster Kommentar passte zur Tragweite der Geschehnisse: »Also ist Hannah inzwischen völlig verrückt geworden. Wieso riskiert sie ihren Kopf für einen Idioten wie diesen Spengler?«

Ralf zuckte mit den Schultern. »Das musst du sie fragen.«

»Und die hocken tatsächlich noch in Rantum und ...?«

Ralfs Smartphone machte sich summend bemerkbar. »Das ist Ole, da muss ich ran.«

Das Gespräch dauerte nicht mal eine Minute. Trotzdem reichte diese kurze Zeit, um sämtliche Farbe aus Ralfs Gesicht zu verbannen.

»Was ist los?«, fragte Clausen.

»Es ist alles noch viel schlimmer«, zischte Ralf nach einem flüchtigen Blick zur Tür.

Da er ansonsten schwieg, platzte Clausen beinahe der Kragen. »Jetzt hör mir mal genau zu: Wenn Ole und Hannah wirklich in Not sind, müssen wir ihnen helfen. Also sag schon, was Sache ist!«

»Die müssen Spengler wegbringen.«

»Wie jetzt? Wohin?«

»Genau das ist das Problem.«

»Dann lass uns nach Rantum fahren und schauen, wo wir ...«

Ralfs Rechte schoss empor und verhinderte den Rest von Clausens Vorschlag. »Auf keinen Fall! Die Chefin hat ausdrücklich befohlen, dass sie keinen von uns sehen will. Dafür ist die Geschichte viel zu brisant.«

»Und was können wir dann tun?«

Ralf zuckte mit den Schultern. »Ich für meinen Teil weiß, was ich zu tun habe.«

»Dann helf ich dir eben, sag an!«

»Im Idealfall soll ich einen Arzt finden, der uns verraten kann, wieso vor dreißig Jahren drei seiner Standeskollegen sterben mussten. Und die Chefin meint, dieser potenzielle Zeuge sollte wenn möglich nicht älter als hundert sein ...«

Clausen schürzte die Lippen, jetzt wurde ein Lächeln daraus. »Das sollten wir hinkriegen. Lass uns loslegen!«

34

»Du musst langsam 'ne Entscheidung treffen, Hannah!« Ole saß in einem Sessel, im Schoß den leeren Pizzakarton. Er starrte hinein, als wäre von dort eher mit einer Reaktion zu rechnen.

Doch die folgte nun tatsächlich von Hannahs Seite, jedoch anders als erhofft: »Ich bin müde. Am liebsten würde ich mich hinlegen, mir die Decke übern Kopf ziehen und ...«

»... das hilft uns nicht weiter!«, brauste Ole auf. Er schaute in den Flur, wer oder was damit gemeint war, stand außer Frage. »Der Kerl muss weg! Oder wir lassen ihn doch frei und schauen, wie wir ...«

»Vergiss es!«, platzte Hannah dazwischen. Sie lachte, was allerdings nichts mit Freude zu tun hatte. »Mal davon abgesehen, dass hinterher alles umsonst gewesen wäre. Spengler weiß, was Sache ist und dass wir ihn ans Kreuz nageln, wenn er reinen Tisch macht. Und trotzdem müssen wir ihn knacken, völlig egal, wie.«

»Dann hast du hoffentlich schon 'ne neue grandiose Idee – Aushungern funktioniert ja anscheinend nicht.

Wollen wir es mal mit Waterboarding oder Elektroschocks probieren?«

»Gar keine schlechte Idee«, sinnierte Hannah. »Hängt der alte Gartenschlauch noch neben dem Gewächshaus?«

»Hannah! Das ist nicht der Zeitpunkt für schräge Witze.«

»Das sagt ja genau der Richtige. Aber von mir aus lass uns überlegen, wo wir Spengler hinschaffen. Es darf kein Ort sein, den man mit uns in Verbindung bringen kann.«

Im Flur war zu hören, wie sich die Haustür öffnete. Das Rätsel, um wen es sich handelte, war schnell gelöst, denn Barbie kam ins Wohnzimmer gestürmt und flog regelrecht in Oles Schoß. Dass dort noch der Pizzakarton mit ein paar übrig gebliebenen Rändern lag, schien den altersschwachen Cocker Spaniel nicht zu stören.

Im nächsten Moment war die Stimme von Gertrud Lambert zu hören: »Ole?«

Der hatte alle Mühe, Barbie samt Pizzakarton von seinem Schoß zu befördern. »Hier hinten, im Wohnzimmer!«, rief er. »Sie sollten nicht in die Küche gehen, Frau Lambert, da ist mir 'n Missgeschick passiert.«

»Du bist ein Idiot«, zischte Hannah grinsend. Sie lümmelte sich unverändert auf dem Sofa und machte keinerlei Anstalten, daran etwas zu ändern. Nur um eine nähere Erklärung war sie nicht verlegen: »Jetzt geht sie doch erst recht in die Küche und schaut nach.«

In der Tat. Das Ergebnis war ein Kreischen. Und wieder war Oles Name zu hören, dieses Mal jedoch auf ganz andere Weise. Garniert mit einer Aufforderung: »Kommst du bitte mal her und erklärst mir, wer hier in meiner Küche sitzt!«

Ole war bereits auf dem Weg, doch plötzlich baute sich Klaus Buchwald in der offenen Wohnzimmertür auf. Der Sylter Immobilienunternehmer und Gertrud Lamberts

Verlobter trug Freizeitkleidung, also Jeans und ein Hemd, dessen Ärmel hochgekrempelt waren und beachtliche Unterarme freigaben. Er lächelte und fing Hannah mit einem Blick ein. »Habt ihr wieder irgendwelchen Blödsinn angestellt?«

Ole schob sich an Buchwald vorbei, schließlich krakeelte Gertrud Lambert in der Küche mit sich selbst um die Wette.

»Wir mussten jemanden in Sicherheit bringen«, log Hannah, ohne mit der Wimper zu zucken.

Inzwischen war von der Küche her auch Oles Stimme zu hören. Und sogar Rudolf Spengler hatte etwas zu sagen. Den Fetzen nach zu schließen, die es bis ins Wohnzimmer schafften, beschwerte sich der Mann über seine Handschellen und dass man ihn an Ort und Stelle gefangen hielt.

»Stimmt das?«, fragte Buchwald, der offenbar auch einiges aufgeschnappt hatte.

Hannah zuckte mit den Schultern. »Manch einer weiß eben nicht, dass er Hilfe braucht.«

In der Küche regte sich Gertrud Lambert gerade darüber auf, dass eine der Handschellen wohl deutliche Spuren am zuvor völlig intakten Heizungsrohr hinterlassen hatte. Die Rede war von Farbe und was es kosten würde, das Rohr neu streichen zu lassen.

Ole stammelte zu seiner Verteidigung in erster Linie wirres Zeug und klang immer hilfloser.

Buchwald lehnte sich nach hinten und lauschte in den Flur. Sein bis eben zur Schau getragenes Lächeln löste sich in Luft auf, ehe er zu einem Fazit ausholte: »Deine Mutter ist echt sauer. So hab ich sie noch nie erlebt.«

Hannah stemmte sich vom Sofa hoch, unschlüssig, was sie mit ihrem leeren Pizzakarton anfangen sollte. Jetzt platzierte sie ihn mitten auf dem Tisch, schließlich hatte sie aktuell größere Sorgen. Nach ein paar Schritten stand sie vor

Klaus Buchwald, umarmte ihn zur Begrüßung und hauchte ihm einen Kuss auf die Wange. »Wie geht's dir?«

»Auf jeden Fall besser als dir. Brauchst du Hilfe?«

Hannah überlegte einen Moment. »Deine Verlobte wird mir gleich sagen, dass ich verschwinden soll. Danach ist sie tagelang sauer, geht nicht ans Telefon und …«

»… nächste Woche ist alles vergessen«, vervollständigte Buchwald. »Und bevor du fragst: Wir erleben auch nicht nur rosige Zeiten.«

In Hannahs Hinterkopf meldete sich eine Hoffnung im Flüsterton. »Bleibt es trotzdem bei euren Hochzeitsplänen?«

Buchwald musterte sie durchdringend. »Hast du Probleme damit?«

Sie schüttelte den Kopf und nahm nebenbei wahr, dass die Stimmen in der Küche gerade in den Panik-Modus wechselten. Offenbar war Ole irgendwann nichts anderes übrig geblieben, als zumindest einen Teil der Wahrheit preiszugeben. Aber Hannah war dem Mann vor sich noch eine Antwort schuldig: »Ich habe kein Problem mit dir, wieso sollte ich?«

»Aber?«

Gertrud Lambert war zu hören, die bereits mit Konsequenzen drohte. Deshalb musste die Fortsetzung schnell her: »Ich hab einfach nur Angst, dass mein Vater in Vergessenheit gerät.«

»Niemals! Und was deine aktuelle Notlage angeht …« Klaus Buchwald fischte einen Schlüsselbund aus der Tasche, löste einen und stopfte ihn Hannah kurzerhand in eine der vorderen Taschen ihrer Jeans. »… der könnte dir helfen.«

»Was ist das für ein Schlüssel?«

»Gehört zu 'nem Haus in Morsum, das ich vorletzten Monat gekauft habe. Meine Leute sind mit dem Renovieren fast fertig.« Buchwald zögerte. »Im Wohnzimmer stehen schon ein paar Möbel, unter anderem ein Sofa.«

»Also ein weiteres Ferienhaus? Hast du nicht langsam genug davon?«

Buchwald lächelte schwach. »Du bist dann wohl so was wie mein erster Gast und musst ausnahmsweise keine Miete zahlen.«

Hannah bedankte sich mit einem Lächeln und wollte gerade etwas sagen, doch Buchwald kam ihr zuvor: »Über die Geschichte mit deinem Vater reden wir beizeiten mal ausführlicher. Sieh zu, dass die Auseinandersetzung mit deiner Mutter ohne Blutvergießen abläuft, sonst überlege ich es mir vielleicht noch anders und nehm dir den Schlüssel wieder ab.«

Um Buchwald einen weiteren Kuss aufzudrücken, musste sich Hannah auf Zehenspitzen stellen. Sie hauchte ihm ein Dankeschön ins Ohr und verzog das Gesicht zu einem Grinsen. »Auf in den Kampf! Am besten passt du gut auf, das steht dir in den kommenden Jahren auch alles bevor ...«

35

AM NÄCHSTEN MORGEN

Ole hatte sich den Wecker auf fünf gestellt. Insbesondere, um so früh wie möglich aufzubrechen und Hannah von weiteren Fehlern abzuhalten.

Während er schlaftrunken ins Bad wankte und dort unter die Dusche stieg, dachte er an die Ereignisse vom letzten Abend. Hannah hatte die Drohungen und Beschimpfungen ihrer Mutter schweigend über sich ergehen lassen und das Haus mit hängendem Kopf und Rudolf Spengler im stählernen Schlepptau verlassen.

Anschließend war Gertrud Lambert in ihr Schlafzimmer verschwunden, hatte dort einige Kleidungsstücke eingesammelt und die einfach in eine Reisetasche gestopft. Zum Abschied hatte sich Ole einen wütenden Blick gefallen lassen und mit ansehen müssen, wie Hannahs Mutter durch die Haustür nach draußen stürmte. Fraglos mit einem Blutdruck, der einer beinahe Achtzigjährigen garantiert nicht guttat.

Bevor Klaus Buchwald seiner unverändert schimp-

fenden Verlobten folgte, hatte er Ole kurz beiseitegenommen und ihn darüber informiert, wo Hannah und deren
Geisel voraussichtlich unterkommen würden.

Ole genoss das heiße Wasser und seifte sich ein zweites Mal
von oben bis unten ein. Gerade so, als könnte er auf diese
Weise auch alle Sorgen und Probleme herunterwaschen.
Dieses Mal – so viel war sicher – hatte es Hannah auf die
Spitze getrieben. Aus der Nummer würden sie nicht mehr
herauskommen. Blieb nur die Frage, ob der Wahnsinn sie
alle den Job kosten würde.

Ole stand noch eine Weile unter der Brause und tat sich
schwer damit, das Wasser ab- und sich wieder dem Ernst
des Lebens zu stellen.

Als der Strahl langsam verebbte, hörte er die Musik aus
dem kleinen Radio, das neben dem Waschbecken hing.
Shakira trällerte ihren Hit *Whenever, wherever* und flößte
ihm ein wenig neue Energie ein, denn er stieg aus der
Dusche und fing auf den Fliesen zu tanzen an.

Allerdings nur, bis sich ein paar Meter entfernt die Bade-
zimmertür öffnete.

Oles Gesicht war noch nass, deshalb musste er mit dem
Handtuch nachhelfen, um deutlicher sehen zu können.
Durch den Dunst erkannte er eine Person, die beinahe den
kompletten Türrahmen ausfüllte, sowohl in Höhe als auch
Breite.

»Wer sind Sie und was wollen Sie?«, fragte Ole einem
spontanen Reflex geschuldet.

Doch der Riese, der da in der offenen Tür stand, wollte
offenbar nicht antworten. Stattdessen fuchtelte er mit einer
Pistole, die Ole bekannt vorkam. Schließlich handelte es sich
um seine eigene Dienstwaffe, die er nach Feierabend in

einem abschließbaren Schubfach in seinem Zimmer verwahrte. Das Schloss – so viel war klar – hatte einen Unbefugten nicht vom Öffnen abgehalten.

Shakira verstummte. Jetzt waren abwechselnd die Stimmen von Horst Hof und Mandy Schmidt zu hören, die die *Morning Show* auf *NDR1 Welle Nord* moderierten.

»Mach das aus!«, fauchte der Kerl.

Ole tat wie befohlen und schnitt Mandy, die gerade über ein bevorstehendes Stadtfest sprach, mitten im Satz ab. »Verraten Sie mir mal, was Sie hier wollen und wieso …?«

»Wo ist Spengler?«, erklang es statt einer Antwort.

Ole überlegte fieberhaft, wie er reagieren sollte, und beschloss, sich vorerst doof zu stellen. »Wer soll das sein? Ich kenne keinen Herrn Spengler!«

Die Mündung seiner *Walther P99* wanderte ein Stück nach oben und zielte von nun an direkt auf Oles Stirn, wo sie für ein unangenehmes Loch sorgen könnte. Ole sah, wie sich der Finger am Abzug einige Millimeter krümmte. Und weil er mit seiner Dienstwaffe bestens vertraut war, wusste er, dass die grundsätzlich in vorgespanntem Zustand im Holster steckte. Wobei der Anti-Stress-Abzug verhinderte, dass sich unbeabsichtigt ein Schuss daraus löste. Trotzdem waren es nur noch wenige Millimeter, die aktuell den Unterschied zwischen Leben und Tod machten.

»Was wollen Sie überhaupt von Spengler?«, fragte Ole daher und hoffte, damit die Situation zumindest etwas zu entspannen. Schließlich hatte er soeben zugegeben, den Mann doch zu kennen.

Mit dem erhofften Ergebnis, denn der Finger löste sich vom Abzug. Was in Oles Fall für grenzenlose Erleichterung sorgte.

Das galt jedoch nicht für die nächsten Worte aus dem

Mund des Eindringlings: »Entweder sagst du mir, wo er ist, oder ich knall dich ab.«

»Und wenn ich es nicht weiß?«, erwiderte Ole schnippisch.

»Er war hier, also hör gefälligst auf, mich zu verarschen!«

Ole war noch dabei, den ersten Teil des Satzes zu verdauen. Wenn der Kerl tatsächlich wusste, dass sie Rudolf Spengler am vorangegangenen Abend in der Lambert-Villa geparkt hatten, dann verfügte der Typ über beste Kontakte zur Polizei. Ole fiel ein Name ein, den er leichtfertig preisgab und es umgehend bereute. »Haben Sie das von Werner Fuchs?«

Diese Frage löste für den Bruchteil einer Sekunde Verunsicherung in seinem Gesicht aus. Doch der Typ hatte sich schnell wieder im Griff und gab bereitwillig weitere Details preis: »Deine Chefin hat Spengler mitgenommen? Ich hab mich im Haus umgesehen, hier ist er nicht.«

Ole gab sich aufs Neue unwissend. »Ich hab bis eben geschlafen und keinen Schimmer, wo ...«

Erneut krümmte sich der Zeigefinger um den Abzug. Vermutlich waren nur letzte Skrupel dafür verantwortlich, dass sie nicht durchzogen und Oles Leben auf bleihaltige Weise beendeten. »Du verrätst mir sofort, wo Spengler ist, sonst ...« Der Eindringling verstummte mitten in seiner Drohung, machte nacheinander zwei Schritte nach vorne und ließ das Griffstück der Pistole auf Oles Stirn niedersausen.

Es kam ihm wie eine Explosion vor. Er sah Sterne und hatte keine Kontrolle mehr über seine Hände, denn die ließen das Handtuch los, das er sich gerade um die Hüften gewickelt hatte. Er spürte, wie ihn eine aufziehende Ohnmacht immer weiter in ihren Strudel zog und jeden

Moment verschlingen würde. Doch dann war es eine Stimme, die ihn von jetzt auf gleich davor bewahrte.

»Ich wollte deine Chefin eigentlich am Leben lassen. Wieso sollte ich sie abknallen?« Der Typ machte eine Pause und dachte wohl über seine eigene Frage nach. »Aber du lässt mir ja keine andere Wahl. Ich finde sie sowieso und dann ...«

»Ist gut!«, rief Ole dazwischen. Er beugte sich nach vorne, um nach dem Handtuch zu greifen. Erfolglos, denn eine Pranke, die sich wie ein Schraubstock anfühlte, umspannte sein Handgelenk und ließ ihn weiter im Adamskostüm mitten im Badezimmer stehen.

»Ruf sie an und sag ihr, ich will Spengler! Und mach ihr klar, dass ich dich abknalle, wenn sie zu tricksen versucht.«

Mit der freien Hand tastete Ole vorsichtig seine Stirn ab und fühlte eine Wölbung. Aber offensichtlich hatte der Kerl Erfahrung und die Attacke mit dem flachen Teil des Griffstücks ausgeführt. Da war keine Platzwunde, also auch kein Blut.

Vor ihm ging es mit wachsender Ungeduld weiter: »Hast du gehört oder muss ich es dir genauer erklären?«

Ole schüttelte den Kopf, was für neue explosionsartige Schmerzen sorgte. Als sich der Griff um sein Handgelenk endlich löste, beugte er sich zentimeterweise nach vorne, um nach dem Handtuch zu grapschen. Ähnlich langsam wickelte er es sich um die Hüften. Schließlich brauchte er Zeit, um sich Gedanken zu machen. Nur, dass alle Zeit der Welt nicht reichen würde, um auf eine vernünftige Lösung zu kommen.

Das sah ein anderer offenbar ebenso. »Schwing die Hufe! Und wenn du mich verarschst, knall ich dich ab. Oder glaubst du, ich hab noch irgendwas zu verlieren?«

36

Hannah wachte auf, weil ihr Handy über ihr auf der Sofalehne summte. Garantiert schon länger, denn jetzt hörte es auf und ließ zu, dass sie gedanklich ein paar Stunden in die Vergangenheit reiste: Am Abend zuvor hatte sie ihren Wagen vor das kleine Haus in Morsum gelenkt und Spengler – der längst keinen Widerstand mehr leistete – durch die frisch lackierte Tür ins Innere bugsiert. Als ihre Geisel im Heizungsraum erneut mit Handschellen an einem Rohr hing, hatte sich Hannah einfach aufs angekündigte Sofa plumpsen lassen. Anfangs waren dutzende Gedanken gleichzeitig in ihrem Kopf Achterbahn gefahren, doch schlussendlich hatte die Müdigkeit gewonnen und ihren Tribut gefordert. Mitten in der Nacht war Hannah aufgewacht und hatte zuerst nach Spengler geschaut. Der war im Sitzen eingenickt und hatte keinen Mucks von sich gegeben. Also hatte sie sich auf die Suche nach einer Toilette gemacht, ihr kleines Geschäft erledigt und feststellen müssen, dass die Handwerker offenbar das Wasser abgedreht hatten. Zumindest sorgte der nagelneue Drücker nicht dafür, dass sich die Fluten aus dem Spülkasten ins Becken ergossen.

Über Hannahs Kopf summte es schon wieder. Sie tastete mit einer Hand nach ihrem Telefon, fand es und blickte kurz darauf in Oles Gesicht.

»Ja?«, meldete sie sich müde. Ihr erstes Wort am heutigen Tag und wenn sie ehrlich war, hätte sie sich auch das am liebsten verkniffen.

»Wir haben ein Problem«, begann Ole. Über die Freisprechfunktion seines Smartphones, das war deutlich zu hören.

»Was du nicht sagst. Ich hab Spengler hier im Heizungsraum an ein Rohr gekettet und ...«

»Genau um den geht es«, unterbrach Ole.

Im Hintergrund war eine weitere Stimme zu hören: »Sag ihr, ich will Spengler. Sofort!«

»Ist da jemand bei dir?«, fragte Hannah, obwohl sie die Antwort längst kannte.

»Das Problem, von dem ich eben sprach. Der Mann will, dass wir ihm Spengler ausliefern. Falls nicht, wird er mich ...«

»Das können Sie vergessen!«, platzte Hannah dazwischen. Nicht an Ole, sondern an eine andere Adresse gerichtet.

»Dann kannst du dich schon mal von deinem Kollegen verabschieden«, erklang es am anderen Ende mit eiskalter Stimme. »Und falls du glaubst, ich mach Späße, dann hör genau hin!«

Jetzt lieferte Ole keuchend ein Update: »Er hält mir gerade meine Dienstwaffe an den Kopf.«

»Deine Dienstwa...?« Hannah verstummte und zog die Notbremse: »Okay, Sie bekommen Spengler.« Wie zufällig hörte sie den alten Mann im Heizungsraum husten. »Wo und wann?«, fragte sie bewusst kurz angebunden.

»Komm einfach her. Und falls du außer Spengler noch jemanden mitbringst, stirbt dein Kollege. Ist das angekommen?«

»Ja, ist es. Aber dürfte ich vorher mal erfahren, was Sie …?« Den Rest konnte sich Hannah schenken, denn der Typ hatte aufgelegt.

Eine Weile saß sie regungslos auf dem Sofa und ließ das Gespräch Revue passieren. »Woher zum Teufel weiß der Scheißkerl, dass ich …?«

Auch den Rest dieser Frage konnte sie sich sparen, denn die Antwort lag auf der Hand.

Von Schmerzen begleitet stemmte sie sich vom Sofa hoch und wartete einen Moment, bis ihre Beine Bereitschaft signalisierten. Da Spengler im Heizungsraum unverändert hustete, war damit zu rechnen, dass sie ihn dort wach antreffen würde.

Und kampflustig, wie gleich seine ersten Worte verdeutlichten: »Du bist völlig verrückt geworden! Warte ab, wenn ich mit dir fertig bin, dann …«

»Ich glaube, dazu wird es nicht kommen«, unterbrach Hannah seelenruhig. »Es gibt offenbar jemanden aus Ihrer Vergangenheit, der sich Sorgen um sein eigenes Wohl macht. Oder sollte ich lieber sagen: Um seine Karriere bei der Landespolizei und einen in Aussicht stehenden Chefposten?«

Spenglers Mund blieb geschlossen. Hannah sah jedoch, dass es hinter seiner faltigen Stirn angestrengt ratterte.

»Wer kann das nur sein?«, fragte sie im Tonfall einer Quizmasterin. Nur, dass es hier kein Geld und auch keine Luxusreise zu gewinnen gab.

Spengler verzog das Gesicht. Es sollte zweifellos ein

hämisches Grinsen werden, doch das missglückte gründlich.

Hannah übersetzte den Gesichtsausdruck. »Hat da etwa einer plötzlich Schiss?«

Spengler schwieg zwar immer noch, aber sein seit Tagen errichtetes Abwehrbollwerk stand unmittelbar vor dem Zusammenbruch.

Zeit für den finalen Angriff, beschloss Hannah: »Ich hatte gerade einen Anruf ...« Sie legte ganz bewusst eine kurze Pause ein, um die Spannung auf den Höhepunkt zu treiben. »Es sieht so aus, als wäre da jemand scharf auf Sie. Dieser Jemand hat meinen Kollegen Friedrichsen in seiner Gewalt und droht damit, ihn zu erschießen. Es sei denn, ich liefere Sie aus.«

In dem Moment, als Hannah diesen letzten Satz beendete, kam sie auf eine Idee.

Aber zunächst war Spengler an der Reihe. Mit einem Fazit, das klang, als würde er es zeitgleich in Stein meißeln: »Dann wird der Typ mich umbringen. Ist dir das klar?«

Hannah ließ sich mit ihrer Reaktion Zeit, insbesondere, weil sie gedanklich noch an den letzten Details ihrer Idee arbeitete. Als sie fertig war, erwiderte sie unverändert gelassen: »Es muss ja nicht so weit kommen ...«

»Wie meinst du das?«, fragte Spengler.

Hannah holte tief Luft. »Ich denke nicht, dass es sich um einen Profi handelt. Was bedeutet, dass ein mobiles Einsatzkommando hoffentlich in der Lage sein wird, den Geiselnehmer zu überwältigen und auf die Weise gleich zwei Leben zu retten.«

»Meins und das von deinem Kollegen«, fügte Spengler der Form halber hinzu.

Hannah nickte. »Aber nicht ohne Gegenleistung.«

Spengler zog sich an den Handschellen ein Stück in die

Senkrechte und lächelte zu Hannah empor. »Du willst wissen, was damals wirklich passiert ist, richtig?«

Abermals nickte Hannah und brachte es mit eiskalter Stimme weiter auf den Punkt: »Bevor ich die Kavallerie rufe! Ansonsten hab ich kein Problem damit, Sie ins Auto zu laden und gegen Ole auszutauschen.«

Hannah sah zu Spengler hinunter, musterte sein Gesicht. Der Mann war innerhalb weniger Minuten um zehn Jahre gealtert.

Entsprechend müde klang er: »Du willst alles hören?«

»Natürlich! Und jetzt fangen Sie gefälligst an. Wenn Ole was abbekommt, ist der Deal geplatzt, und ich schaue mir mit größtem Vergnügen Ihre Hinrichtung an …«

37

»Na endlich!«, jubelte Ralf, als es nach dem Wählen zu klingeln anfing. Die Mobilnummer hatte er am Abend zuvor dutzende Male gewählt und jedes Mal nur die Mailbox erreicht.

Clausen, der sich ebenfalls in aller Herrgottsfrühe im Büro eingefunden hatte, reckte zufrieden einen Daumen empor. »Nicht mal halb sieben, da ist auch jemand Frühaufsteher.«

Auf diese These konnte Ralf nicht mehr reagieren, denn am anderen Ende nahm dieser Jemand das Gespräch an. Nicht unbedingt freundlich, was wohl auf die unchristliche Zeit zurückzuführen war: »Lichtenberg!«

»Jansen, Kripo Niebüll, bitte entschuldigen Sie die frühe Störung, Professor Lichtenberg.«

Der war als Chefarzt einer Hamburger Privatklinik offenbar professionell genug, um sofort in den beruflichen Modus zu wechseln. »Geht es um einen meiner Patienten oder wieso rufen Sie an?«

»Nicht ganz. Obwohl – irgendwie schon.«

Lichtenberg reagierte leicht überheblich und mit einer Empfehlung, die er in väterlichem Tonfall präsentierte: »Vielleicht sammeln Sie sich erst mal, junger Mann! Und dann verraten Sie mir, was ich für Sie tun kann. Ich war nämlich gerade auf dem Weg ins Badezimmer.«

Ralf beschloss, gleich alle Karten auf den Tisch zu legen. »Es geht um mehrere Mordfälle. Einige davon liegen dreißig Jahre zurück, und ich hoffe, dass Sie sich an damals erinnern können.«

Das konnte Professor Lichtenberg, und zwar wie aus der Pistole geschossen: »Sprechen Sie von den Kollegen Borowski, Hildebrand und ...« Zögern. »An den dritten Namen kann ich mich beim besten Willen nicht mehr erinnern.«

»Schneeweiß! Doktor Hartmut Schneeweiß«, half Ralf seinem Gesprächspartner auf die Sprünge. Als er am Abend zuvor nach endlosen Recherchen endlich auf den Namen des letzten Mordopfers gestoßen war, hätte er am liebsten einen Freudentanz aufgeführt. Schließlich war danach auch klar, wieso man die SOKO seinerzeit *Schneeweißchen* genannt hatte. Diese Neuigkeit hatte er seiner Chefin längst per Textnachricht mitgeteilt, doch die wartete noch immer auf zwei blaue Häkchen, um ihren Status als *gelesen* zu verkünden.

»Richtig!«, erwiderte Lichtenberg gedehnt. »Ich verstehe allerdings nicht, was Sie von mir wollen. Ich habe mich damals einige Male mit Ihren Kollegen unterhalten und hatte zu keinem Zeitpunkt den Eindruck, als würde sich jemand besonders für meine Aussagen interessieren.«

»Hießen die Kollegen zufälligerweise Spengler und Schönborn?«, setzte Ralf direkt nach.

»Das kann ich Ihnen heute nicht mehr sagen. Ich war blutjung, gerade erst Arzt und hatte noch keine feste Anstellung. Deshalb habe ich in der Sylter Belegklinik ausgeholfen und die Tote vor der Geburt sogar kennengelernt.«

Ralf fühlte sich plötzlich wie elektrisiert. Den Unwissenden zu mimen, war vermutlich die beste Option, um schnell an weitere Informationen zu gelangen. »Tote?«

»Klingt, als wüssten Sie gar nicht, was seinerzeit vorgefallen ist.«

»Umso netter wäre es, wenn Sie mich in Kenntnis setzen«, antwortete Ralf wie ein braver Musterschüler.

»Das ist wirklich lange her«, schickte Lichtenberg stöhnend vorweg. »Außerdem müssen Sie erst mal verstehen, wie solche Dinge früher gehandhabt wurden. Kennen Sie sich mit Belegkliniken aus?«

»Nicht besonders«, gestand Ralf und schaute zu Clausen hinüber. Der lieferte gerade ein pantomimisch dargestelltes Angebot, bei dem es zweifellos um einen weiteren Becher Kaffee ging. Ralf nickte energisch und hörte danach dem Professor weiter zu.

»Ich versuche es mal kurz zu halten: Wenn sich eine Schwangere entschied, ihr Kind in einer Belegklinik zur Welt zu bringen, dann passierte das in erster Linie, weil sie ihrem Frauenarzt vertraute und der die Geburt begleiten sollte.«

»In dem Fall Dr. Hildebrand«, fügte Ralf hinzu. »Das konnte ich inzwischen recherchieren.«

»Nach so vielen Jahren? Alle Achtung! Aber zum Thema: Als feststand, dass ein Kaiserschnitt nötig wird, sollte Borowski als Anästhesist fungieren. Der kam morgens gegen halb zehn in den OP getorkelt und hatte eine Fahne, bei der sich mir beinahe der Magen umgedreht hätte.«

»Haben Sie das den Polizisten gegenüber erwähnt?«

»Selbstverständlich! Und auch, dass der liebe Dr. Schneeweiß alles nur noch schlimmer gemacht hat. Zu dem Zeitpunkt war ich aber längst nicht mehr im OP.«

»Wieso nicht?«

»Das müssten Sie einen der beteiligten Ärzte fragen.«

»Könnte schwierig werden, die sind alle tot.«

Am anderen Ende der Leitung atmete Lichtenberg schwer. »Ich kann es natürlich nicht beweisen, aber selbst nach so vielen Jahren denke ich, dass meine geschätzten Kollegen auf Zeugen verzichten wollten.«

»Wieso?«

»Weil am Ende eine Frau tot war.«

»Die nicht hätte sterben müssen?«

Lichtenberg zögerte. »Über so etwas entscheiden normalerweise Gerichte, nicht ich!«

Ralf wollte dieses unangenehme Thema zumindest vorerst nicht weiter vertiefen. Energisches Drängen könnte leicht dazu führen, dass der Professor von jetzt auf gleich dichtmachte. Was Ralf um jeden Preis verhindern musste. Deshalb probierte er es anderweitig. »Und das Kind hat überlebt.«

»Das einzig Positive an der Geschichte!«

»Junge oder Mädchen?«

Der Professor überlegte eine Weile. »Ich glaube, es war ein Junge, sicher bin ich mir allerdings nicht.«

Ralf fielen dutzende weitere Fragen ein, doch ihn beschlich immer mehr das Gefühl, dass die Zeit drängte. Er hatte am heutigen Morgen zwar noch nichts von Ole und seiner Chefin gehört, aber daran, dass die anderenorts mit Problemen zu kämpfen hatten, bestand kein Zweifel. »Können Sie sich an den Namen der Frau erinnern?«

»Wie könnte ich den vergessen? Im Gespräch mit Ihren Kollegen ist der wahrscheinlich hundertmal gefallen.«

»Und wären Sie dann vielleicht so nett ...?«

»Wolter, Ilse Wolter. Und das stimmt garantiert, weil ich damals häufiger an meine Tante Ilse denken musste. Die ist kurz vor ihrem hundertsten Geburtstag in einem Altenheim gestorben.«

Ralf wusste nicht, wie er auf diesen Zusatz in Sachen *Altenheim* reagieren sollte. Außerdem wollte er das Telefonat so schnell wie möglich beenden und die bahnbrechenden Erkenntnisse nutzen. »Sie haben mir sehr geholfen, Professor. Dürfte ich mich im Laufe des Tages noch mal melden, damit wir etwas genauer ...«

»Eine Sache wäre da noch«, unterbrach Lichtenberg Ralfs Anliegen. »Der Mann – da kann ich mich allerdings nicht mehr an den Vornamen erinnern – ist einige Monate später mit dem Auto verunglückt.«

»Woher wissen Sie das?«

»Ein paar der Schwestern haben darüber getuschelt und meinten, das Schicksal wäre manchmal eine Bestie.«

»Ist der Mann bei dem Unfall ums Leben gekommen?«

»Ich glaube, er ist im Rollstuhl gelandet. Querschnittsgelähmt.«

»Dann erst mal vielen Dank für Ihre Zeit. Ist es denn okay, wenn ich mich später noch mal ...?«

»Aber erst ab Nachmittag. Ich habe heute einige Operationen vor mir und gehöre bis dahin voll und ganz meinen Patienten.«

Ralf bedankte sich ein weiteres Mal artig und legte auf. Augenblicklich tippte er wie entfesselt auf seiner Tastatur, was schnell für Klarheit sorgte. Clausen, der gerade das Büro mit zwei Bechern in der Hand betrat, empfing er beinahe jubelnd: »Frank und Thomas Wolter, leben beide oben in List ... in einem Haus.«

»Och nö! Hat deren Nachbarin schon wieder angerufen?«

»Wovon redest du?«, fragte Ralf verwirrt.

»Das sind die zwei Brüder, die vermeintlich aufeinander

losgegangen sind. Hab ich dir doch erzählt!« Als die Becher auf seinem Schreibtisch standen, ruderte Clausen theatralisch mit den Armen. »Einen hätte die Nachbarin sogar blutüberströmt gesehen, und der andere wäre ein gewalttätiger Riese, vor dem sie seit jeher Angst hätte ...«

»Die Geschichte mit Thailand?«, kramte Ralf aus seinen Erinnerungen hervor.

»Genau! Wo sich der angeblich blutüberströmte Bruder schon seit Wochen rumtreibt und deshalb wohl kaum ...«

»Ich glaube, das war gelogen«, unterbrach Ralf. Im Anschluss brauchte er nicht lange, um Clausen über das vorangegangene Telefonat zu informieren.

»Hast du den Vater auch gecheckt?«

»Der ist vor ein paar Monaten gestorben. Wenn du mich fragst, haben sich seine Söhne danach auf einen Rachefeldzug gemacht.«

»Und wieso?«

Ralf schnappte nach seinem Autoschlüssel. »Lass es uns herausfinden!«

»Aber nicht ohne Verstärkung! Ich frag vorne mal, wer verfügbar ist ...«

38

»Wo bleibt deine bescheuerte Chefin eigentlich?«, knurrte Oles Geiselnehmer. Passend dazu richtete er die Mündung der *Walther P99* abermals auf dessen Stirn aus. »Wenn die Tante nicht bald auftaucht, puste ich dir das Hirn aus dem Schädel.«

»Ich kann sie gerne anrufen und fragen«, bot Ole an. Fünf Minuten zuvor hatte er sich wenigstens eine Jogginghose und ein T-Shirt überziehen dürfen. Weil seine Badelatschen immer noch vor der Dusche standen, saß er barfuß in einem Sessel im Wohnzimmer. »Am besten geben Sie mir einfach mein Handy.«

»Das würde dir so passen!« Sein Geiselnehmer, dem Ole im Stillen den Spitznamen *Riesenbaby* verpasst hatte, stand vom Sofa auf und trottete ihm entgegen. Wie selbstverständlich zog er Oles Smartphone aus der Tasche, das er offenbar zusammen mit seiner Dienstwaffe annektiert hatte, und hielt es ihm hin. »Entsperren! Und versuch bloß keine Tricks!«

Ole reckte seinen Daumen empor, allerdings nicht, um

Zufriedenheit zu demonstrieren, sondern um sein Telefon per Fingerabdruck zu wecken.

Nachdem das passiert war, wischte Riesenbaby eine Weile auf dem Bildschirm. »Hannah, richtig?«

Ole nickte, wenn auch widerwillig.

»Sieht so aus, als würdest du die Tante zehnmal am Tag nerven. Kann das sein?«

»Sie ist meine Chefin und ...«

»... hat dir eben erst 'ne Nachricht geschickt. Sie ist unterwegs, weißt du, von wo aus?«

Ole zuckte mit den Schultern. Weil das vermutlich keine gute Option war und eine ehrliche Antwort kaum schaden konnte, ließ er ein einzelnes Wort folgen: »Morsum.«

»Dann wird es nicht mehr lange dauern«, konstatierte Riesenbaby. Er hielt Ole das Smartphone hin. »Schreib ihr, dass wir hinten im Garten auf sie warten.«

»Wieso machen Sie das nicht selbst?«

»Weil ich das bescheuerte Getippe hasse!« Das Telefon landete in Oles Schoß. »Und jetzt mach endlich, sonst ...«

»Sie schreibt gerade wieder ...«, unterbrach Ole nach einem Blick aufs Display. »... ist jeden Moment da und hat Spengler bei sich.«

»Dann schreib ihr, dass wir ... oder schick ihr 'ne Sprachnachricht!«

Zufrieden nahm Ole zur Kenntnis, dass da jemand offenbar mit Nervosität zu kämpfen hatte. Sein Geiselnehmer wirkte fahrig, unentschlossen und mittlerweile leicht panisch. Aber vielleicht war das auch nur die Vorfreude auf ein neues Blutbad, an dessen Ende es gleich drei weitere Opfer zu beklagen gäbe.

Ole hielt sich sein Smartphone vor den Mund, drückte die entsprechende virtuelle Taste und fing zu reden an: »Ich bin's, Hannah. Wir warten hinten im Garten auf dich.«

»Auf euch!«, korrigierte Riesenbaby wütend. »Sie soll Spengler mitbringen!«

Ole wedelte mit seinem Telefon. Ein klares Zeichen dafür, dass er die vorangegangene Nachricht längst verschickt hatte. »Soll ich nochmal neu …?«

Anstelle von Worten riss der Kerl Ole das Smartphone aus der Hand und schleuderte es quer durchs Wohnzimmer. Zuerst krachte es gegen die blanken Ziegelsteine über dem Kamin, um dann, etwa anderthalb Meter tiefer, auf dessen Sims in Einzelteile zu zerschellen.

»Das Teil hatte ich gerade neu«, moserte Ole leise.

»Und gleich brauchst du keins mehr, wenn du deinen Arsch nicht bewegst! Steh auf und …« Ein Knirschen auf der Vorderseite der Villa, das zweifellos von Reifen stammte, unterband den Rest der Drohung.

Da Ole nichts riskieren wollte, stand er längst auf seinen unverändert nackten Füßen und zog am Hebel der Terrassentür. Eiskalte Luft schwappte ihm entgegen. Der Wind kam direkt aus Westen und trug das Rauschen der Nordsee vor sich her, um es an Ort und Stelle abzuliefern. Anders als sonst konnte sich Ole nicht über das urgewaltige Konzert freuen, schließlich spürte er die Mündung seiner Dienstwaffe im Rücken.

»Darf ich wenigstens noch Schuhe anziehen?«, fragte er aufsässig.

»Du darfst die Fresse halten! Und jetzt mach hinne, sonst fällt mir vielleicht ein, dass ich dich nicht mehr brauche!«

Ole setzte einen nackten Fuß vor den anderen und vollbrachte es, die Kälte und sogar die kleinen spitzen Steine vollständig zu ignorieren. Er musste an Hannah denken und fragte sich, ob sie tatsächlich allein – also, nur mit Spengler im Gepäck – gekommen war. Oder hatte sie doch Verstärkung alarmiert, die irgendwo auf der Lauer lag und nur auf den richtigen Moment für einen Zugriff wartete? Und falls nicht, wäre Hannah in ihrem derzeitigen Zustand überhaupt in der Lage, einem wie Riesenbaby Paroli zu bieten?

Fragen, auf die es keine Antworten gab. Während Ole nach rechts abbog, um in den rückwärtigen Garten zu gelangen, dachte er an all die Arbeiten, die er dort in den letzten Wochen auf Gertrud Lamberts Bitte hin erledigt hatte. Nach und nach hatte er dutzende Sträucher ausgegraben, die noch von Hannahs Vater stammten, sie gehäckselt und die Überreste auf den Komposthaufen hinter der frischgestrichenen Laube verfrachtet. Manches Mal war er sich dabei wie ein Maulwurf vorgekommen. Und weil er irgendwann gründlich die Schnauze voll gehabt hatte, wollte er erst nächste oder übernächste Woche damit beginnen, die tiefen Löcher mit Mutterboden aufzufüllen. Inzwischen träumte Frau Lambert nämlich von Obstbäumen, an deren Früchten sich künftige Generationen erfreuen dürften.

Noch war es dunkel. Im Osten meldete sich der neue Tag durch einen ersten zaghaften Lichtschimmer zu Wort, aber bis es hell wäre, würde es noch länger dauern.

Ole versuchte, sich an die tiefsten Löcher im Bereich der Rasenkante zu erinnern, und entschied sich für eine Richtung. Dorthin wies er ein paarmal bewusst hektisch. »Wir sollten uns rechts von der Laube postieren. Glauben Sie mir, von dort können Sie alles überblicken und ...«

Auf den Rest des Vorschlags legte Riesenbaby offenbar keinen Wert, denn Ole spürte erneut die Mündung seiner Dienstwaffe im Rücken und wurde davon auf grobe Weise angespornt. »Beweg dich und hör auf, Opern zu quatschen!«

Gedanklich war Ole ohnehin längst bei seinen vergangenen Heldentaten im Garten. Dort hatte Hannahs Vater am rechten Rand der Rasenfläche keine Büsche gepflanzt und ursprünglich ein Tor platziert. Dieses alte Gebilde aus morschem Holz und rostigen Beschlägen hatte Ole letztes Jahr abgerissen und wartete in Sachen Ersatz auf eine zündende Idee seitens Gertrud Lambert. Aber die hatte inzwischen andere Sorgen und kümmerte sich vielmehr um Klaus Buchwalds Grundstück, von dem sie regelmäßig schwärmte. Blieb die Frage, wer sich hier in ferner Zukunft um die Obstbäume kümmern sollte.

Ole schwenkte ein paar Grad nach rechts und hoffte, Riesenbaby würde dieser Bewegung nicht unmittelbar, sondern mit leichter Verzögerung folgen. Mit anderen Worten: Ole würde dem äußersten Erdloch durch einen ausladenden Schritt entgehen, während ein anderer hoffentlich hineinstolperte und damit zumindest aus dem Gleichgewicht geriet.

Und genauso kam es. Im letzten Moment erkannte Ole, dass sein Schwenk nicht reichte, um dem Loch auszuweichen. Also musste er den geplanten Ausfallschritt durch einen beherzten Sprung ersetzen. Was ihm, gerade der nackten Füße wegen, problemlos gelang.

Nicht so Riesenbaby. Der tappte buchstäblich blindlings in die Falle, kippte wie ein gefällter Baum nach vorne und musste Oles Dienstwaffe zwangsläufig loslassen, um nicht auf dem Gesicht zu landen.

Ole fluchte, denn es war so finster, dass er nicht erkennen konnte, wo seine Pistole abgeblieben war. Auch die Tatsache, dass sich Riesenbaby erstaunlich flink berappelte und schon wieder halbwegs stabil auf den Füßen stand, sorgte in Oles Fall für Alarmstimmung. Im Halbdunkel nahm er eine Bewegung vor sich nur schemenhaft wahr. Etwas flog auf ihn zu – zweifellos eine Faust, die jedem Dampfhammer Konkurrenz machen könnte.

Ole wich reflexartig aus und schaffte es, dem Angreifer einen ordentlichen Tritt zu verpassen.

Riesenbaby stöhnte schmerzerfüllt, schien es auf einen Konter anzulegen, besann sich jedoch eines Besseren. Vermutlich, weil auf der Vorderseite des Hauses eine Stimme zu hören war.

Hannahs Stimme, registrierte Ole mit einem Anflug von Panik.

Danach ging alles ganz schnell. Er sah, wie sich der Schatten vor ihm abwandte und davonraste. Ole wollte ihm nachsetzen, um auf der anderen Hausseite Schlimmeres zu verhindern, doch dann tappte er in seine eigene Falle. Sein rechter Fuß trat ins Leere, landete in einem der Erdlöcher und knickte um. Ein Schmerz durchfuhr ihn, der sich mühelos bis unter seine Schädeldecke ausbreitete. Kein Wunder, schließlich war dort inzwischen eine mächtige Beule gewachsen.

Dennoch zog Ole den Fuß aus dem Loch heraus und setzte sich humpelnd in Bewegung. Als er zwanzig Meter weiter um die Hausecke bog, hörte er einen Motor aufheulen. Durchdrehende Reifen schleuderten Schotter umher.

Hannah stand im Licht einer Außenlaterne, der Ole erst vor ein paar Tagen eine neue Energiesparlampe verordnet hatte.

Er humpelte in ihre Richtung und packte sie an den Schultern. »Alles in Ordnung mit dir? Sag schon, Hannah! Hast du was abbekommen?«

Sie schüttelte träge den Kopf, wirkte wie betäubt.

Oles Blick wanderte zum Schotterplatz, auf dem bis eben noch Hannahs Dienstwagen gestanden hatte. »Hat er dich überrumpelt? Hast du ihn nicht gesehen oder wieso ...?«

Hannahs Gesicht lieferte die Antwort.

Und Ole die Übersetzung, obwohl er gern darauf verzichtet hätte: »Du konntest nichts tun, weil ...«

»... ich plötzlich wie gelähmt war«, beendete Hannah den Satz. Sie schaute zu Ole empor, in ihren Augen schimmerte es. »Ihr habt alle recht: Der Job ist nichts mehr für mich.«

»Ach, Quatsch! Du hast ‘ne schlechte Phase und wirst drüber hinwegkommen!«

Hannah zog den Reißverschluss ihres gefütterten Anoraks nach unten und zeigte auf ihr Schulterholster darunter. »Ich hätte den Kerl aufhalten können. Ihn abknallen oder – auf jeden Fall hätte ich verhindern können, dass er sich mit meinem Dienstwagen aus dem Staub macht. Garantiert, um Spengler an der nächsten Kreuzung das Licht auszupusten.«

»Meine Waffe liegt irgendwo hinten im Garten«, erwiderte Ole und machte Anstalten, sich in Bewegung zu setzen. »Außerdem hat der Typ seinen Autoschlüssel im Wohnzimmer liegen lassen«, fügte er hinzu und deutete auf einen schwarzen 5er BMW, der im ersten Tageslicht immer deutlicher zu erkennen war. »Ruf die Einsatzleitstelle an und lass deinen Wagen per GPS orten!«

»Ich weiß wahrscheinlich, wo wir hinmüssen«, flüsterte Hannah. »Spengler hat reinen Tisch gemacht. Was meinst du wohl, wieso das so lange gedauert hat?«

»Das kannst du mir alles gleich im Auto erzählen. Und jetzt kümmer dich um Verstärkung, sonst müssen wir einen Geisterbeschwörer anheuern, damit Spengler sein Geständnis wiederholt ...«

39

Von einem Geständnis – mit oder ohne Beschwörung – war Rudolf Spengler aktuell weit entfernt. Vielmehr rüttelte er an den Handschellen, mit deren Hilfe ihn diese blöde Kuh namens Lambert an der Armlehne der Beifahrertür fixiert hatte.

Ein paar Minuten zuvor musste er die absurden Geschehnisse mit immer größeren Augen verfolgen. Zuerst, wie der Zwerg mit Dienstmarke ausgestiegen und in der Dunkelheit verschwunden war.

Kurz darauf hörte er Schreie, die von irgendwo hinter dem Haus stammten. Der erste erschrocken, die nächsten schmerzerfüllt. Dann sah er einen gewaltigen Schatten, der am Haus vorbeistürmte und nur ein Ziel hatte: den Wagen, in dem er saß.

Und die Lambert? Hatte nichts getan! Nur regungslos dagestanden und es einfach so geschehen lassen.

Als Thomas Wolter auf den Fahrersitz neben ihm krachte, wusste Spengler augenblicklich, was die Stunde geschlagen hatte. Er kannte den Jungen seit dem Tag, als ihn sein Vater aus der Klinik abgeholt hatte. Ohne Mutter, denn die war unter seiner Geburt verstorben. Offiziell durch Komplikationen und einen damit einhergehenden erheblichen Blutverlust. Ein ärgerlicher und trauriger Zwischenfall, für den sich der verantwortliche Frauenarzt – ein Dr. Hildebrand – unpassend knapp und nur schriftlich entschuldigt hatte.

»Wieso hast du auf meinen Bruder geschossen?«, fragte Thomas, als er mit durchdrehenden Reifen auf die Hörnumer Straße in Richtung Westerland abbog.

»Wie geht es ihm?«, wollte Spengler wissen.

»Wie's ihm geht? Hast du sie noch alle? Frank ist so gut wie tot und will nicht in ein Krankenhaus, weil die dort …«

»… sofort meine Kollegen rufen würden.«

»Was du nicht sagst!« Thomas' Spucke klatschte gegen die Windschutzscheibe. »Wieso hast du auf ihn geschossen? Er wollte dich doch nur …«

»… zwingen, meine Lebensversicherung herzugeben!«, platzte Spengler wütend dazwischen.

»Deine Lebensversicherung«, wiederholte Thomas. Er drehte sich zur Seite und sah Spengler direkt an. »Die will ich zwar immer noch haben, aber helfen wird sie dir nicht mehr …«

———

»Ein *M5*«, registrierte Ole zufrieden, nachdem er den Startknopf vom BMW gedrückt hatte und sich der V8 unter dessen Haube grollend dienstbereit meldete. »Nach List, hast du gesagt?«

»Dort wohnen die Brüder, in einem Haus.«

»Dann fang einfach mit dem Rest der Geschichte an. Bis dort brauche ich selbst mit der Rakete hier mindestens 'ne Viertelstunde.«

Gleich beim ersten Abbiegen musste sich Hannah an Tür und Armaturenbrett gleichzeitig festhalten, denn Ole schien im Vollgas-Fieber zu sein.

»Die Mutter der beiden Brüder ist bei der Geburt des jüngeren gestorben«, fing sie dennoch keuchend an. »Und der Vater war übrigens Spenglers bester Freund, die kannten sich schon aus dem Kindergarten.« Hannah deutete nach vorne durch die Windschutzscheibe, wo die Hörnumer Straße in erster Linie von LED-Scheinwerfern ausgeleuchtet wurde. »Wenn dir bei der Dunkelheit und dem Tempo ein Hase vors Auto läuft, zerlegt es uns wahrscheinlich gleich mit.«

Ole nahm ein wenig Gas weg. »Dann hat Spengler also in die Ermittlungen eingegriffen, weil sein bester Freund auf einem Rachefeldzug war und man ihn ansonsten drange-kriegt hätte?«

»In der Hinsicht wurde es wohl höchste Eisenbahn«, bestätigte Hannah. »Schönborn hat es Spengler damals schon nach ein paar Tagen auf den Kopf zugesagt und erst Ruhe gegeben, als der den Geldsack aufgemacht hat. Oder wohl eher sein Freund: Hermann Wolter.«

»Sekunde ... *der* Hermann Wolter?«

»Was meinst du wohl, woher die ganze Kohle stammte. Wolter hatte seinerzeit ein glückliches Händchen mit Immobilien und nebenbei ein Vermögen geerbt. Frei nach dem Motto: Der Teufel scheißt immer auf den größten Haufen.«

Ole streichelte das edle Lederlenkrad vor sich. »Den Haufen genießen seine Söhne offenbar bis heute.«

»Willst du die Fortsetzung hören oder dich an dem Auto aufgeilen?«, fragte Hannah mürrisch.

Was Ole lediglich mit einer einladenden Handbewegung quittierte.

»Bleiben wir erst mal bei den Morden von damals«, fuhr Hannah fort. »Spengler kam erst ins Spiel, als der dritte Arzt tot war und man früher oder später auf seinen Freund Hermann Wolter als Täter gekommen wäre.«

»Also hat sich Spengler die Leitung der SOKO untern Nagel gerissen, um es nach Kräften zu verhindern.«

»Er hat die meisten Beweise verschwinden und die Dienstpläne aus der Klinik fälschen lassen. Hinterher wusste keiner mehr, dass die drei Ärzte jemals zusammengearbeitet, geschweige denn das Leben einer Frau auf dem Gewissen hatten.«

»Klingt alles total krass. Heute wäre so was garantiert nicht mehr möglich, weil jeder vermeintliche Zeuge sofort sein Wissen mit der ganzen Welt teilt. Ein Mausklick, und alle dürfen mitlesen.«

»Spengler hat mir noch viel mehr erzählt, aber kommen wir zu Fuchs ...«

»Da wird's richtig spannend«, frohlockte Ole, während er unmittelbar vor dem Westerländer Ortsschild voll in die Eisen ging. »Das Teil bremst wie 'n Panzer, echt geil!«

»Und ich steig gleich aus und nehm den Bus!«, knurrte Hannah, lachte nun allerdings. »Fuchs wollte seinen Protegé namens Spengler unbedingt nach Niebüll begleiten. Der hatte andere Dinge mit seinem Nesthäkchen vor: Anfangs sollte Fuchs in Kiel nur die Lauscher aufsperren und Alarm schlagen, wenn im Buschfunk von Problemen die Rede ist ...«

»Du meinst, falls jemand herausposaunt, dass es sich bei Spengler um 'nen faulen Apfel handelt und er vergessen hat, dass er 'ne Polizeimarke trägt?«

»So in etwa. Aber Fuchs hat ziemlich schnell angefangen, neugierige Fragen zu stellen, und wusste irgendwann, was Spengler da veranstaltet.«

»Also musste er auch geschmiert werden. Und zwar reichlich, weil er als Greenhorn noch nicht restlos verdorben war.« Inzwischen hatten sie in Westerland den Bahnhof passiert, und Ole gab kurz Vollgas, denn eine Ampel vor ihnen war schon vor Ewigkeiten auf Rot umgesprungen. Nicht mehr lange, und sie würde wieder grün anzeigen.

»Hoffentlich überleben wir das«, unkte Hannah.

Aber zunächst stellte Ole unter Beweis, dass sein kriminalistischer Verstand auch beim halsbrecherischen Fahren funktionierte. »Dann weiß ich jetzt, was die Brüder von Spengler wollten. Der hat ein paar Hinweise aufgehoben …«

»Als Lebensversicherung!«, bestätigte Hannah. »Genauso hat er es selbst genannt. Frank Wolter – das ist der ältere der Brüder – stand wohl plötzlich vor Spenglers Tür und wollte diese Lebensversicherung unbedingt haben. Auf wessen Geheiß hin, muss ich dir nicht erklären, oder?«

Ole lieferte trotzdem die Auflösung: »Werner Fuchs, sonst säße der ja bei der Landespolizei für alle Zeit auf 'nem Pulverfass.«

»Der Handel sollte in gegenseitigem Einvernehmen und ganz friedlich ablaufen.«

»Aber?«, fragte Ole, während er in rasantem Tempo vom Bahnweg auf die Keitumer Landstraße abbog. Von nun an hätten sie bis Kampen weitgehend freie Fahrt, was er für eine neue Vollgasorgie nutzte.

Hannah wurde mit Urgewalt in den Beifahrersitz gedrückt und fuhr gepresst fort: »Die Brüder haben einen schweren Fehler gemacht. Hätten die ihre Finger von Alexander Stoll und dessen Anwalt gelassen, wäre ihnen Spengler vermutlich auf den Leim gegangen. Das muss man sich mal vorstellen: Die haben ihm ein kleines Vermögen geboten, damit er seine alten Erinnerungen herausrückt.«

»Um ein Druckmittel gegen Fuchs in der Hand zu haben.«

»Davon gehe ich mal stark aus.«

»Und wieso haben sich die Brüder an Stoll und dessen Anwalt vergriffen?«

»Das konnte mir Spengler auch nicht sagen. Nur, dass Frank Wolter es ziemlich schnell zugegeben hat.«

»Und der Vater?«

»Ach so ... der ist kurz nach seiner Mordserie für immer im Rollstuhl gelandet. Autounfall!«

»Endlich ist das Schicksal mal gerecht! Und dann dauert es über dreißig Jahre, bis seine Söhne ...«

»Hermann Wolter ist vor ein paar Monaten gestorben«, unterbrach Hannah. »Schätze, das war für die beiden wie ein Startschuss.«

»Ich würde sagen, die haben den Schuss nicht gehört! Wollten die einen auf Robin Hood machen oder ...?« Ole verstummte. »Wieso sehe ich eigentlich nirgends Blaulicht? Du solltest doch Verstärkung rufen! Sag nicht, du hast es vergessen?«

»Nicht vergessen.« Das Dröhnen des V8-Motors hätte Hannahs Geständnis beinahe übertönt.

»Und was dann?«, hakte Ole verwirrt nach und lieferte gleich die Auflösung: »Du willst deinen Aussetzer von eben wiedergutmachen und es auf eigene Faust beenden.«

Hannah lächelte schwach. »Traust du uns das etwa nicht zu?«

»Wie ich schon sagte: Dir traue ich im Moment alles zu«, grummelte Ole, ohne lange zu überlegen. Wobei herauszuhören war, dass es dabei nicht um positive Erwartungen ging. »Und wenn wir doch Verstärkung rufen? Ich meine ... bevor wir in List ankommen?«

»Ich halte dir den Rücken frei«, antwortete Hannah im

Tonfall einer Westernheldin. »Du kannst dich auf mich verlassen, hundertprozentig!«

»Na dann.« Als wollte Oles rechter Fuß separat zustimmen, fand er das Gaspedal und trat es abermals voll durch. »Wenn ich draufgehe, hatte ich vorher zumindest viel Spaß mit dem Schätzchen hier«, schwärmte er und strich über das edle Lenkrad. »Am besten beschlagnahmen wir das Teil und nutzen es ab sofort als Dienstwagen ...«

40

»Macht keiner auf«, stellte Clausen fest, nachdem Ralf gerade zum vierten Mal geklingelt hatte.

»Das sehe ich selbst, Martin! Und was jetzt?«

Clausen drehte sich zu seinen uniformierten Kollegen um. Die standen wie bestellt und nicht abgeholt hinter ihm. Er wandte sich wieder Ralf zu. »Was haben wir denn bislang gegen die Wolter-Brüder in der Hand?«

Ralfs Gesicht verzog sich gequält, schließlich war klar, worauf die Frage abzielte. »Einen Anfangsverdacht ...«

Was Clausen, der etliche Dienstjahre mehr auf dem Buckel hatte, entsprechend zu kommentieren wusste: »Und der reicht neuerdings, um sich gewaltsam Zutritt zu verschaffen?«

Während Ralf ins Grübeln geriet, wurde in einiger Entfernung ein Scheinwerferpaar sichtbar, das in die Zufahrt zum Wolter-Anwesen abbog.

»Ist das Hannahs Wagen?«, fragte Clausen.

»Sieht so aus.« Der war inzwischen nähergekommen,

deshalb konnte Ralf das Nummernschild entziffern. »Ja, das ist die Chefin.«

»Und wieso bleibt sie plötzlich stehen?«, wunderte sich Clausen.

Einer der Uniformierten – offenbar Kollege Adlerauge, der auch im Halbdunkel bestens sehen konnte – hatte die vermeintliche Auflösung parat: »Das hinterm Steuer ist nicht Hannah. Es sei denn, sie ist über Nacht dreißig Zentimeter gewachsen.«

»Da ist doch was faul«, flüsterte Ralf, als hätte er Angst davor, der Fahrer des Wagens könnte ihn hören.

Clausen zog seine Dienstwaffe aus dem Schulterholster. »Vielleicht sollten wir uns das mal näher anschauen.«

Ralf wollte gerade den ersten Schritt nach vorne setzen, doch das schien ein anderer zu wittern. Genauer gesagt: Ein gutes Stück entfernt hatte jemand den Rückwärtsgang eingelegt und rollte bereits mit knirschenden Reifen in die entsprechende Richtung davon. Nicht mehr lange, dann würde der Wagen die Straße erreichen und zunächst auf Nimmerwiedersehen verschwinden.

Doch es kam anders. Ein Donnergrollen erklang, wie es nur von einem PS-starken Motor stammen konnte. Das dazugehörende Scheinwerferpaar tauchte direkt hinter dem davonrollenden Wagen auf. Zwei Fahrzeuge, die sich zweifellos auf Kollisionskurs befanden …

———

»Brems gefälligst!«, kreischte Hannah neben Ole. Aber dafür war es längst zu spät. Insbesondere, weil der Fahrer ihres Dienstwagens ebenfalls keine Anstalten machte, sondern ihnen rückwärts in voller Fahrt entgegenkam.

Es krachte gewaltig.

Ole hatte bislang noch nie Bekanntschaft mit einem Airbag gemacht. Und wenn er ehrlich war, hatte er stets bezweifelt, dass der tatsächlich innerhalb weniger Millisekunden auslöste. Mit einem lauten Knall, der auf seiner Seite das Lenkrad und auf der Beifahrerseite das Armaturenbrett sprengte.

Ole spürte Hitze, die von den Gasen des Airbags stammte. Dazu piepte es in seinen Ohren. Einen Moment fühlte er sich wie paralysiert, doch jetzt flog sein schmerzender Kopf nach rechts. Dort hing Hannah im Gurt und rührte sich nicht. Aber sie atmete, das war deutlich zu hören.

Ole vernahm Schreie, die von draußen kamen. Als er es endlich schaffte, das Gurtschloss zu öffnen, die Tür aufzustoßen und auszusteigen, war ein paar Meter entfernt bereits alles passiert. Falls er seinen Augen trauen konnte, war es einem Quartett aus Ralf, Martin und zwei Uniformierten gelungen, Thomas Wolter aus Hannahs Wagen zu zerren und am Erdboden neben der Fahrertür unschädlich zu machen. Gerade klickten Handschellen.

»Alles in Ordnung?«, fragte Ralf, als er vor Ole ankam.

Der nickte und hätte vermutlich tausend Fragen stellen können, aber etwas anderes drängte sich in den Vordergrund. »Schau mal nach Hannah und ruf vorsichtshalber 'nen Rettungswagen!«

Da sich die Uniformierten um Thomas Wolter kümmerten, war auch Clausen abkömmlich. Er begann Ole gegenüber mit derselben Frage: »Alles in Ordnung?«

»Ja, verdammt! Wieso seid ihr überhaupt hier, und woher wusstet ihr, dass ...?«

»Ist 'ne längere Geschichte, soll Ralf dir erzählen. Verrat mir lieber mal, was bei euch los war.« Clausen zeigte auf Thomas Wolter, der inzwischen wieder auf seinen Füßen stand und anfing, Widerstand zu leisten. »Wie ist der Typ an Hannahs Dienstwagen gekommen, und wo habt ihr den fetten BMW her? Hast du im Lotto gewonnen und mir nichts davon erzählt?«

Ole winkte ab und setzte sich in Bewegung, um seinen Kollegen zu Hilfe zu kommen. Wolter musste sich eine Standpauke gefallen lassen: »Sie geben jetzt Ruhe, sonst revanchiere ich mich für die da«, zischte Ole und deutete zur Beule auf seiner Stirn. »Und ich verspreche Ihnen, hinterher hat niemand was gesehen.«

Tatsächlich ließ Wolters Gegenwehr abrupt nach. Seine Miene – bis eben wütend und scheinbar zu allem entschlossen – wirkte plötzlich müde und gequält. Es sah aus, als würde er jeden Moment zu heulen anfangen. »Ihr müsst euch um meinen Bruder kümmern. Er ist im Haus, unten im Keller und …«

»Vielleicht kümmert ihr euch erst mal um mich!«, fluchte Rudolf Spengler, der durch die offene Fahrertür alles mithören konnte.

Trotz Handschellen versuchte Wolter, sich loszureißen – zweifellos, um auf Spengler loszugehen –, doch nach nicht mal einem halben Meter schafften es die Uniformierten, ihn unter Kontrolle zu bringen.

»Im Keller also«, wiederholte Ole, der damit deutlich machte, wie wenig Interesse er an Spenglers Problemen hatte. Schließlich krakeelte der immer lauter, was er im Falle einer schweren Verletzung wohl kaum getan hätte.

»Frank braucht dringend einen Arzt«, bestätigte Wolter. »Wenn es dafür nicht ohnehin längst zu spät ist …«

Ole wirbelte herum und fing Ralf mit einem Blick ein. Der kniete in der offenen Beifahrertür des BMW und reckte einen Daumen empor. Was bedeutete, dass auch Hannah den Zusammenstoß unverletzt überstanden hatte.

»Hast du einen RTW angefordert?«, rief Ole.

Wieder reichte ein emporgereckter Daumen als Bestätigung.

»Schlüssel!«, wandte sich Ole nicht gerade freundlich an Thomas Wolter.

Der wies mit hektischen Kopfbewegungen auf eine seiner Jackentaschen.

Als Ole kurz darauf einen Schlüsselbund in der Hand hielt, klimperte er damit ein Stück vor Clausens Gesicht. »Dann lass uns mal nachschauen, ob wir noch rechtzeitig gekommen sind ...«

Auf jeden Fall nicht, wenn man bei dieser Frage an Frank Wolter dachte.

»Heilige Scheiße, was für ein Gestank!«, keuchte Clausen bereits auf den Treppenstufen hinunter in den Keller.

Ole, der mit dem Parfum, das Gevatter Tod hinterließ, besser vertraut war, zögerte nicht und bog am Fuß der Treppe scharf nach links ab. »Immer der Nase nach, Martin!«

Als sie am Ende des Ganges in einen Raum gelangten, in dem zahlreiche ungenutzte Fitnessgeräte ihr Dasein neben Regalen und gestapelten Kartons fristeten, musste sich Clausens Stimme ihren Weg zwischen Fingern hindurch suchen. Schließlich hatte er seine flache Rechte über Mund und Nase ausgebreitet. »Den RTW können wir gleich wieder abbestellen. Der hat's längst hinter sich.«

In der Tat! Frank Wolter lag auf einer Massageliege, das gräulich grüne Gesicht ausgerechnet zur Tür gewandt. Seine weit geöffneten, toten Augen starrten ins Nichts.

»Seid ihr da unten?«, rief Ralf bereits von oben.

»Da hat einer aber verdammt schnell Sehnsucht«, kommentierte Clausen grinsend. Er drehte sich um und zitierte Oles vorangegangene Empfehlung: »Immer der Nase nach!« Das Grinsen verging ihm, als nicht nur Ralf, sondern auch die zwei Uniformierten samt Thomas Wolter hinter ihm auftauchten.

Als Letzterer seinen toten Bruder sah, zog es ihn mit aller Gewalt nach vorne, doch das machten vier kräftige Hände vorerst zunichte.

»Lasst ihn!«, gab Ole Entwarnung. »Er soll ruhig Abschied nehmen.«

Das passierte auf tränenreiche Weise. Auf einmal kam sich Ole schäbig vor, weil er den zutiefst traurigen Mann vor sich Riesenbaby getauft hatte. Aber was änderte das jetzt noch?

Irgendwann machte sich Ralf, der im Hintergrund stehen geblieben war, bemerkbar. »Die Chefin will mit dir reden«, sagte er an Ole gerichtet. »Sie ist oben und sieht sich im Haus um.«

Ole fand Hannah im Wohnzimmer, das es ohne Weiteres mit einem Elektronikmarkt hätte aufnehmen können.

»Drei riesige Flachbildschirme nebeneinander«, murmelte Hannah und zeigte auf die zweifellos brandteuren und hauchdünnen Geräte, die mit verstellbaren Armen an der Wand montiert waren. »Was der Blödsinn wohl zu bedeuten hat?«

»Ich kann zurück in den Keller gehen und fragen?«, bot Ole an.

Hannah schüttelte wortlos den Kopf. Nach ausgedehntem Schweigen drehte sie sich um, lächelte schwach. »Sieht so aus, als hätten wir Glück gehabt. Auf jeden Fall hast du überlebt und darfst demnächst wieder mit unseren Dienstkrücken herumfahren.«

Ein Umstand, der Ole zumindest im Moment nicht juckte. »Kannst du mir mal verraten, wieso Martin und Ralf längst hier waren? Haben die neuerdings 'ne Glaskugel, mit deren Hilfe sie ...?«

»Unser Streber hat einen Professor gefunden, der sich noch an das meiste von damals erinnern konnte. Unter anderem an den Namen Wolter.« Im Anschluss erzählte Hannah, was Ralf ihr ein paar Minuten zuvor, in einer offenen Wagentür kniend, berichtet hatte. Sie schloss mit einem Fazit: »Danach war weitgehend klar, wer für alles verantwortlich ist.«

»Schon verrückt! Erst tappen wir tagelang im Dunkeln und auf einmal ...«

Hannah stoppte Ole mit einer energischen Handbewegung und zeigte zu Boden. »Ist der zweite Bruder tot?«

»Mausetot! Wo ist Spengler?«

»Lebt leider noch, hängt unverändert an meiner Beifahrertür und flucht wie 'n Rohrspatz.«

»Und wie geht es jetzt weiter? Ich meine ... klar ist doch, dass Fuchs im Hintergrund kräftig Schützenhilfe geleistet und seinen alten Gönner namens Spengler regelmäßig mit Neuigkeiten versorgt hat.«

»Bis er ihn plötzlich loswerden wollte«, fügte Hannah gehässig hinzu. »Und ich glaube, das ist endlich der Schlüssel, nach dem wir gesucht haben.«

Oles Miene verfinsterte sich. »Wenn wir Spengler mit aufs Revier nehmen und Fuchs Wind davon bekommt, wäre es möglich, dass er sämtliche Hebel in Bewegung setzt und uns verhaften lässt. Der Typ macht sich Sorgen um seinen Arsch und wollte, um ihn zu retten, mindestens über eine Leiche gehen.«

»Dann sollten wir das Revier wohl lieber erst mal meiden«, dachte Hannah laut nach und klang dabei völlig unbekümmert.

»Wie stellst du dir das vor? Wo sollen wir denn ...?«

»Wir bleiben hier! Schick die Besatzung vom RTW nach Hause und erzähl denen, es war ein Irrtum.«

»Und unsere Streifenkollegen?«

»Die soll Martin übernehmen und sie bei Laune halten, bis wir Spengler endgültig geknackt haben ...«

41

»Damit wir uns gleich richtig verstehen«, begann Hannah ein paar Minuten später. »Die meisten meiner Kollegen sitzen in der Küche und trinken Kaffee.« Sie deutete auf Ole, der geblieben war und vor den drei riesigen Flachbildschirmen stand. Kurz zuvor hatte er Rudolf Spengler von der lästigen Geißel namens Handschellen befreit und ihn ins Wohnzimmer gezerrt, wo er inzwischen in einem Fernsehsessel saß.

»Schön, ich könnte auch einen vertragen«, antwortete Spengler. »Oder geht die Geschichte noch weiter?«

Hannah nickte und setzte dazu ein spöttisches Lächeln auf. »Allerdings! Wenn wir hier nicht schnell zu Potte kommen, bleibt mir gar nichts anderes übrig, als Sie ins Westerländer Revier bringen zu lassen. Was Ihr alter Freund, Werner Fuchs, rasch spitzkriegen wird. Soll ich raten, was anschließend mit Ihnen passiert, oder wollen Sie selbst?«

»Er will mich loswerden«, antwortete Spengler, ohne lange zu zögern. »Das weißt du doch ganz genau! Und wenn du mich tatsächlich nach ...«

»Dann legen Sie endlich alle Karten auf den Tisch!«, platzte Hannah dazwischen. »Wo ist Ihre Lebensversicherung und reicht die wirklich, um Fuchs das Handwerk zu legen?«

»Was glaubst du wohl, wieso er so viel Angst davor hat? Als Fuchs jünger war – so was wie ein Welpe –, hat er mir noch brav aus der Hand gefressen ... sogar die Schmiergeldzahlungen quittiert.«

»Ernsthaft?«, mischte sich Ole ein. »Wer ist denn so blöd?«

Spengler zuckte mit den Schultern. »Ich hab ihm erzählt, dass der edle Spender wissen will, wo sein Geld bleibt.« Es ging an Hannah gerichtet weiter: »Was kannst du mir im Gegenzug anbieten?«

»Dass Sie mit dem Leben davonkommen. Reicht das etwa nicht?«

Spengler schwieg beharrlich.

Deshalb blieb Hannah gar nichts anderes übrig, als nachzulegen: »Ich kann der Staatsanwaltschaft gegenüber erklären, dass Sie überaus kooperativ waren. Und vielleicht kann man die beiden Schüsse auf Frank Wolter als Notwehr auslegen. Dann kämen Sie mit ‘nem blauen Auge davon.«

»Ist das alles?«

»Was wollen Sie denn noch? Einen Urlaub auf Teneriffa und ein Schlauchboot mit Außenborder?«

Eine Nachfrage, die Spengler ein flüchtiges Lächeln entlockte. Ansonsten wusste er aber offenbar so schnell keine Antwort.

Plötzlich stand Ralf in der offenen Tür und jammerte gleich drauflos: »Ich hab mittlerweile fünf Anrufe mit Kieler Nummer. Bei den Streifenkollegen und Martin klingelt es auch ständig.«

»Da soll bloß keiner rangehen!«, mahnte Hannah, um

im nächsten Moment wieder Rudolf Spengler anzuschauen. »Was ist denn jetzt? Falls Sie weitere Geschenke erwarten, breche ich die Sache hier ab und fahre Sie höchstpersönlich nach Westerland.«

»Und du hältst dich dieses Mal wirklich an dein Wort?«

Hannah dachte daran, wie Spengler sie angesehen hatte, als sie ihn ein paar Stunden zuvor in Morsum von einem Heizungsrohr losgemacht hatte. Aber auch nur, um ihn kurz darauf mit der Armlehne ihrer Beifahrertür bekannt zu machen. Anfangs hatte sich Spengler lauthals beschwert, irgendwann jedoch aufgegeben und sich seinem Schicksal gefügt. »Wenn Sie sich an Ihr Wort halten, dann …«

»Der nächste Anruf aus Kiel«, unterbrach Ralf und hielt sein Smartphone hoch. »Ich weiß nicht, wie lange das noch gutgeht. Die brauchen nur einen von uns zu orten, dann stehen hier bald ein paar mehr von unserem Verein und stellen unangenehme Fragen. Außerdem können die unsere Autos orten oder haben es längst getan.«

»Dann sollten wir uns erst recht beeilen.« Abermals schaute Hannah Spengler durchdringend an. »Sind wir uns einig, oder wollen Sie lieber 'ne Fahrkarte nach Westerland buchen?«

»Einig! Und glaub mir … wir sollten uns lieber beeilen.«

»Dieses Mal darfst du Gas geben«, versuchte es Hannah ein paar Minuten später mit einer Aufmunterung. Sie saß auf dem Beifahrersitz des BMW, Ole erneut hinterm Steuer. Die Reste vom Airbag hingen bis in seinen Schoß, was das Lenken nicht einfacher machte. Ansonsten hatte der Wagen den vorherigen Zusammenstoß ohne größere Schäden überstanden. Wobei im volldigitalen Armaturenbrett zahlreiche Kontrollleuchten blinkten, eine Statusmeldung forderte den Fahrer zu einem sofortigen Werkstattbesuch auf.

»Vollgas«, steuerte Spengler von der Rückbank aus bei. »Fuchs ist nicht blöd, der ahnt, was wir vorhaben, und wird nicht lange ...«

Oles Rechte schoss empor und erteilte dem alten Mann Redeverbot. Doch das, was Ole zu sagen hatte, richtete sich an Hannah: »Ich kann so viel Gas geben, wie ich will, deinem Irrsinn fahren wir auf die Weise auch nicht davon. Glaubst du ernsthaft, dass einer wie Fuchs unserem Ralf das Lügenmärchen abkauft?«

»Das ist doch gar nicht weit von der Wahrheit entfernt. Ralf und Martin sind durch einen Hinweis auf die Wolter-Brüder gekommen, haben sich auf den Weg nach List gemacht und sind dort im Keller auf die Leiche von Frank Wolter gestoßen. Dessen Bruder Thomas hockte im Wohnzimmer und hat sich widerstandslos festnehmen lassen.«

»Schöne Geschichte«, lobte Ole vor Sarkasmus triefend und deutete zur Rückbank. »Wenn Fuchs nach dem da hinten fragt, dann ...«

»... sagt Ralf ihm, dass er keine Ahnung hat, wo der Herr Spengler steckt.«

»Und wieso ist die ganze Zeit niemand ans Telefon gegangen?«

»Weil es sich um einen höchstbrisanten Einsatz handelte! Wer geht denn ans Handy, wenn er gerade 'ne Leiche gefunden hat und sich Sorgen um sein eigenes Leben macht?«

»Ist ja gut!«, wiegelte Ole ab. Er warf einen Blick in den Rückspiegel und fand sofort den von Rudolf Spengler. »Eins will ich Ihnen mal sagen: Wenn das 'ne Nullnummer wird und Sie nur Zeit schinden wollen, dann rolle ich mit größtem Vergnügen auf den nächsten Autozug und liefere

Sie gleich in Kiel ab. Hoffe, das ist klar.« Weil eine Reaktion ausblieb, fragte Ole wütend: »Wo müssen wir überhaupt hin?«

»Zu mir nach Hause.«

»Dort hat unsere SpuSi doch alles auf den Kopf gestellt! Ich glaube, Sie wollen uns wirklich verarschen und nur ...«

Hannah packte Ole am Unterarm. »Fahr einfach ... Er verarscht uns nicht, glaub mir!«

In Hörnum angekommen, parkte Ole direkt vor der Tür des Mehrfamilienhauses. Wenig später ging es zu dritt in Richtung Eingangstür, dahinter schnurstracks die Treppen hinunter in den Keller.

»Seinen Drahtverschlag da unten hat die SpuSi auch unter die Lupe genommen«, nuschelte Ole an Hannah gerichtet. »Ich sag's dir: Der spielt auf Zeit und hofft nebenbei, dass er uns irgendwie entwischt.«

Vor der Stahltür zum Keller blieb Spengler stehen und schenkte Ole ein überhebliches Lächeln. »Glaubst du, ich bin so blöd und bewahre meine Schätze in meinem eigenen Kabuff auf?«

Offenbar nicht, denn nachdem man die Stahltür hinter sich gelassen hatte, bog Spengler nach links ab und blieb vor einem Verschlag stehen, über dem auf einem rostigen Schild ›Frau Kowalcik‹ geschrieben stand.

»Eine Nachbarin?«, fragte Ole und zeigte auf den Namen.

»Die ist schon seit über drei Jahren tot. Seitdem streiten sich die Erben, die Wohnung steht leer.«

»Und Sie haben ganz zufällig einen Schlüssel«, fügte Hannah hinzu, als das Utensil bereits in einem gewaltigen Bügelschloss steckte.

»Wie du siehst. Frau Kowalcik war auch zwanzig Jahre vor ihrem Tod nie im Keller – hatte Angst vor Spinnen. Wenn sie was brauchte, bin ich runter, um ihr ...«

»Ist angekommen!«, unterbrach Hannah und deutete auf das inzwischen offene Schloss. »Wir haben nicht ewig Zeit!«

Als die Tür – ein Holzrahmen, versehen mit Maschendraht – geöffnet war, fasste Rudolf Spengler zielsicher nach rechts und fand dort einen Schalter, der eine trübe Glühlampe an der Decke aufweckte. Als Nächstes widmete sich der alte Mann einem Haufen spakiger Sitzkissen und zog darunter eine Stahlkassette hervor, die mit einem Zahlenschloss gesichert war.

»Und der Inhalt reicht wirklich, um Fuchs ans Kreuz zu nageln?«, wollte Ole wissen. Der Unterton in seiner Stimme verhieß gehörige Zweifel.

Spengler hielt ihm die Kassette entgegen. »Schau rein, du Klugscheißer, dann weißt du's!«

42

»Verrätst du mir mal, was du angestellt hast?«, forderte der Schichtleiter Hannah auf, als sie etwa eine Stunde später zusammen mit Ole und Rudolf Spengler das Revier in Westerland betrat. »Kriminaldirektor Fuchs ruft im Fünf-Minuten-Takt an und hat zuletzt angeordnet, dass wir dich sofort festnehmen sollen, falls du hier auftauchst. Was hat das zu bedeuten, Hannah?«

Die lächelte und war froh, dass ihr ein Kollege gegenüberstand, den sie seit Ewigkeiten kannte. Während sich hinter ihr Ole und Spengler auf den Weg in den Arresttrakt machten, lehnte sie sich auf den Wachtresen und flüsterte lediglich. Mit gutem Grund, denn rundherum standen viel zu viele neugierige Ohren auf Empfang. »Jetzt mal ehrlich, Stefan, würdest du mich wirklich festnehmen?«

Dieser Stefan wich zurück, als befürchtete er, Hannah könne im Fall der Fälle beißen. »Ich will einfach nur wissen, was los ist! Was soll der ganze Blödsinn? Und wieso will Fuchs, dass wir dich ...?«

In Hannahs Tasche summte es. Sie fischte ihr Smartphone heraus und hielt es ihrem Kollegen grinsend entgegen. »Kommt dir die Nummer bekannt vor?«

Stefan nickte, wirkte zutiefst erleichtert. »Am besten gehst du ran und redest mit Fuchs. Vielleicht klärt sich die Sache dann ja von allein.«

Hannah nahm das Gespräch zwar mit einem Wisch direkt an, meldete sich aber erst, als sie vor der Tür zu einem der Ruheräume stand. »Was gibt's?«

»Wollen Sie mich verarschen, Frau Lambert? Ich versuche schon seit Stunden, Sie zu erreichen!«

»Jetzt haben Sie mich ja«, trällerte Hannah völlig unbekümmert. Kurz zuvor hatte sie sich im Ruheraum auf der dortigen Pritsche niedergelassen und langte gleich zu ihrer ersten Vermutung. Schließlich hatten im Wachbereich genug Uniformierte herumgestanden und ihr Eintreffen mit großen Augen verfolgt. »Hat Ihnen ein Vögelchen gezwitschert, dass ich gerade erst auf dem Revier angekommen bin?«

»Und verlassen werden Sie es in Handschellen. Soweit ich informiert bin, sind Sie schuld an ...«

»Lassen Sie mich erst mal«, unterbrach Hannah rabiat. »Bevor wir wertvolle Zeit verschwenden.« Fuchs holte bereits tief Luft – garantiert, um eine weitere Drohung loszuwerden –, doch dazu ließ es Hannah nicht kommen. »Herr Spengler hat uns seine Lebensversicherung ausgehändigt. Auf dem Weg hierher konnte ich mir einen ersten Überblick verschaffen – man ist ja neugierig.«

Und Werner Fuchs hatte es offenbar die Sprache verschlagen, zumindest herrschte am anderen Ende der Leitung Totenstille.

»Ja, ich fürchte, das sieht nicht gut für Sie aus.« Hannah lachte auf, was in erster Linie nach gespieltem Mitgefühl klang. »Wie konnten Sie damals Quittungen für Ihr

Schmiergeld unterschreiben? Hat Ihnen keiner beigebracht, dass man niemals ...?«

»Was wollen Sie?«, fragte Fuchs dazwischen. Ihm war anzuhören, dass er um Selbstsicherheit rang und möglichst souverän rüberkommen wollte. »Ich könnte Ihnen da so einiges anbieten.«

»Mir würde für den Anfang die Wahrheit reichen.«

»Mit der im Nachhinein auch niemandem geholfen ist. Lassen Sie Spenglers Lebensversicherung verschwinden, und wir zwei werden uns schon irgendwie einig.«

Hannah spürte Wut in sich aufsteigen. Die sie aber noch relativ gut im Zaum halten konnte. »Nachdem Sie haben feststellen müssen, dass Herr Spengler die Seiten gewechselt hatte, haben Sie die Wolter-Brüder laufend mit Informationen versorgt! Mit dem Ziel, Ihren alten Protegé auf blutige Weise loszuwerden. Und falls es nötig geworden wäre, hätten Sie bedenkenlos weitere Tote in Kauf genommen. Zum Beispiel mich und meine Kollegen. Alles nur, um Ihren eigenen Arsch zu retten. Glauben Sie wirklich, Sie können mich mit irgendwelchen Vergünstigungen locken? Nie und nimmer!«

Es klopfte, und Ole steckte den Kopf herein. Er sagte nichts, sondern reckte nur einen Daumen empor. Ein zuvor vereinbartes Zeichen, auf das Hannah sehnsüchtig gewartet hatte, denn nun konnte sie am Telefon zum finalen Todesstoß ausholen: »Thomas Wolter hat soeben bestätigt, dass er sämtliche Gespräche mit Ihnen aufgezeichnet hat und ferner bereit ist, vor Gericht gegen Sie auszusagen. Dazu Spenglers Lebensversicherung – das sieht ganz übel aus, wenn Sie mich fragen ...«

———

Als Hannah eine Viertelstunde nach dem folgenschweren Telefonat Clausens Büro betrat, fand sie dort nur dessen rechtmäßigen Inhaber vor.

»Wo sind denn Ole und Ralf abgeblieben?«, fragte sie daher.

»Darf ich dir nicht sagen.«

Hannah krachte auf den Stuhl vor Clausens Schreibtisch und setzte eine strenge Miene auf.

Aber selbst die half nicht. »Ich darf nicht! Davon abgesehen, dauert es bestimmt nicht mehr lange, bis dir die beiden selbst erklären können, was sie gerade ...«

Es klopfte an die Tür. Ein Uniformierter steckte den Kopf herein, sah Hannah und war schon im Begriff, den Rückzug anzutreten, doch Clausen wollte noch etwas loswerden: »Ja, wie du siehst, hat man Hannah nicht verhaftet. Vielleicht bist du so nett und erklärst es den anderen da draußen, damit hier nicht jede Minute einer nervt! Geht das oder muss ich es an meine Tür nageln?«

»So schlimm?«, fragte Hannah, als man wieder unter sich war.

»Schlimmer! Als plötzlich die Nachricht rumging, dass man dich festnehmen soll, gab es durchaus Kollegen, die ...« Clausen hielt mitten im Satz inne. Den Anfang bereute er längst, das war ihm anzusehen.

»Sag's doch einfach: Der eine oder andere konnte es gar nicht erwarten, mir Handschellen anzulegen. So in etwa?«

»Du hast hier eben nicht nur Freunde. Woran du selbst nicht ganz unschuldig bist.«

Hannah schenkte Clausen ein herzerwärmendes Lächeln. »Ein paar Freunde hab ich, oder?«

Clausen nickte energisch. »Mich wirst du nie los, da kannst du anstellen, was du willst. Dasselbe gilt für Ole und Ralf, verlass dich drauf.«

»Und auf den Rest kann ich notfalls auch verzichten.« Hannah deutete über die Schulter. »Da draußen laufen für meinen Geschmack viel zu viele herum, die denken, Freundschaft sei 'ne Einbahnstraße. Um einem der Idioten den Arsch zu retten und dafür meine Kontakte in Kiel zu nutzen, bin ich immer gut genug. Aber wenn ich mal was will und einer deshalb fünf Minuten nicht aufs Handy glotzen kann, dann ...«

Ole und Ralf platzten herein. Ihren Gesichtern nach zu schließen, hatten sie gerade eine Heldentat vollbracht. Doch als die beiden ihre Chefin sahen, verging ihnen zunächst jeder Frohsinn.

»Na, was habt ihr zwei wieder angestellt?«, fragte Hannah.

Ralf zog den Kopf ein und schaffte es in rekordverdächtigem Tempo an seinen Schreibtisch, wo er beinahe komplett hinter seinem Flachbildschirm verschwand.

Somit blieb die Antwort an Ole hängen. Der kämpfte noch einen Moment mit sich, dann ging ein erkennbarer Ruck durch seinen Körper: »Wir haben mit deinem alten Freund Gerd Hoffmann telefoniert – mehrfach. Und bevor du fragst: Der wiederum hat einen langjährigen Weggefährten aus dem Innenministerium kontaktiert und dort hässliche Gerüchte über Werner Fuchs gestreut.«

»Hat man ihn festgenommen?«

Ole hob abwehrend die Hände. »Das nicht gleich, aber hätte Fuchs sich nicht freiwillig auf 'ne umfassende Befragung im Ministerium eingelassen, dann hätte man ihn auf jeden Fall vorläufig in Gewahrsam genommen.«

Ralf wagte sich aus der Deckung seines Flachbildschirms, um etwas hinzuzufügen: »Ich habe eben mit einem Freund bei der Landespolizei gesprochen, wir waren zusammen in der Ausbildung. Der sagt, Fuchs hätte schon angefangen, seinen Schreibtisch auszuräumen.«

»Er wird einfach alles abstreiten«, gab Hannah zu bedenken. Womit klar war, dass sie die Begeisterung ihrer Mitstreiter nicht uneingeschränkt teilte.

»Das wird ihm auch nicht helfen!«, brauste Ole auf. »Wir haben Thomas Wolter, Spengler ... und dessen Lebensversicherung. Der Mix sorgt dafür, dass Fuchs dauerhaft seinen Hut nehmen darf.«

Hannah schaute in die Runde und nickte zufrieden. Und wieder war da dieses Lächeln, das an Herzenswärme kaum zu überbieten war.

»Danke, Leute! Ohne euch ...« Sie überlegte. »... wäre es auf jeden Fall ein bisschen schwieriger geworden«, vollendete sie grinsend.

»Ist das ein Lob?«, fragte Ole an Clausen gerichtet.

Der zuckte mit den Schultern und sah Hannah fragend an.

Sie winkte ab. »Knöpfen wir uns Spengler ein letztes Mal vor. Wer ist bereit für die ganze Wahrheit?«

Da Ralf wieder hinter seinem Bildschirm verschwunden war, hob Ole zögernd die Hand. »Wenn's unbedingt sein muss.«

»Ja, muss es! Aber vorher essen wir was, ich hab 'nen Bärenhunger. Wer noch?«

Dieses Mal flogen spontan alle Hände in die Höhe.

Was Hannah grinsen ließ. »Okay, ihr seid eingeladen! Aber glaubt ja nicht, dass das zur Gewohnheit wird ...«

43

Nach dem Mittagessen in einem Restaurant um die Ecke wollten sich ihre treuen Mitstreiter schon erheben, doch Hannah genoss die ungezwungene Zusammenkunft viel zu sehr. Deshalb gab sie zuerst Kaffee, dann Nachtisch und zum Abschluss noch einen doppelten Espresso aus.

Ergo betraten Hannah und Ole erst am frühen Nachmittag einen Verhörraum, in dem Rudolf Spengler auf sie wartete.

Der alte Mann sah schlecht aus, machte einen gereizten und fahrigen Eindruck.

»Geht es Ihnen gut? Wollen Sie ein Glas Wasser?«, fragte Hannah, während sie sich Spengler gegenüber auf einem Stuhl niederließ.

»Einer deiner Kollegen hat mir vorhin ...«

»Wann hören Sie endlich damit auf, meine Chefin zu duzen?«, platzte Ole dazwischen.

Spengler grinste. »Wenn ich tot bin.«

Ole hob bereits von Neuem an, doch Hannah packte ihn am Arm und übernahm die Reaktion selbst: »Lass gut sein!

Menschen, die keinen Respekt vor anderen haben, mangelt
es ebenso an Selbstrespekt. Hab ich mal gelesen. Solche
Zeitgenossen überspielen ihre Unsicherheit dadurch, dass
sie …«

»Ich bin müde und würde mich gern hinlegen«, unterbrach Spengler, für seine Verhältnisse fast freundlich. »Sagt
mir einfach, was ihr wollt!«

Diese Einladung nahm Hannah lächelnd an. »Am besten
beginnen Sie ganz vorne. Was ist nach so langer Zeit
passiert, dass die Wolter-Brüder unbedingt an die Gräuel-
taten ihres Vaters anknüpfen mussten, und wieso kam
Fuchs ins Spiel?«

Spengler war anzusehen, dass es hinter seiner faltigen
Stirn ratterte. »Angefangen hat alles mit Hermanns Tod …«

»Sie reden von Hermann Wolter?«, fragte Ole zur Sicherheit, denn er war für das Protokollieren dieses Gesprächs
verantwortlich.

Spengler nickte. »Frank und Thomas haben mich gleich
nach seiner Beerdigung beiseitegenommen und meinten,
jetzt wäre endlich ihre Zeit gekommen.«

Weil schon wieder Schweigen herrschte, setzte Hannah
nach: »Zeit, um die Mordserie von damals fortzuführen? Um
wahllos Ärzte, die vermeintlich einen Kunstfehler begangen
haben, zur Rechenschaft zu ziehen?«

»Die Jungs haben sich da jahrelang in was hineingestei-
gert. Wollten sich für das rächen, was man ihrer Mutter
angetan hat. Als könnten sie Ilse auf die Weise zum Leben
erwecken«, folgte es, von verächtlichem Lachen begleitet.

»Hätten Sie den beiden ihre Pläne nicht ausreden
können?«

»Wie denn? Hermann konnte sie immer wieder zur
Vernunft bringen, aber …« Spengler überlegte. »Als er tot

war, sind wohl die letzten Dämme gebrochen.« Von nun an ging es mit aufgebrachter Stimme weiter: »Die zwei waren etliche Male bei mir und haben mich ausgefragt, wie genau es Hermann angestellt hat und wie er am Ende ungeschoren davongekommen ist.« Spengler verfiel in ausgedehntes Kopfschütteln. »Ich wollte ihnen erklären, dass man ihren Vater ohne mich und meine Hilfe früher oder später auf jeden Fall erwischt hätte.«

»Womit Werner Fuchs ins Spiel kam«, konstatierte Hannah nachdenklich. »Woher kannten die Wolter-Brüder überhaupt den Namen?«

»Vermutlich von ihrem Vater. Von wem denn sonst? Fuchs hat sich vor ein paar Wochen bei mir gemeldet und meinte, Frank und Thomas wären bei ihm gewesen. Er hat natürlich versucht, ihnen den Blödsinn auszureden, und war sich sogar sicher, es wäre ihm gelungen.«

»Bis ein Arzt und ein Rechtsanwalt auf dieselbe Weise wie damals gestorben sind.«

»Schätze, da hat Fuchs Panik bekommen und Frank zu mir geschickt, damit der meine Lebensversicherung kassiert. Ansonsten wollte Fuchs die Brüder auffliegen lassen. Zumindest hat er ihnen gedroht.«

»Ein heißes Eisen, wo er doch selbst bis zum Hals mit drinsteckt«, gab Hannah zu bedenken. »Aber wieso hat Herr Fuchs sich gleich um einen Anwalt für Sie bemüht?«

»Er hatte Schiss, dass ich dir oder sonst wem gegenüber schwach werde und die Karten auf den Tisch lege.«

»Womit Sie sich ja eine ganze Weile schwergetan haben«, lobte Hannah voller Ironie. »Und jetzt ist auch klar, wieso er Sie auf freiem Fuß haben wollte ...«

»... um mich notfalls beseitigen zu lassen«, vollendete Spengler.

»Aber vorher sollten Sie Frank Wolter Ihre Lebensversicherung aushändigen. Wieso hätte sein Bruder Thomas Sie sonst am Leben lassen sollen, als er vor dem Haus meiner Mutter mit meinem Wagen davongerast ist?«

»Schlaues Mädchen!« In Spenglers faltigem Gesicht machte sich ein Grinsen breit. »Reicht euch die Munition, um Fuchs zu erledigen?«

»Das wird sich zeigen«, tat Hannah ab. »Erklären Sie mir erst mal, wieso Alexander Stoll und dessen Anwalt dran glauben mussten!«

»Nachdem ich Frank und Thomas alles über ihren Vater erzählt hatte, hab ich geglaubt, sie geben endlich Ruhe. Schließlich wussten sie hinterher auch, wie sehr Hermann nach seinen eigenen Bluttaten gelitten hat. Er hat mir mal gestanden, dass er seit den Morden keine Nacht mehr richtig schlafen konnte. Angeblich hat er ständig die Gesichter seiner Opfer gesehen und sich garantiert gefragt, ob es das alles wert war. Wie gesagt: Auch er konnte Ilse nicht wieder lebendig machen.«

»Aber seine Söhne haben sich davon nicht abschrecken lassen.«

Spengler lachte kurz auf. »Das exakte Gegenteil war der Fall! Als sie wussten, wie genau ihr Vater es angestellt hat, haben sie sich Garotten gebastelt und wären am liebsten sofort losgezogen, um sich im Namen Unschuldiger an solchen Kurpfuschern zu rächen.«

»Soll das heißen, Stoll und sein Anwalt sind nur durch Zufall Opfer geworden? Weil etwas über die beiden in der Zeitung stand, sie auf Sylt wohnten oder ...?«

»Such dir was aus! Wenn du mich fragst, hätte es auch jeden anderen erwischen können.«

Hannah schaute zur Seite, fand dort Ole, der skeptisch und betroffen zugleich wirkte. Doch jetzt gehörte ihre volle

Aufmerksamkeit wieder Spengler. »Und Sie hätten den Wahnsinn nicht irgendwie stoppen können? Zum Beispiel, indem Sie einen Ihrer alten Kollegen anrufen und …«

»… meinen eigenen Arsch riskiere?« Spengler dachte einen Moment nach. »Vielleicht hätte ich es tun sollen, ja. Ich hab eben bis zum Schluss nicht daran geglaubt, dass die Jungs es wirklich tun.«

Hannah überlegte, ob sie nachsetzen und einen alten Mann für dessen sträfliche Versäumnisse noch ein wenig grillen sollte. Aber sie winkte ab und fuhr anderweitig fort: »Was ist mit Ihrem früheren Kollegen Schönborn? Wieso hätte es den beinahe erwischt?«

»Das ist meine Schuld«, räumte Spengler unumwunden ein. »Ich hab seinen Namen Frank und Thomas gegenüber ein paarmal erwähnt. Damit sie nicht denken, ich sei der einzige Mitwisser.«

»Und wo Schönborn zu finden ist, wussten die Brüder garantiert von Herrn Fuchs«, streute Ole ein, während er sich Notizen machte.

Spengler zuckte mit den Schultern.

Was erneut Hannah auf den Plan rief: »Als Frank Wolter Sie zum letzten Mal besucht hat, was ist da passiert, und wieso haben Sie auf ihn geschossen?« Sie hob die Hand, um eine direkte Antwort zu verhindern. »Unsere KTU hat Ihre *Makarow* näher unter die Lupe genommen und festgestellt, dass man damit auch um die Ecke schießen könnte.«

»Das Schätzchen hat eben schon einiges an Arbeit auf dem Buckel«, erwiderte Spengler mit schwärmerischem Unterton.

»Sonst hätten wir Frank Wolter gleich tot in Ihrem Wohnzimmer gefunden. Ihr Schätzchen – wie Sie es nennen – zieht nämlich extrem nach rechts.«

»Wenn du es sagst. War das dann alles?«

»Ganz bestimmt nicht! Haben Sie den Einbruch fingiert und Ihr Brecheisen hinterher durchs Fenster in den Garten geschmissen?«

Spengler nickte, wenn auch widerwillig. »Nachdem ich Frank reingelassen hatte, stand er da in meinem Wohnzimmer, hat große Reden geschwungen und mir gedroht. Ich solle alles rausrücken, was ich über damals hätte, und in Zukunft einfach die Klappe halten. Dann dürfte ich in Ruhe noch paar Jahre älter werden und …?«

»Ja?«, fragte Hannah, weil es nicht weiterging.

Spenglers Gesicht nahm einen todernsten Ausdruck an. Hannah war sich nicht ganz sicher, aber sie glaubte, es in seinen Augen schimmern zu sehen.

Dazu passte auch die Stimme des alten Mannes: »Er meinte, Hermann hätte auf dem Sterbebett schlecht über mich gesprochen. Dass er mich in all der Zeit nur als Helfershelfer missbraucht und ansonsten nie viel von mir gehalten hätte …«

»Und da ist es mit Ihnen durchgegangen«, führte Hannah fort. »Sie haben zu Ihrer *Makarow* gegriffen und abgedrückt.«

Spengler war mit etwas ganz anderem beschäftigt. »Hältst du so was für möglich? Dass jemand auf dem Sterbebett so über einen alten Freund redet oder den gar leugnet?«

»Ich habe Hermann Wolter nicht gekannt. Aber grundsätzlich wäre es durchaus möglich, dass bestimmte Menschen mit der ganzen Wahrheit bis kurz vor dem letzten Atemzug warten. Hinterher hat man ja nichts mehr zu befürchten.«

»Ich habe auf Hermanns Beerdigung die Abschiedsrede gehalten«, betonte Spengler, als gäbe es bei dieser Diskussion einen Preis zu gewinnen.

Hannah fühlte in sich hinein. Ja, da war auch ein Funke Mitgefühl, aber allgemein konnte sie sich immer noch nicht für Rudolf Spengler und dessen Motive erwärmen. Entsprechend unterkühlt klang sie: »Nehmen Sie es mir bitte nicht übel ... war's das dann?«

Spengler hob den Kopf. »Was sollte denn noch sein?«

Da Schweigen herrschte, schob Ole sein Smartphone, das sich vor ein paar Minuten summend bemerkbar gemacht hatte, in Hannahs Richtung. Obwohl es sich nur um eine kurze Nachricht handelte, studierte sie die viel zu lange.

Ole wollte Hannah schon anstoßen und prüfen, ob sie eingeschlafen oder wieder mal in eine andere Welt abgedriftet war, da holte sie tief Luft und schaute Spengler direkt an. »Sie hatten ja daran gezweifelt, dass ich mich an mein Wort halte ...«

»Mit gutem Grund!«, ergänzte Spengler.

»Ich kann Sie beruhigen.« Hannah zeigte auf Oles Telefon, dessen Display längst verloschen war. »Der Haftbefehl gegen Sie bleibt vorläufig außer Vollzug, und wenn Sie sich weiter kooperativ zeigen, bleibt es auch dabei. Worauf es am Ende hinausläuft, entscheide nicht ich, sondern Staatsanwaltschaft und ...«

»Scheint dir nicht leichtzufallen«, unterbrach Spengler und musterte Hannah prüfend.

Was Ole wütend auf den Plan rief: »Wie wär's, wenn Sie sich einfach bedanken und ansonsten die Klappe halten?«

Spengler hob bereits an – garantiert nicht für einen Kurswechsel –, doch Hannah kam ihm übertrieben laut zuvor: »Auf Ihr Dankeschön kann ich gut verzichten!« Sie stand auf, schnappte nach ihrer Aktenmappe und fuhr erst fort, als sie vor der Tür ankam. »Sie wollen wissen, ob es mir schwerfällt, einem Scheißkerl wie Ihnen gegenüber mein

Wort zu halten?« Hannahs Lächeln wäre vermutlich imstande gewesen, Wasser in Eis zu verwandeln. »Nein! Aber auch nur, weil ich mit Ihrer Hilfe einen noch größeren Scheißkerl zur Strecke bringen kann. Schlafen Sie gut, Herr Spengler, ich hoffe, wir sehen uns so schnell nicht wieder ...«

44

»Alles in Ordnung mit dir?«, fragte Ole, als er Hannah auf dem Flur einholte.

Sie blieb stehen, drehte sich zu ihm um. »Ich bin auch müde, aber wir sind noch nicht ganz fertig.«

»Redest du von Thomas Wolter? Gegen den hat Ralf doch längst einen Haftbefehl erwirkt, und ansonsten läuft er uns bis morgen schon nicht davon. Du solltest nach Hause fahren und dich aufs Ohr hauen.«

Zum dritten Mal an diesem Tag bemühte Hannah ein Lächeln, wie sie es in den letzten zwanzig Jahren insgesamt nicht getan hatte. Ihr Mund öffnete sich, doch Ole war schneller. »Ist klar: Wir müssen das Eisen schmieden, solange es heiß ist.«

»Zumindest ein erstes Gespräch. Wie wär's, wenn du die Regie übernimmst und ich nur zuhöre?«

»Ist das dein Ernst?«

Hannah nickte eifrig.

»Das hältst du doch niemals durch.« Trotzdem wuchs Ole spontan um ein paar Zentimeter. Während er nachdachte, rieb er sich das Kinn. »Ich bin ziemlich gut im

Thema, und Spengler hat uns eben ja einiges an Munition geliefert.«

»Dann nimm deine Flinte und bring es zu Ende ...«

»Das klingt jetzt irgendwie zweideutig. Reicht es auch, wenn ich einfach den Rest der Wahrheit aus Wolter herauskitzle?«

Hannah strich Ole grinsend über die Wange. »Klar doch! Aber bevor du zu kitzeln anfängst, brauch ich noch 'nen Kaffee, sonst schlaf ich ein.«

Mit dem Rest von diesem Kaffee ließ sich Hannah wenig später im Verhörraum neben Ole nieder, machte es sich bequem und schlug die Beine übereinander. Ein klares Zeichen dafür, dass sie wirklich nur als Zaungast fungieren wollte.

»Wie geht es Ihnen?«, fragte Ole, um einen Gesprächs-einstieg zu finden.

»Wie soll's mir schon gehen?«, erwiderte Thomas Wolter zutiefst resigniert. »Mein Bruder ist tot, der Rest von meiner Familie auch – was bleibt mir denn jetzt noch?«

»Sagen Sie uns, was passiert ist!«, forderte Ole anstelle einer Antwort. »Und fangen Sie gerne ganz vorne an.«

»*Ganz vorne*«, wiederholte Wolter, der sich bis eben voll auf seine Hände fokussiert hatte. Die waren mit Hand-schellen an einem Stahlring am Rand der Tischplatte befes-tigt. »Können Sie sich vorstellen, wie es ist, ohne Mutter aufzuwachsen? Und nebenbei zu wissen, dass sie für deren Tod verantwortlich sind?«

»Weil sie bei Ihrer Geburt ...?«

»Natürlich! Ohne mich wäre meine Mutter vermutlich noch am Leben.«

Dieses Gespräch steckte bereits in einer Sackgasse. Und

wenn Ole ehrlich zu sich selbst war, dann hätte er mit Freuden seine übliche Rolle als Beobachter übernommen. Er schaute nach rechts, wo Hannah saß. Doch die wischte gelangweilt auf ihrem Smartphone, dabei standen ihre Augenlider auf halbmast.

»Lassen Sie uns über Ihren Vater reden. Seit wann wussten Sie, dass er sich auf blutige Weise an drei Ärzten gerächt hat?«

Wolter überlegte. »Ich glaube, ich war fünfzehn oder sechzehn, und Frank zwei Jahre älter. Stimmt ... er hatte gerade sein erstes Auto bekommen.«

»Dann hat Ihr Vater es Ihnen und Ihrem Bruder einfach so gebeichtet?«

»Nicht *einfach so*! Wir haben ihn immer wieder gelöchert, was damals passiert ist und was Rudi damit zu tun hatte?«

»Mit *Rudi* meinen Sie Rudolf Spengler, richtig?«

Nicken. »Er und mein Vater haben sich häufiger hinter verschlossenen Türen unterhalten, und wir Kinder waren eben neugierig. Frank hat mal was aufgeschnappt, und danach war uns klar, dass unser Vater ...«

»... kurzen Prozess mit den Ärzten gemacht und Herr Spengler fleißig beim Vertuschen geholfen hat«, vollendete Ole, weil sein Gegenüber unvermittelt schwieg.

Abermals Nicken. »Frank und ich haben all die Jahre Zeitungsartikel gesammelt und sie Paps gezeigt. Wissen Sie, wie viele Ärzte es gibt, die am laufenden Meter Scheiße bauen?«

»Und es gibt noch viel mehr, die am laufenden Meter Gutes tun! Wer ständig nach Ausnahmen sucht, wird garantiert fündig.« Ole wurde es zu bunt, deshalb versuchte er es mit einem Themenwechsel: »Herr Spengler meinte, Sie und Ihr Bruder wären in letzter Zeit einige Male bei ihm gewesen, um herauszufinden, was seinerzeit konkret geschehen ist. Auf welche Weise genau Ihr Vater drei Ärzte ermordet hat und wie er unbeschadet davonkommen konnte. Stimmt das?«

»Rudi hat sich ordentlich geziert, wollte davon nichts mehr hören.«

»Und weiter!«

»Er hat sich geweigert, uns zu helfen, und da haben wir uns an Werner Fuchs gewandt.«

»Mit welchen Argumenten? Dass Sie seine dunkle Vergangenheit ans Licht bringen, wenn er Ihnen keine Rückendeckung gibt?«

Diese Frage brachte Thomas Wolter in sichtbare Bedrängnis. »Wir haben ihm erzählt, dass wir über alles Bescheid wüssten und sämtliche Beweise hätten. Und dass wir eigentlich nur Hilfe bräuchten, falls was schiefläuft.«

»Ähnlich wie Ihr Vater.«

»Ich glaube, Fuchs hat uns gar nicht für voll genommen. Der hat's erst begriffen, als Stoll und sein beschissener Rechtsverdreher tot waren.«

Zum ersten Mal mischte sich Hannah ein. »Meinen Kollegen Jansen haben Sie ja bereits kennengelernt. Er hat einiges über Sie herausgefunden – unter anderem, dass Sie sich sehr gut mit Autos auskennen. Gilt das auch für deren codierte Schließsysteme?«

Wolter huschte ein Lächeln übers Gesicht. »Wenn man das Signal der Fernbedienung auffängt, kann man es ganz einfach kopieren.«

»Und auf die Weise in einem Auto auf der Rückbank warten, um jemanden von hinten mit einer Garotte zu erwürgen«, führte Ole fort. »Unsere Spurensicherung hat inzwischen zahlreiche Haare und Hautpartikel sichern können. Wenn wir die mit Ihrer DNA vergleichen, werden wir dann ...?«

Wolter nickte längst, was einem Geständnis gleichkam.

Ole holte tief Luft, doch neben ihm konnte Hannah offenbar nicht mehr an sich halten: »Wieso Stoll und dessen Anwalt? Nur, weil die ...«

»*Nur*?«, empörte sich Wolter. »Haben Sie die Zeitungsberichte gelesen? Dieser Stoll hatte eine mehrfache Mutter auf dem Gewissen, und sein skrupelloser Anwalt hat dafür gesorgt, dass er mit 'nem Freispruch davonkommt!«

»Dann sagen Sie schon: Hat das was an Ihrem Schicksal geändert oder Ihre Mutter wieder lebendig gemacht?« Hannah wartete keine Antwort ab, sondern redete aufgebracht weiter: »Stattdessen ist jetzt auch Ihr Bruder tot, und Sie landen für zwei Morde hinter Gittern. War es das wirklich wert?«

Wolter schwieg.

»Und Ihr Bruder?«, setzte Ole nach. »Wir wissen mittlerweile, dass er ebenfalls Arzt war. Also jemand, der von Berufs wegen Menschen helfen sollte und nicht ...«

»Mein Bruder war Radiologe!«, polterte Wolter dazwischen. »Und wenn Sie schon recherchieren, sollten Sie auch wissen, dass er nach dem Studium und der Facharztausbildung nie praktiziert hat.«

»Wieso eigentlich nicht?«, fragte Hannah.

Zunächst blieb es bei Schulterzucken. Doch dann gab sich Thomas Wolter einen Ruck. »Mein Vater hätte Frank jederzeit 'ne eigene Praxis finanziert. Mit all diesen Maschinen, die Millionen kosten.«

»Aber?«

»Frank wollte sich lieber um Paps kümmern und ...« Thomas Wolter war anzusehen, dass allein dieser Kosename für seinen Vater eine wahre Flut von Emotionen auslöste. Seine Augen schwammen plötzlich in Tränen. »Was wollen Sie überhaupt noch von mir?«, ging es wütend weiter. »Ich habe gestanden, und wenn Sie hören wollen, dass es mir leidtut, muss ich Sie enttäuschen: Nein! Dieser Stoll und sein beschissener Anwalt haben nichts Besseres verdient. Ende der Durchsage!«

Ole sah den Mann vor sich prüfend an und musste feststellen, dass der kurz zuvor vollständig dichtgemacht hatte. Jedes weitere Wort wäre pure Verschwendung.

Was Hannah jedoch nicht von einem finalen Fazit abhielt. »Sie haben nichts verändert ... gar nichts! Ganz im Gegenteil: Sie haben zwei Menschen kaltblütig umgebracht, sind nebenbei für den Tod Ihres Bruders mitverantwortlich und werden den Rest Ihres Lebens dafür büßen.« Hannah sprang wutentbrannt auf. »Mir reicht's! Außerdem bin ich müde ...«

EPILOG

BAD LAUTERBERG IM HARZ, EINIGE TAGE
SPÄTER

»Willst du mich echt hier abladen und alleinlassen?«, fragte Hannah todernst.

»Wieso denn nicht? Sieht doch hübsch aus!« Ole zeigte auf den lang gestreckten Bau der Kurklinik, dessen rote Dächer in der spätherbstlichen Sonne leuchteten. »Hier würde ich jederzeit Urlaub machen. Die haben ein Hallenbad, einen sagenhaften Wellnessbereich, in dem es an nichts fehlt und ...«

»... wahrscheinlich Gitter vor den Fenstern. Ich bin zur Psycho-Kur hier, schon vergessen?«

»Du bist hier, weil du dringend Hilfe brauchst! Worüber wir uns gestern Abend übrigens einig waren. Du erinnerst dich?«

»Das war nicht fair!«, urteilte Hannah grimmig. »Mich derart hinters Licht zu führen ...«

»Ich habe nur ein paar Leute zusammengetrommelt, um dir endlich klarzumachen, dass es höchste Zeit für Veränderungen ist. Oder muss ich dich daran erinnern, was in den letzten Wochen und Monaten mit dir los war?«

»Auf jeden Fall redet meine Mutter wieder mit mir«, erwiderte Hannah grinsend.

»Und ihr Verlobter hat dafür gesorgt, dass sie dich hier als Erste-Klasse-Patientin aufnehmen. Weißt du, was das kostet?«

Hannah schüttelte den Kopf, schien ansonsten auch kein Interesse an einer genaueren Zahl zu haben. »Wie hast du eigentlich Maike so schnell aufgetrieben?«

Die Rede war von Hannahs langjähriger Freundin – ebenfalls Polizistin –, die für das eilig anberaumte Treffen in der Lambert-Villa extra von Neumünster nach Sylt gekommen war.

»Sie wollte sich ohnehin mal deine neue Wohnung anschauen und hat nur auf 'ne Einladung von deiner Seite gewartet.«

»Jetzt hat sie meinen Schlüssel und macht 'ne Woche Urlaub auf der Insel. War das auch deine Idee? Hinterher ist mein Kühlschrank geplündert, und in meinem Kleiderschrank finde ich höchstens noch die Hälfte. Du kennst doch Maike – vor der ist nichts sicher.«

Ole zog den Kopf ein. »Ich hatte ihr angeboten, dass sie genauso gut im Haus deiner Mutter übernachten kann. Aber das wollte sie nicht.«

»Weil sie Schiss hat, dass du sie nachts überraschst und in ihr Bett krabbelst«, fügte Hannah lachend hinzu. »Wann kapierst du endlich, dass Maike am anderen Ufer fischt?«

»Sie könnte ja mal 'ne Ausnahme machen, für 'nen guten Zweck.«

Hannah war anzuhören, dass sie genug von dem Thema hatte. »Hat Ralf dir Bescheid gesagt?«

»Was meinst du?«

»Fuchs ist endgültig raus! Er hat gestern die Notbremse gezogen, bevor es andere für ihn tun. Ansonsten versteckt er sich hinter seinem Anwalt und kommt wohl mit 'nem blauen Auge davon.«

»Er hat ja auch niemanden umgebracht.«

»Aber kräftig Schützenhilfe geleistet! Für mich gehört einer wie Fuchs zum …«

»Wieso erfahre ich solche Sachen eigentlich immer als Letzter?«, fragte Ole dazwischen. »Ralf ruft dich an, danach gleich den Rest der Welt und mich erst, wenn …«

»Du hattest die letzten zwei Tage Urlaub! Soll er dich da mit irgendwelchen Nebensächlichkeiten nerven?«

Ole schüttelte den Kopf.

»Richtig! So was lässt man unter Freunden, außer, es geht um Leben und Tod.«

»Hast ja recht«, grummelte Ole. »Hab ich sonst noch was verpasst?«

»Spengler liegt nach 'nem Schlaganfall in der Kieler Uniklinik. Sieht nicht gut aus – hat mir der behandelnde Arzt im Vertrauen gesteckt.«

»Dann gibt es vielleicht doch noch so was wie Gerechtigkeit.«

Hannah zögerte lange. »Ich weiß nicht – nehmen wir mal an, jemand würde deine Eltern umbringen, und du wärst hinterher auf 'nem blutigen Rachefeldzug. Keine Ahnung, ob ich dich ans Messer liefern würde.«

»Klingt fast, als hättest du Verständnis für Spengler und alles, was er angerichtet hat.«

»Ich glaube, wir machen es uns manchmal zu einfach. Urteilen von oben herab und …«

»… deshalb ist es plötzlich okay, wenn ein Polizist seinen Diensteid mal für 'n paar Tage vergisst, um mit den bösen Jungs zu spielen? Das ist nicht dein Ernst, Hannah!«

»Wie wäre es denn, wenn ich durchdrehe und jemanden abknalle? Mit oder ohne guten Grund?«

»Um das zu verhindern, bist du hier«, antwortete Ole spontan und zeigte hinüber zur Kurklinik. Auf einem der Balkone stand eine Frau in strahlend weißem Bademantel und winkte pausenlos.

»Meint die etwa uns?«, fragte Hannah.

»Kann ich mir nicht vorstellen! Auf der anderen Seite … die winkt tatsächlich hier rüber.«

»Das ist dann wohl der Trakt mit Gittern, und wir sollen ihr beim Ausbrechen helfen.«

»In der Klinik gibt es keine Gitter! Und zu deiner Frage von vorhin: Ich weiß es nicht! Wir sind Freunde, klar, aber …«

»Du musst dich nicht sofort entscheiden«, wiegelte Hannah ab. »Warten wir damit, bis ich irgendwo 'nen Amoklauf hinter mir habe.«

»Du hast sie wirklich nicht mehr alle.« Ole deutete zur Rückbank, wo Hannahs Tasche lag. »Sollen wir?«

»Hab ich 'ne Wahl?«

Ole zuckte mit den Schultern. »Wenn du drauf bestehst, nehm ich dich wieder mit nach Hause. Aber dann erklärst du allen, wieso …«

»Da wäre noch was …«, unterbrach Hannah flüsternd, »… das hab ich bis jetzt keinem erzählt und wollte es eigentlich für mich behalten.«

»Und zwar?«

»Mir ist eingefallen, wieso die SOKO *Schneeweißchen* hieß.«

»Da bin ich aber mal gespannt!«

»Ich bin schuld«, schickte Hannah vorweg. »Nach dem ersten toten Arzt hieß sie *Hildebrand*. Als es dann den Borowski erwischt hat, wollte niemand den Namen ändern, bis auch der liebe Dr. Schneeweiß dran glauben musste. Zu dem Zeitpunkt hatte Schönborn noch das Sagen. Und weil dieser Dr. Schneeweiß der Neffe von einem hohen Tier im Kieler Landtag war, meinte er wohl ...«

»... das käme da oben gut an«, vervollständigte Ole kopfschüttelnd. »Irgendwie krank. Aber wieso wurde daraus Schneeweißchen?«

»Irgendein Witzbold war für die Vorbereitung der Unterlagen zuständig und hat im Bestellformular ein ›chen‹ hinzugemogelt.«

»Und das ist niemandem aufgefallen?«

»Doch, aber zu spät ... da war alles längst im Druck. Damals lief das noch analog und war echt mühselig.«

»Haben die den verantwortlichen Spaßvogel wenigstens gefunden und zur Rechenschaft gezogen?«

Zuerst schwieg Hannah, jetzt grinste sie. »Erfreulicherweise nicht!«

»Das ist nicht dein Ernst! Soll das heißen, du hast ...?«

»Ich fand's witzig und hätte nie geglaubt, dass die Sachen so in den Druck gehen. Das war 'ne ärgerliche Panne, ein Ausrutscher ... nenn es, wie du willst.«

Weil Ole offenbar nichts einfiel und er völlig konsterniert wirkte, drehte sich Hannah um und packte die Griffe ihrer Tasche. »Sechs Wochen, keinen Tag länger!«

»In denen die dich hier nach Strich und Faden verwöhnen werden. Hast du was dagegen, wenn ich dich hin und wieder mal besuche?«

»Du willst dich doch nur im Wellnessbereich rumtreiben und nach 'nem Kurschatten Ausschau halten.«

»Ich will, dass dir die Decke nicht auf den Kopf fällt und du auf dumme Gedanken kommst! Außerdem kann es wohl nicht schaden, wenn du zwischendurch mal jemanden siehst, den du kennst ...«

Hannah grinste. »Schon ... aber ausgerechnet dich?«

»Du kannst mich mal!«

Hannah lehnte sich zur Seite und verpasste Ole einen dicken Schmatzer auf die Wange. »Komm einfach vorbei, wenn du es ohne mich nicht aushältst. Aber nicht, dass du hier jedes Wochenende rumhängst und nervst.«

»Da hab ich auch was Besseres zu tun!«, protestierte Ole wenig überzeugend.

»Und du steigst nicht mit aus, die letzten Meter zur Hinrichtung schaffe ich auch allein!«

Was folgte, war eine umständliche Umarmung, die von einer Mittelkonsole zusätzlich erschwert wurde. Hannah stieg ohne weitere Diskussionen aus und beschleunigte ihre Schritte, je näher sie dem Haupteingang kam.

Ole dachte gerade, sie würde sich nicht mehr umdrehen, doch dann blieb sie abrupt stehen und schaute wehmütig in seine Richtung. Ihre Lippen formten einige Worte, deren Sinn sich ihm nicht erschließen wollte.

»Was immer du da redest – du bist auf dem richtigen Weg!«, flüsterte er, nachdem sie durch die Schiebetüren verschwunden war.

In ihm machte sich Schwermut breit. Am liebsten wäre er Hannah hinterhergerannt, hätte sie gepackt und in den Wagen verfrachtet, um sich gemeinsam mit ihr auf den Rückweg zu machen. Stattdessen langte er zum Zündschlüssel und drehte ihn schweren Herzens.

Ob er mit seinen nächsten Worten Hannah oder sich selbst meinte, würde Oles Geheimnis bleiben: »Keine Angst, du kriegst das schon irgendwie hin ...«

DANKE

Zu guter Letzt möchte ich noch einigen Personen besonders danken:

- meinen Testleserinnen und Testlesern
- Michael Troy, für seine Arbeit am Cover
- meinen Freunden und meiner Familie
- dem Zeilenfluss-Team für einfach alles :)

Wer in Zukunft nichts versäumen möchte, der kann gerne auf eine der folgenden Möglichkeiten zurückgreifen:

- Auf meiner Homepage (ThomasHerzberg.de) findet ihr einen Newsletter-Service
- Ihr könnt mir also auch gerne eine Mail an thomasherzberg@online.de schicken, dann füge ich euch manuell hinzu. Und keine Angst: Ihr bekommt nur eine Nachricht, wenn ich wirklich etwas zu erzählen habe (so ... alle 4-5 Monate)
- Wem dieser Friesenkrimi Spaß gebracht hat, den möchte ich herzlich einladen, mal in meine Wegner-Reihe (aktuell 31 Bände) reinzuschnuppern ...

Das war's auch schon von mir. Ich bedanke mich ganz herzlich für eure Zeit und hoffe, dass ich euch ein bisschen unterhalten konnte. Vielleicht auf ein Wiederlesen ... Euer Thomas